JN077841

草凪 優

アンダーグラウンド・ガールズ

実業之日本社

実業之日本社文庫

目次

第一章　強くなりたい

1

スニーカーの靴紐《くつひも》をしっかり結んで玄関から飛びだした。

エレベーターを使うのももどかしく、コンクリートの外階段で一階まで駆けおりていく。部屋は三階なのでどうってことない。道路に出ると、波留《はる》は何度か屈伸をしてから走りだした。すっぴんの顔を隠すため、パーカーのフードを被《かぶ》るのを忘れない。

午前九時、フレッシュな朝の空気を吸いながらランニングするにはちょっと遅めの時間だが、睡眠時間を確保するためにはしかたがなかった。寝不足は美容の敵だ。浅草《あさくさ》の街はすでに眼を覚ましていて、雷門《かみなりもん》のほうに行けばせっかちな観光客がもう集まりはじめているだろう。東京オリンピックを来年に控え、浅草に押し寄せてくる外国人観光客は増加の一途を辿《たど》っている。

波留のランニングコースは雷門とは逆方向、西浅草から国際通りを北上し、言問《こととい》通りを右折、隅田川《すみだがわ》を目指す。右手が浅草寺《せんそうじ》で、左手が旧花街の観音裏。陽《ひ》が高く昇っても、ここまで来る観光客は少ない。正面には異様な高さでそびえたつ東京スカイツリー。隅田川はその足元を流れている。

もう秋だ。風は乾いて埃《ほこり》っぽかったが、故郷の風よりずっといいと波留は思う。生まれ育った港町に吹く潮風は、いつだって湿気を孕《はら》んで体中にべっとりまとわりついてきた。

息をはずませながら、スカイツリーを見据えて走った。走る体は重くもなく、軽くもなかった。体調は悪くないが、それでも体の内側に澱《おり》のように溜《た》まっているものがある。一日できっちりと溜まる。都会暮らしは皮膚にではなく、体の内側に粘ついた疲労感を鬱積させる。毎朝汗と一緒に流してしまおうとしているが、うまくいくときもあれば、いかないときもある。

浅葱《あさぎ》色の言問橋に出た。渡らずに、左に曲がって隅田公園に入る。土の匂いがした。それもまた、田舎《いなか》で嗅いでいた土の匂いとは違う。都会特有の饐《す》えた匂いだ。

コンクリートの土手にあがっていき、隅田川の濁った水面《みなも》を眺めながら走った。しばらくすると、黄色い桜橋《さくらばし》が見えてくる。アルファベットのXのような形をしている桜橋は歩行者専用だ。通勤通学の時間は過ぎているので、人通りはほとんどない。ダッシュをしてシャドー、ダッシュをしてシャドー。東京湾に続く見晴らしのいい景色を眺めながら、対岸まで行って戻ってくる。

シャドーがリズムに乗ってくると、首筋に汗が流れた。ジャブ、ジャブ、ダッキングして右ストレート。動くほどに体が軽くなってくる。バックステップでサークリングしながら鞭《むち》をしならせるようにジャブを放つ。ガードをさげて半身になり、スウェイバックだけで見えないパンチをよける。波留は顔をガードしないデトロイトスタイルが好きなのだ。猪突猛進《ちょとつもうしん》のファイターより、それをかわしてカウンターを打ちこむアウトボクサーのほうが、断然カッコいい。

ボクシングを習いはじめて、もう二年になる。あまり知られていないが、江戸の香りと昭和の匂いを感じさせる観光地浅草には、格闘技の街という隠れた一面があった。空手、キックボクシング、ＭＭＡ、プロレスラーの養成所まであり、ロードワークをしているとそれっぽい人とよくすれ違う。

西浅草のマンションに引っ越してきてわりとすぐに、波留は近所にボクシングジムがあるのを発見した。傾きかけた雑居ビルの一階にあり、古いビルのせいか妙に薄暗くて、鼻をつまみたくなるような汗の臭いが壁や天井に染みこんでいる異様な空間だった。何度も前を通って様子をうかがってみたところ、女子の練習生はいないようだった。それでも、波留は入門することにした。ボクシング経験はなかったし、そもそも運動全般が得意とは言えなかったが、衝動を抑えきれなかった。

強くなりたかった。

喧嘩《けんか》が強くなりたかったわけではない。カッコよく言えば、心と体を一から鍛え直したかった。自分の中に、何事にも揺らぐことのない硬い芯が欲しかった。

「べっぴんさんが、顔を隠してシャドーかい？」

背後から声をかけられた。フードを少しあげて見ると、ギョロ眼の小男が立っていた。老人のくせに異様に肌が黒く、砲弾状の禿《は》げ頭を朝陽で黒光りさせている。たぶんホームレスだろう。ブルーテントが撤去されても、このあたりを根城にしている者は少なくない。

波留は無視してシャドーを続けた。走り去ってもよかったが、それもなんとなく癪《しゃく》に障った。

「アリの真似《まね》かな？」

ホームレスはニヤニヤ笑いながら、無遠慮な視線を投げてきた。波留のフットワークは、モハメド・アリの真似ではなかった。アリの真似をしている辰吉丈一郎《たつよしじょういちろう》の真似だ。

「手脚が長いから様になってるが、それじゃあ絶対に相手を倒せない。ひとりよがりなボクシングダンスだね」

波留はホームレスを睨《にら》みつけた。「バーカ」と言うかわりにアリ・シャッフルをお見舞いしてから走りだす。世捨て人の妄言に惑わされるなんてどうかしているが、「ひとりよがり」という言葉にカチンときてしまった。

なるほど、目利きが見れば、自分のシャドーはダンスのようなものかもしれない。殴りあいがしたくて始めたボクシングではないから、二年もジムに通っていながらただの一度もスパーリングをしたことがなかった。殴られるのも怖いが、人を殴るのはもっと怖い。

でも……と胸底でつぶやく。

ホームレスに「ひとりよがり」なんて言われたくはなかった。それは波留がもっとも忌み嫌っている、意地でも遠ざけておきたい言葉のひとつだったからだ。

波留の本業はソープランド嬢、決して「ひとりよがり」になってはいけない仕事なのである。

西浅草から一キロほど北上したあたりに、吉原《よしわら》ソープランド街はある。いにしえの遊郭に端を発する日本一のソープランド街で、百五十軒ほどの店が軒を連ねている。

陸の孤島と言っていい、アクセスが極端に不便な場所にあった。浅草、三ノ輪《みのわ》、鶯谷《うぐいすだに》、どの駅からもクルマで七、八分かかる。波留のマンションからは、ゆっくり歩いて十五分ほどだろうか。いずれにしろそこに集ってくるのは、金でセックスを買う男か、金でセックスを売っている女だ。

波留の働いている店は〈ヴィオラ〉という。ひと口にソープランドと言っても、格安店、大衆店、高級店などのランクがあり、格安店なら六十分・一万円台から遊べるし、高級店であれば百二十分・六万円を超える。

そんな中、〈ヴィオラ〉の料金は百二十分・十万円だ。吉原でもっとも高い料金をとる店であり、三十年を超える歴史の重さや、日本三大ソープに数えられる格式の高さから、吉原を代表する超高級店ということになっている。

「この仕事を始めたきっかけですか？　実は吉原の〈ヴィオラ〉で働こうと思ったんですけど、面接で落とされちゃって……あんまり悔しかったから、絶対見返してやろうって……」

ある人気AV女優がそんな発言したことから、〈ヴィオラ〉で働くのはAV女優になるより狭き門だという説まである。

波留は、その〈ヴィオラ〉のナンバーワンだった。

入店してから二年あまり、一度も指名数を他のキャストに抜かれたことがない。

吉原を代表する店の金看板――もっとも、波留自身はそれを自慢に思ったこともないし、プレッシャーに感じたこともなかった。

ナンバーワンだからといって特別ボーナスが出るわけでもないし、キャバクラのようにキャスト同士を過度に競わせる風潮もないから、指名数なんてべつに二位でも三位でもかまわなかった。ただ、十万円という高額な料金を支払ってくれたお客さまに、心をこめて一生懸命奉仕しているだけだ。「ひとりよがり」にならないように……。

とはいえ、自分の人気の秘密が気にならないわけではなかった。自分より容姿のいいキャストは他にいるし、二十三歳という年齢だって若さを売りにできるほどでもない。

「波留ちゃんだけ、お客さまを見送るときの顔が毎回違うね。きっと接客も柔軟なんでしょうねえ」

店長の蒔田《まきた》に言われたことがある。

なるほど、そういうところはあるかもしれない、と思った。波留は男と一対一になると、なんでも相手に合わせてしまうところがある。自分を主張せず、求められるキャラを演じてしまう。

たとえば、フランクな関係を望まれればそうするし、かしずいてほしい向きにはかしずく。口に出して求めさせたら負けだ、といつも自分に言い聞かせている。顔見せがあって、腕を組んで階段をのぼり、部屋に入ってふたりきりになるまでの一分ほどの間に、相手が求めている女のタイプをイメージする。

波留はその直感に長《た》けていた。

女優のように変身していると言えばカッコいいが、要するに自分というものが希薄で、相手の顔色をうかがうのがうまいだけだ。そんな性格が、昔から嫌で嫌でしかたがなかった。もっと自分というものをしっかりもった強い女になりたかったけれど、ソープの仕事ではむしろ、欠点と思える自分の性格が長所になるようだった。他のキャストより自分が優れているところなんて、それくらいしか思いあたらない。

〈ヴィオラ〉の営業時間は正午から午前零時まで。

拘束時間が十二時間だから、百二十分の客を六人とれる、などと思わないでほしい。一日にとる客はせいぜい二、三人。十万円払っても惜しくないとお客さんに思わせるような濃厚なプレイをしたあとは、しばらく放心状態に陥る。お客さまを送りだしたあと、間髪入れずに別のお客さまにつくことができるようには、二年経《た》ってもなれなかった。

奥ゆかしかったり、恥ずかしがり屋だったり、あるいは高慢なタイプだったり、どんな女を望むお客さんであっても、最終的に求めてくるのは激しいセックスだ。女が我を忘れて乱れなければ、男は決して満足してくれない。本気で感じて、本気で恍惚《こうこつ》を分かちあう——相手を変えてそんなことを続けざまにするなんて、少なくとも自分には絶対に無理だと波留は思う。

正午の口開けにお客さまが入り、二、三時間ほど休憩し、夕方に次のお客さまが入って、それで終了、というのがいちばんいい。早い時間にあがれるし、ということは、帰りに寄り道して、気の利いた料理屋やカフェで気分転換を図れることができる。

だが、なにしろナンバーワンなので、波留の場合は夜もお客さまが入ることのほうが多かった。その日も三人目の接客を終え、ヘトヘトになって事務所に顔を出した。波留が事務所の前まで行くと、ちょうど別のキャストが出てくるところだった。一年ほど前に入ってきた水樹《みずき》という人だ。

年は二十代半ばだろう。長い黒髪、スレンダーなスタイル、小顔に切れ長の眼が印象的な人だった。クールビューティという言葉がぴったりくる。いつもロングドレスをエレガントに着こなし、物腰も柔らかそうなのだが、どういうわけか波留を見かけると彼女はいつも睨んでくる。その日もそうだった。すれ違いざま、鋭い眼光で一瞥《いちべつ》された。

〈ヴィオラ〉のキャストは個室待機なので、基本的にキャスト同士に人間関係は生じない。恨みを買うこともできない環境なのに、彼女は波留に対する敵愾心《てきがいしん》を隠そうとしない。

「お疲れさま」

事務所に入ると、店長の蒔田が柔和な笑みを浮かべながら日当の入った封筒を渡してくれた。そろそろ還暦という年齢だろう。髪は豊かだが真っ白で、分厚いメガネをかけている。とてもソープランドの店長には見えない。水風船のように太った体を揺すって「オホホホ」と笑ったりするので、なんだか新種のゆるキャラのようだ。

明日はふたりにしていただけると嬉《うれ》しいですけど——喉元までこみあげてきた言葉を呑《の》みこみ、波留は事務所を出た。出る直前、扉の横の壁に貼ってある棒グラフが眼に入った。キャストの月間指名数が表示されている。波留の棒はいちばん高い。二番目が水樹。波留とはずいぶん差がある。これが彼女が睨んでくる理由である。

客がふたりまでの日ならぶらぶら歩いて帰るのだが、三人になるとタクシーを使わなければならなかった。疲れ果てた体は服を着たまま水に入ったようにずっしりと重く、体の節々が痛んで、たった一キロの距離を歩くこともままならない。まっすぐ帰宅すると、化粧だけ落としてベッドに直行だ。

ただ、体は疲れ果てていても、神経が昂《たか》ぶっているからすぐには寝つけない。おまけに、自分を励ますことができないくらい心も荒《すさ》んでいる。波留と店の取り分は六対四で、雑費などは引かれるにしろ、三人のお客さんをとれば、約十八万円が日払いでもらえる。同世代の事務員のひと月分の給料と同じくらいの額を一日で稼ぎだしていることも、慰めにはならない。

それくらいもらって当然だ、と悪態さえつきたくなる。窓のない狭い個室で好きでもない男に抱かれたダメージは、あとからじわじわとやってくる。仕事中は必死だから、我に返る暇なんてない。我に返ったらたぶん、なにもできなくなってしまう。

だが、自宅のベッドにもぐりこんでまで、我に返らずにいることは難しい。窓のない個室での出来事がフラッシュバックし、胎児のように丸めた体が小刻みに震えだす。

恥知らず！　ともうひとりの自分が言った。返す言葉はない。恥知らずに振る舞えば振る舞うほど喜ばれる仕事をしているのだから、甘んじて受けとめるしかない。わかっていても、自分が恥知らずな女だと自覚するのは本当につらく、水の中に沈んでいくように苦しい。

こんなことがいつまで続くのだろう。

波留がソープ嬢になったのは、お金のためだ。稼げなくなったら困る。初めて吉原に足を踏み入れたとき、その閑散とした雰囲気に呆然《ぼうぜん》とした。映画で見た花魁《おいらん》が印象に残っていたし、いまでも日本一のソープ街と聞いていたので、もっと活気に満ちた、新宿歌舞伎町《しんじゅくかぶきちょう》に輪をかけたようなところを想像していた。実際には人通りもまばらな、乾いた風ばかりが吹いているところだった。

建物だってそうだ。当局によって建て直しが禁じられているから、築五十年を超えていそうな老朽化したビルでいまだに営業を続け、とても超高級店とは思えない狭い個室で波留は仕事をしている。建て直しが禁じられているということは、そう遠くない未来にどの建物も朽ちていく運命にあるということだ。

インバウンドで少しもち直したとはいえ、吉原も不況の泥沼に沈みかけていた。息も絶えだえで、誰もがその日一日を乗り越えることしか考えていない、刹那《せつな》的な雰囲気に満ちていた。

来年には東京オリンピックが開催されるから、外国人観光客がもっとたくさん押し寄せてくるに違いない——そんな希望的観測の裏側には、オリンピックの前に当局が浄化作戦に乗りだし、吉原そのものが壊滅させられてしまうのではないかという不安がぴったりと張りついていた。

いつまで稼げるかわからないという思いは、吉原の街全体にも、そこで働くソープ嬢一人ひとりの胸にも、しっかり根をおろしていた。浄化作戦などなくたって、そもそも女には賞味期限がある。若さを失い、容姿が劣化して指名がなくなれば、すぐにお払い箱だ。

そんな中、曲がりなりにも日当十八万の自分は相当に恵まれていると言っていいだろう。稼いだお金は右から左に消えてしまうが、それにしたって文句を言ったらバチがあたると自分に言い聞かせながら、波留は必死になって眠りをたぐり寄せようとした。

朝になれば気分も変わる。

隅田川沿いを走り、ロードワークで汗をかくことで、今日溜めこんでしまったものを洗い流すことができるはずだ。

2

二〇一九年の暮れまでは、足元が不安定ながらも、平穏な日々が続いていた。

波留は〈ヴィオラ〉のナンバーワンを維持していたし、眠れない夜をなんとかやり過ごして、新しい朝を迎えていた。浄化作戦の予兆はなく、浅草の街には外国人観光客があふれ、吉原もその恩恵に与《あずか》っていた。

波留はますますボクシングにのめりこんでいった。出勤はほぼ一日おきだったので、それまでは休みの日だけジムに顔を出していたのだが、毎日通いつめるようになった。体に負担がかかるとわかっていても、午前中にジムワークをこなしてから出勤した。

ミット打ちをするパンチの音が鋭くなってきたのが自分でもわかり、コーチや会長によく褒められた。褒められるのは嬉しかったが、試合に出ることを勧められると苦笑するしかなかった。スパーリングもしたことがないのに、試合になんて出られるはずがない。

日常生活におけるトピックがそれくらいだったのだから、いかに呑気《のんき》に暮らしていたのか知れよう。

年が明けて二〇二〇年になると、世間の様子が一変した。

一月に中国で新型ウイルスが流行しているというニュースが聞こえてきたときは、まだ他人事《ひとごと》だった。二月に大型クルーズ船内で集団感染が発覚すると、日本中が震えあがった。三月には東京オリンピックの延期が決定され、四月には緊急事態宣言……盛り場から人がいなくなった。

吉原も例外ではなかった。出勤しているのに客がつかないことを、風俗業界では「お茶をひく」という。波留はソープ嬢になって初めてそれを経験した。窓のない部屋で一日中待機している憂鬱さは尋常ではなく、ある意味、三人の客をとるよりきつかった。

まわりの店は次々と自主休業に入っていった。雀《すずめ》の涙とはいえ、飲食店は休業すれば助成金が出るようだったが、ソープランドに出るはずもなかった。持続可能だの、雇用の維持だのとニュースでは盛んに言われていたが、この騒動で真っ先に路頭に迷ったのは間違いなく風俗嬢だった。

波留は心底恐ろしくなった。元よりソープ嬢をやっているのは自己責任、なにがあっても自力でなんとかするしかないと思っていたが、本当に誰も助けてくれないんだな、と身に染みて感じさせられた。

それでも、〈ヴィオラ〉は営業を続けていた。

「うちは客筋がいいから大丈夫でしょう」

店長の蒔田はニコニコ笑って言っていたが、その顔色は日に日に悪くなっていった。太っているのでもともと汗っかきなのだが、土気色の顔に汗の粒をびっしり浮かべた姿は、ガマの油のようだった。

もっとも、波留たちキャストの顔色は、もっと悪かったに違いない。ソープ嬢の仕事は、濃厚接触の最たるものだ。どんな仕事よりも感染リスクが高いことは火を見るよりもあきらかで、お茶をひいて内心でホッとしているキャストも少なくなかったのではないだろうか。休んでいる者も多く、波留もできることなら休みたかったが、先の見えない状況ではそれもできず、稼げるうちに稼いでおくしかないと開き直るしかなかった。波留にはお金が必要だった。必要でなければ、そもそもソープランドで働いていない。

空は青く晴れていても、どんよりした黒い雨雲に心を覆われているような日々が続いた。

ボクシングジムは休みにならなかった。といっても、いままで通りとはいかなかった。予約をして一時間の貸切にする。もちろん、練習中でもマスク着用は必須である。

いつもは賑《にぎ》やかなジムが静まり返っている中、ひとりリングにあがってシャドーをするのは、悪い気分ではなかった。ミット打ちができないのは淋《さび》しかったが、そのぶんサンドバッグやパンチングボールに精を出した。

「波留ちゃんはー、仕事ー、大丈夫なのかーい？」

シャドーをやっていると、事務所から出てきた会長が声をかけてきた。ソーシャルディスタンスを気遣い、近づいてくることはない。近づくどころか、リングからずいぶん離れたところから大声で叫んでいた。

「仕事は……休んでます……」

波留は咄嗟《とっさ》に嘘《うそ》をついた。会長をはじめ、ジムの人間には、職業を伝えていなかった。顔を傷つけたくないのでスパーリングはできませんと言ったので、キャバクラやガールズバーで働いていると思われているようだった。

三月の終わりに、国民的お笑い芸人が新型ウイルスで亡くなった。感染したのは夜の街ではないかとまことしやかに囁《ささや》かれていた。キャバクラにしろガールズバーにしろ、いかにもクラスターが発生しそうな場所だった。

しかし、感染リスクで言えば、ソープランドの比ではないだろう。自分が本当はソープ嬢で、この状況下でも出勤していると知ったら、会長はどんな顔をするだろう？　すでに御年七十に近いので、感染すれば重篤《じゅうとく》化する可能性が高い。しばらくジムには来ないでくれ、と言われてしまうだろうか。

言われる前に、波留はジム通いを諦めた。手洗い、うがい、ソーシャルディスタンスを徹底すれば、自分から会長に感染することはないと思うが、万が一ということがある。

嘘をついてしまった罪悪感も胸を刺した。嘘をついてまでジムに行くぐらいなら、ロードワークの距離を三倍にしたほうがいい。

五月のゴールデンウィーク、緊急事態宣言が出されてから、ひと月後くらいのことだった。

〈ヴィオラ〉に出勤すると、黒服に事務所に行くように言われた。いつもなら、事務所に行くのは帰り際だけだ。内心で首をかしげながら事務所の扉を開くと、他にもキャストが五人いた。こんなことは初めてだった。

事務机の向こうに座っている蒔田は、分厚いメガネをかけていても眼の下にドス黒い隈《くま》が見えるほど憔悴《しょうすい》していて、マスクが息苦しいと言わんばかりにつまみながら話を始めた。

「感染するのも怖いですけど、お金を稼げないのはもっと怖い……」

蒔田は座ったままだった。キャストは全員立っていた。

「こういう仕事をするくらいだから、みんなお金に困ってるわけじゃないですか。それを考えて今日まで営業を続けてきたんですが……そろそろ限界みたいです。表には出ていませんけど、実は吉原の子にも陽性反応が出ているのが複数います。感染ルートはわかりません。でも、普通に考えればお客さんからでしょう。これ以上続けているのはリスクが高すぎると判断せざるを得ません。申し訳ありませんが、明日からうちも休業にします……」

訥々《とつとつ》と言葉を継いでいる蒔田を、キャストは神妙な顔で見つめている。

「命あっての物種《ものだね》、ってやつですね。健康でさえいれば、また稼げる。苦しくても、ほんの少し我慢したほうがいい。頭をさげて、嵐が過ぎるのを待ちましょう。こんなご時世でも、この仕事はなくならない。吉原みたいな表の店が次々休業していけば、客も女の子も裏に流れこむ。危ない連中がなにも考えないで経営しているデリなんかにね……私が言えた義理ではないが、そういうとこで働くのはやめなさい。キミたちは選ばれた〈ヴィオラ〉ガールだ。嵐が過ぎ去ったら、どこの店、どこの盛り場でも歓迎されるはずだから……」

話が終わり、キャストは事務所から出た。階上にあがり、個室に入ってひとりになると、波留は激しい不安に駆られた。不安、なのだろう。急に足元の地面がぐらぐらと揺れはじめたような感じがして、立っていられなかった。

ウイルスに感染するのは怖い。しかし、お金が必要なのも事実であり、そういう意味でいままで自主休業に踏み切らなかった蒔田に感謝しているキャストも少なくなかったはずだ。

波留の場合はどっちつかずだったが、きっぱり休業と言われてしまうと、それはそれで恐ろしいものがあった。緊急事態宣言はひと月ほどで解除されると言われているけれど、相手がウイルスなのだから先のことはわからない。どこのソープでも、いや飲食店なども含めて、いつ再開できるのかすべては濃い霧の向こう側なのである。

仕事がなくなるというのは、生きる術《すべ》を失うことだった。

なるほど、吉原の〈ヴィオラ〉で働いていたといえば、どこのソープでも採用してもらえるかもしれない。しかしそれは、ウイルスがなくなればの話だ。いまどき営業している風俗店なんて、蒔田の言っていたとおり危ないところばかりだろう。〈ヴィオラ〉には吉原ナンバーワン、もっとも高い料金をとる超高級店というプライドがあるから、黒服の数も多い。個室が六つであるのに対し、七、八人はいる。ウイルスが問題になって以来、黒服たちは額に汗を浮かべて店中をアルコール消毒している。手洗いやうがいも徹底しているし、直接話すのを避けて店内にいるのに電話をかけてきたりしている。

ソープランドのサービスの本質が濃厚接触にある以上、そういった行為にどれだけ意味があるのかはわからないが、気分的に安心するのは事実だった。アンダーグラウンドの店になると、そういった気遣いはいっさいされないだろう。非衛生的な環境の中、とにかくセックスをさせられる。客筋だって〈ヴィオラ〉とは比べものにならないほど劣悪で、ルールを守らない輩《やから》も多そうだ。それよりなにより、稼ぎそのものが〈ヴィオラ〉の足元にも及ばない。

内線電話が鳴った。

今日は口開けに予約が入っていた。常連の鎌元《かまもと》さんだ。

波留はあわてて身繕いを整えた。鎌元さん好みの白い下着を着け、白いワンピースを頭から被る。鎌元さんは四十代後半の自営業者。エッチな言葉をささやかれただけで耳を真っ赤にするような、清純な女が好みのタイプだ。はっきりブリッ子と言ってもいい。馬鹿にするつもりは毛頭ない。求められるものを提供するが波留の仕事だからである。

もう一度内線電話が鳴り、部屋を出て階段の途中まで迎えにいく。こちらを見上げる鎌元さんと眼が合った。

「……いらっしゃいませ」

波留の笑顔はこわばった。鎌元さんが防護服を着ていたからだ。おそらく使い捨てだろう。スーパーのレジ袋のような白いペラペラした生地のつなぎで、フードから顔だけ出している。その顔もゴーグルとマスクで完全防備され、まるで原発作業員のようだ。

冗談としか思えなかったが、鎌元さんは真顔で階段をあがってきた。ためらいながら、波留はその腕を取って歩きだした。よく門前払いにされなかったな、と思った。こういう状況だから、大目に見るしかなかったのだろうか。

「すまないね。こんな格好で」

個室に入ると、鎌元さんはベッドに腰をおろした。波留は床に正座だ。鎌元さんはもう七回ほど指名をしてくれているが、何度会ってもガチガチに緊張していて、今日はそれに輪をかけたような感じだった。

「どうしても波留ちゃんに会いたかったんだ。だが、僕には妻子がある。認知症の母親の介護までしている。ウイルスを家に持ち帰るわけにはいかないんだ。わかってほしい」

「大丈夫ですけど……」

波留はどういう顔をしていいかわからなかった。

「結局エッチするなら、あんまり意味がないような……」

「エッチはしない」

鎌元さんは毅然《きぜん》として答えた。

「言っただろう？　会いたかっただけなんだ。心配だったんだよ。こんな状況で波留ちゃんどうしているのか……〈ヴィオラ〉はなかなか休業しないし、怖い思いして接客してるんじゃないかって……」

「やさしいんですね」

波留は鎌元さんの太腿《ふともも》に手を置いた。先ほど腕を組んでもなにも言われなかったから、防御服の上からならタッチしてもいいはずだ。

「でも、申し訳ないです。エッチもしないで高いお金払って……」

「生き甲斐《がい》だから」

鎌元さんは真顔を崩さずに言った。

「家族も大事だが、波留ちゃんは僕の生き甲斐だから……困ったときはお互いさまというか、こういうときだからこそ売上に貢献しないと……」

こわばった顔で言葉を継ぐ鎌元さんを、波留は上目遣いで見つめていた。そのやさしさは偽物ではない気がした。しかし、一〇〇パーセントの本音でもない。ゴーグルの奥にある瞳に、ほのかにだが欲情が見え隠れしている。

波留は鎌元さんを見つめたまま、太腿を撫《な》でさすった。感謝を伝える素振りで、つけ根まで撫でまわしていくと、股間に変化があった。防護服を着ていても、勃起したのがはっきりわかった。

「あっ、いや……」

鎌元さんは気まずげに眼を泳がせた。

「こっ、これは生理現象だから気にしないで……エッチがしたいわけじゃないんだ。そうじゃないんだよ、うん……」

なにかがおかしかった。ソープに来てセックスをせず、おしゃべりをしたり、一緒にお風呂に入るだけで帰っていくお客さまは、意外に多い。ただ、そういうタイプは高齢の人が大半だし、鎌元さんには下心を感じる。しない、しない、と言い張っているところがあやしすぎる。

なにを求めているのだろう？

セックスをするつもりなんて毛頭なかったが、小悪魔的なソープ嬢に誘惑されてしかたなく、というシチュエーションが欲しいのだろうか。自分に言い訳するために……。

「あっ、あのさ……」

鎌元さんが言った。マスクの下で生唾を呑みこんだようだった。

「僕がどんなこと頼んでも軽蔑しないって、約束してくれる？」

「もちろん」

波留は甘い笑みを浮かべてうなずいた。

「ここにふたりきりでいるときは、鎌元さんのこと恋人だと思ってますから。恋人を軽蔑する女の子なんていないでしょう？」

「嘘じゃない？」

「ホントです」

「じゃあ……」

鎌元さんはもう一度生唾を呑みこんだ。

「さっ、触ってくれない？」

視線がもっこりふくらんだ股間に向かう。

「防護服の上からなら、しごいてもいいっていうか……」

「そんなことしたら、エッチしたくなっちゃいません？」

波留はそっとささやいた。

鎌元さんは精力が強いほうだった。百二十分で三回、時には四回射精することもある。勃起した股間を刺激したりしたら、絶対に我慢できなくなる。

「エッチはしない……でも……射精は……したい」

波留は首をかしげた。

「パンツ汚しちゃってもいいってことですか？」

鎌元さんなら、防護服越しの愛撫《あいぶ》でも射精に導けそうだが……。

「紙オムツを穿《は》いてきた」

波留は一瞬、返す言葉を失った。プッと吹きだすことなど、もちろんできなかった。鎌元さんが笑っているならともかく、完全に真顔だ。一生懸命知恵を絞って、濃厚接触せずに射精する方法を考えてきたのである。

「……よかった」

波留はまぶしげに眼を細めて、鎌元さんを見上げた。

「それなら楽しめますね。おしゃべりだけで帰ってもらうの、さすがに罪悪感がありますから……」

波留は立ちあがり、鎌元さんの隣に座り直した。両手で髪をかきあげて、うなじを見せた。

「ホック、はずしてもらっていいですか?」

羞《は》じらう横顔を見せてささやく。

「鎌元さんのために選んだ服なんです」

「うっ、嬉しいよ……」

医療用の極薄手袋をした指を震わせながら、鎌元さんはワンピースのホックをはずし、ファスナーをさげた。胸のふくらみを包んでいる白いレースのブラジャーが露《あら》わになると、マスクの下で鼻息をはずませた。ゴーグルの奥にある瞳にも、はっきりと欲情の炎が燃えあがりはじめた。

内線電話をかけたときから、異変を感じていた。

「お客さまおあがりです」

と波留が伝え、

「はい」

と事務的な声が返ってきて電話を切るのが、いつものルーティーンだ。黒服の誰が電話を受けてもそれは同じで、お客さまを連れた波留が他のお客さまとバッティングしないよう、注意を払ってくれる。

それが今日に限って、

「あっ、ああ……」

とこわばった声が返ってきた。どの黒服の声かはわからなかったが、動揺だけは生々しく伝わってきた。

嫌な予感が胸いっぱいにひろがっていった。波留は嫌な予感に敏感なのだが、とにかくお客さまを送りださなければならなかった。

「やっぱりヌルヌルして気持ち悪いな」

ベッドから立ち上がった鎌元さんは、股間をまさぐって苦笑した。ゴーグルとマスクに覆われた顔が、照れたように赤くなっていた。

彼は結局、紙オムツの中に三回も射精したのだった。防護服姿の鎌元さんを相手に、波留は生まれたままの姿になって思いつく限りの恥知らずな真似をしたが、それにしても三回も射精するなんてすごすぎる。防護服の下にはズボンを穿き、その下には紙オムツを穿いているのである。股間に触れてもごわごわしていたのに、鎌元さんは雄叫《おたけ》びをあげながら身をよじって射精に達した。

「ありがとうございました」

部屋を出て、階段の途中で立ちどまった。一階までおりず、階段の途中からお客さまを見送るのが、この店のルールだった。

「ウイルスのおかげで、とってもいい思い出ができちゃったな」

「こちらこそ……」

ホクホク顔で帰っていく鎌元さんとは対照的に、出入り口のドアを開ける黒服も、それを見守る黒服たちも、一様に青ざめた顔をしていた。

鎌元さんが外に出ていくと、

「もう帰ってください」

黒服のまとめ役である、いちばん年長の甲村《こうむら》が階段の下まで来て言った。

「申し訳ありませんが、今日はもう営業終了にします」

「なにかあったんですか？」

波留が訝《いぶか》しげに眉をひそめると、黒服たちは眼を見合わせた。

「いいから帰ってください。他の子たちも、お客さまを送りだし次第……」

甲村が言葉につまった。嗚咽《おえつ》がこみあげてきたような感じだった。あきらかに様子がおかしかった。甲村は〈ヴィオラ〉の黒服の中でも強面《こわもて》な部類で、いつだってポーカーフェイスを貫いているのに……。

階段を降りていくと、

「どこに行くんです？」

甲村が焦った声をあげて前に立ちふさがった。

「どこって……今日の日当……」

「いや、それは……」

黒服たちがまた眼を見合わせる。先ほどから繰り返し眼を見合わせているが、繰り返されるたびに顔色を失っていき、いまや顔面蒼白《そうはく》だ。

「日当は後日にしてもらっていいでしょうか……いまちょっと……」

「店長になにかあったんですか？」

嫌な予感が、衝動的に口走らせた。黒服たちがまた眼を見合わせたので、予感は確信に変わった。波留は甲村の体をかわし、バックヤードに続くカーテンを乱暴に開けた。短い廊下をダッシュして事務所の扉をノックした。返事はなかった。

「おい、やめろっ！」

「待ちなさいっ！」

背中で黒服たちが叫んだが、かまっていられなかった。衝動のままに、事務所の扉を開けた。

人が宙に浮いていた。

向こうを向いていたが、この水風船みたいな体形は店長の蒔田に違いない。首を吊《つ》って死んでいるようだった。

事務所の天井は配管が剝きだしになっている。そこに引っかけた電気コードが太い首に食いこんで……。

一歩、二歩、と波留は後退《あとずさ》った。見慣れた事務所の光景が、凍《い》てつきそうな冷たい空気を放って、波留を突き放す。

「……ぅんぐっ！」

悲鳴をあげようとした口を、後ろから大きな手で塞がれた。

「騒ぐんじゃない。まだ上にお客さまがいる。全員送りだしてからじゃないと、警察も救急も呼べないんだ」

甲村の声だった。口を塞いでいるのは甲村のようだった。

店長！　店長！

波留は大きな手の中で叫んでいた。言葉はひしゃげ、声すらまともに出すことができなかった。息が苦しく、顔が燃えているように熱くなっていく。あふれた涙がこぼれ落ちる。

店長！　店長！

叫びながら、波留は意識を失った。

3

三年前——。

初めて〈ヴィオラ〉を訪れたときのことはよく覚えている。

夏の終わりの蒸し暑い日だった。

開店前に面接をするということで、午前十時に来るように言われた。合否にかかわらずタクシー代は出るようだったが、地下鉄銀座《ぎんざ》線の浅草駅から延々と歩いていった。運転手に「吉原」と告げるのが気まずかったからである。

仲見世《なかみせ》から浅草寺の境内を抜け、花やしきを横眼にひさご通りから千束《せんぞく》通りへ。浅草と吉原を繋《つな》ぐ千束通りは古ぼけた甘味処《どころ》などがある昔ながらの商店街で、初めて訪れるにもかかわらず懐かしい感じがした。

〈ヴィオラ〉のことはネットで調べてあった。吉原でいちばん料金の高い店、そこで働くのはAV女優になるより狭き門……。

いま思えば、波留はずいぶんと気を張っていた。それ相当の覚悟で体を売ることを決意し、どうせやるならトップの店に挑戦したいと思って〈ヴィオラ〉に電話をかけた。

眩暈《めまい》がするような緊張を覚えながら店の前に立っていた黒服に用件を告げ、店内に通してもらった。誰もいない待合室でしばらく待たされてから、事務所に呼ばれた。待っていたのが店長の蒔田だ。超高級ソープランドを仕切っているのだから怖い感じの人が現れるとばかり思っていたのに、水風船みたいに太ったゆるキャラのような風貌だったので拍子抜けしてしまった。

「うちの面接は厳しいという噂《うわさ》がたってますけど、そんなことはありません。来るものは拒まず……ある程度の容姿を備えていて、やる気が感じられれば働いてもらうことにしています」

蒔田は言い、なにがおかしいのか「オホホホ」と笑った。

「ただ、ひと月以上続く子は五人に一人ですね。三カ月以上になると、もっと少ない。一カ月指名をひとつもとれなかったらやめてもらいますから」

「試用期間ってことですか？」

「まあ、何年働いても試用期間と言えば試用期間です。指名がとれなくなったらそれでおしまい。でも、最初に接客してもらうときから、プロと言えばプロです。正規の報酬を払いますからね」

「わたし……プロの仕事なんて……」

波留が自信なさげに口ごもると、

「ソープがどんなことをすることなのか、あなたご存じ？」

「いえ……」

曖昧に首をかしげた。本当はネットで事細かに調べあげ、サービスの内容はよくわかっていたが……。

「それでは、講習を兼ねて個室でひと通り説明しましょう」

蒔田に連れられ、二階にあがっていった。階段をひとつあがるたびに、波留の心臓は激しく鼓動を打った。「講習」という言葉に、胸を揺さぶられていた。ソープランドの講習――店にもよるが、裸を見せたり、実際にプレイをやってみたりするらしい。セックスまでされるとセクハラになるらしいが、実際にはそういうことも多々あるという。

雇う側にしてみれば、見定める必要があるからだろう。この体に十万円の価値があるかどうか……それをセクハラと糾弾する気にはなれなかった。綺麗事《きれいごと》なんて言っていられない。ここはソープランドであり、自分はこれから体を売ってお金を稼ぐのだ。

個室に入ると、蒔田はプレイの流れを淡々と説明してくれた。まずは床に正座して、「よろしくお願いします」とお辞儀をする。それから、お客さまの服を脱がして、クローゼットにしまう。自分で服を脱ぐのか、脱がせてもらうのかは、お客さま次第。そんなことだ。

波留は個室の狭さに唖然《あぜん》としていた。十畳もない空間に、洗い場と浴槽、そして鏡台やベッドがある。ベッドもほとんどベンチくらいのサイズで、こんなところでセックスをするのか、とびっくりしてしまった。

狭い個室をさらに狭苦しく見せているのが、洗い場に立てかけられている銀色のマットだった。イカダのような形をして、ベッドよりも大きい。

「あれは……」

と訊《たず》ねると、

「気にしなくていいですよ」

蒔田は軽く受け流した。

「マットプレイに使うんですけど……マットプレイってわかります？　お互いローションでヌルヌルになってするお遊びで、昔はソープランドの象徴みたいなものだったんですがね。いまの吉原のお客さまはあまり望みません。求められても、まだ習ってませんって謝れば許してもらえます」

「はあ……」

ならばなぜ置いてあるのか、波留は首をかしげたくなった。

「吉原のお客さまは……とくにうちみたいなところに来る遊び慣れた方は、マットプレイの段取りっぽさを嫌がるんですよ。そんなことより、時間いっぱい恋人気分を満喫したいって方が大半です……」

「恋人気分、ですか……」

「そう。だから、裸になったあとは、すべて自由。あなたの好きに振る舞って、お客さまを満足させてあげてください」

蒔田はそう言って、「オホホホ」と笑った。波留の顔は、完全にひきつっていた。講習と言うからには、手取足取り教えてもらえると思ったのに、すべて自由なのか……。

「難しく考えることはありません。恋人が相手なら、してあげたいこと、してもらいたいこと、いっぱいあるでしょ？　たとえば……」

「あのうっ！」

波留は遮って声をあげた。

「わたし、あんまり頭よくないんで、実際にやってみてもらっていいですか。ちゃんと覚悟してきましたんで。なにされても大丈夫なんで……」

言いながら、波留はカーキ色のワンピースを脱いだ。黒地に真っ赤な薔薇《ばら》の刺繍《ししゅう》が施された下着を着けていた。買ってはみたものの、いままで一度も着けたことのないセクシーランジェリーだった。ブラジャーは谷間を強調するハーフカップで、ショーツは極端なハイレグカット……。

「はっ、裸だって……自信ないんで……わたしにどれくらい価値があるのか、判断してください。十万円もらっていいかどうか……」

両手を背中にまわしてブラジャーのホックをはずそうとすると、

「やめておきなさい」

蒔田は眼を伏せて首を横に振った。

「裸を見せて綺麗だよって言われれば、それであなたは満足しますか？　女の価値は容姿じゃありませんよ。とくにソープではね」

意味がわからなかった。

「あなたの価値を決めるのは、わたしじゃなくてお客さまなんです。指名をとるのは簡単なことじゃありません。一度遊んだ子より、次は別の子で遊びたいっていうのが、男の性《さが》ですからね。あなたのように若くて綺麗な子と遊べれば、お客さまは充分に満足するでしょう。でも、それだけじゃ指名はとれない。また会いたいな、と思わせるには、服を脱いで脚を開くだけじゃダメなんです」

「どうすれば……」

波留は声を震わせた。

「じゃあどうすればいいんですか？」

「心も裸になることです。服や下着を脱ぐよりずっと難しいことですけど、それができれば容姿なんて関係なく、指名はとれます」

「だからどうすれば……心が……裸に……」

波留は頬を濡《ぬ》らした涙を拭った。下着姿になっても蒔田に一瞥もくれられないことが、みじめでしかたなかった。

自信がない、と口では言いつつも、本当は自信があったのだ。波留は自分の容姿に自信があった。顔もそうだが、スタイルはそれ以上だった。身長一六五センチと女にしては長身で、手脚がすらりと長い。出るとこはしっかり出て、引っこむべきところはきっちり引っこんでいる。

綺麗だよ、と言ってもらえれば、それを糧にして頑張れると思っていた。言ってほしかった。

「ソープの仕事なんて……」

蒔田はふーっと太い息を吐きだしてから言った。

「正気でできる仕事じゃないかもしれません。でも、正気じゃできないからこそ、真心が大事なんです。うちにくるお客さまにはいろいろなタイプの方がいます。十万円も払えるんだからお金に困っている人は少ないでしょうけど、セックスに対してはいろいろと闇を抱えている。受け入れることです。体だけじゃなく、心まで裸になって、お客さまのすべてを受け入れる……頑張ってください」

蒔田は個室から出ていった。ひとり残された波留は、決死の覚悟に冷や水をかけられた思いだった。

翌日から、波留はソープ嬢として働きだした。他にすがるものがなかったので、そのとき蒔田に言われた言葉を、何度も何度も胸の中で反芻《はんすう》していた。蒔田とは反対に、お客さまはみな、波留の裸をまじまじと眺め、惜しみなく賞賛の言葉を贈ってくれた。

仕事を始めた月からナンバーワンになれたのは、生まれもった容姿のせいなのか、それとも蒔田の教えのおかげなのか。

おそらく後者だろう。

あのとき冷や水をかけてもらってよかった。

自信がないふりをして、実は自信があったあのころの自分のままだったら、たとえナンバーワンになることができても、鼻持ちならない高慢ちきなソープ嬢になっていたに違いない。

「あっ、眼を覚ました」

瞼《まぶた》を持ちあげてぼんやりと天井を眺めていると、女が顔をのぞきこんできた。店の子だろうが、誰だかわからなかった。

「大丈夫かい？」

甲村が近づいてきた。波留は待合室のソファに横になっていた。記憶を辿った。事務所で気絶してしまい、ここに運びこまれたらしい。

「いま最後のお客さまを送りだしました。警察や救急が来て騒がしくなるから、早く帰ったほうがいい」

波留は眩暈をこらえて体を起こした。待合室には他のキャストの姿もあった。黒服に事情を説明されている者、途方に暮れて立ちつくしている者、泣いている者もいる。

「タクシー呼びますか？」

「歩いて帰ります」

立ちあがり、ふらふらと出入り口に向かった。ドアを開けると、オレンジ色の西日が顔面を直撃して、立ちくらみを起こしそうになった。

「大丈夫ですか？」

後ろから背中を支えられた。先ほど顔をのぞきこんできた女だった。波留より背が高く、あどけない顔をしている。若いな、と思った。新人キャストだと思うが、名前は知らない。

「歩いて帰るなら送っていきますよ」

「大丈夫。ひとりで帰れる」

「全然大丈夫じゃないですって」

若い女は笑い、紙袋を差しだしてきた。

「荷物を全部忘れて帰ろうとしてる人、放っておけません」

顔が熱くなった。そのときになって初めて、波留は自分が白いワンピース姿であることに気づいた。パフスリーブで膝より丈が短い、普段なら間違っても着ることはないブリッ子っぽいワンピースだ。

鎌元さんを接客するために着替えた服だった。つまり、店まで着てきた服は個室に残してきたということになる。服だけではなく、スマホも、財布も、自宅の鍵も……。

「全部この中に入ってますから」

若い女は言った。

「ありがとう」

波留は紙袋を受けとろうとしたが、

「持っててあげます」

若い女はひょいと紙袋を引っこめて、歩きだした。紙袋の他に、やけに大きなピンク色のキャリーケースをゴロゴロと引きずっていた。

「おうち、どっちですか？」

振り返って訊ねてきた。

「ああ……西浅草」

「こっちでいいんですか？」

進行方向を指差す。

「うん……」

波留はうなずいて若い女に続いた。送ってもらうのは本意ではなかったが、自分が普通でないのも事実だった。慕っていた店長を失ったこともショックだったが、波留は自殺にトラウマがある。二重の意味で衝撃を受けている状態で、送るの、送らないの、と口論したくなかった。

「西浅草ってことは、マンション借りてるんですよね？」

「そう」

「珍しいですね。吉原にあるウィークリーマンションならともかく、普通そんな近所に住まないでしょ？」

「そうかもね」

体を売っている街の近くに住むことは避けたい、という心理はわかる。ただ、遠くからタクシーで行き来するのはお金の無駄だと思ったし、電車通勤なんて絶対に嫌だった。田舎育ちの波留は、東京の満員電車が拷問にしか思えない。

必然的に近場で部屋を探すことになり、いくつかあった候補のうち、いちばん賑やかだった西浅草を選んだ。タイ料理屋やブラジル料理屋やロシア料理屋がある、ガチャガチャした無国籍なムードがよかった。夜になったらしんと静まり返るようなところには住みたくなかった。

「ごめん、ちょっと待って」

自動販売機の前で立ちどまった。喉が渇いてしかたがなかった。脱水状態で指先まで痺《しび》れている。しかし、財布は若い女が持っている紙袋の中だ。

「なに飲みますか？」

「えっ……水」

若い女はミネラルウォーターのボタンを押すと、自分のスマホで支払ってくれた。気まずげな顔で水を飲む波留に、ニヤリと笑って見せる。

「あとで返すから」

「ご馳走《ちそう》しますよ、水くらい」

「新人の子だよね？」

「はい」

「名前、なんだっけ？」

「お店では桃香《ももか》」

「大変なことになっちゃったね……」

長い溜息《ためいき》をつくように、波留は言った。

「どうして店長……あんなことに……」

「オーナーのせいらしいです」

桃香はうつむき、地面を蹴りながら言葉を継いだ。波留が気絶している間、黒服に事情の説明を受けたようだった。

「ソープなんて濃厚接触のかたまりだから、店長としては早々に〈ヴィオラ〉を休みにしたかったんですよ。でも、オーナーがそれを許してくれず……明日からの休業って店長の独断だったらしいんですよね。これ以上女の子に感染リスクを負わせられないって……その責任をとって……」

波留は溜息をついて歩きだした。最後まで、キャスト思いの店長だった。それにしても、なにも死ぬことはなかったのではないか。波留はオーナーと面識がなかったが、怖い人なのだろうか。

言問通りを渡り、ひさご通りを抜けた。目の前は六区――浅草でいちばん賑やかな場所なのに、人影がなく閑散としていた。

このまま世界が終わってしまうんじゃないか、と冷たい風が胸の中を吹き抜けていく。

感染を恐れて人々は家から出られず、街は気絶したかのように深い沈黙から起きあがれない。気絶なら、やがて眼を覚ます。眼を覚ましたとき、元通りの世界がそこにあればいい。だが、そうはならない気がする。気絶している間に街は死に絶え、眼を覚ましても行き場所を失《な》くしてしまうような気がしてならない。

国際通りを渡ると西浅草だった。目抜き通りにあたる国際通りにはグルメマップにかならず登場する老舗《しにせ》の料理屋が軒を連ねているが、一本裏道に入れば小規模で個性的な飲食店が点在し、アジアンエステやラブホテルも目立つ不思議な土地柄だ。

「ありがとう、もうここでいいよ」

立ちどまり、礼を言った。

「うち、すぐそこだから」

「……そうですか」

桃香はひどく淋しそうな顔をした。眼が大きいせいだろうか、表情から感情が伝わってきやすい。どうして淋しいのだろう？　あんなことがあったあとだから、ひとりになりたくないのだろうか。

「よかったら、お茶でも飲んでいく？」

波留がそっとささやくと、

「いいんですか?」

桃香は眼を輝かせ、一歩こちらに近づいてきた。遠慮するつもりはないようだった。図々しい女だとは思わなかった。波留にしても、珍しくひとりになりたくない気分だった。

「さっきお水ご馳走になったしね」

波留の住むマンションの一階には、ハーブティーにこだわっているカフェと四川《しせん》系の中華料理屋が入っていた。どちらの扉にも休業中の貼り紙。古いマンションなので、オートロックもなければ、管理人も常駐していない。エレベーターで三階まであがった。

「うわっ、広いんですね」

部屋に通すと、桃香は胸の前で両手を合わせて声をあげた。

「たまたまファミリー物件しか空いてなかったの。ひとりだから広すぎてもてあましてるけど……」

波留の部屋は3LDK、リビングに面した和室の引き戸を開け放っているので、LDKが二十畳近くあるように見える。

「コーヒーでいいかな?　他にないんだけど、ちょっとこだわってるから、おいしいよ」

手洗いとうがいをすませてから、キッチンに向かった。「そこに座ってて」とリビングのソファにうながしたのに、桃香は波留のあとについてきて、背後霊のように突っ立っている。

「どうかした？」

「あのですね……実はわたし……」

気まずげに眼を泳がせながら言った。

「三日前に〈ヴィオラ〉をクビになったんですよ。お店の近くのウィークリーマンションに住んでたんですけど、今日までに出ていかなくちゃならなくて……荷物まとめて挨拶に行ったんですけど……そうしたら店長が……」

「……そう」

波留は桃香の顔をまじまじと見つめた。女の眼から見てもチャーミングだった。眼鼻立ちが端整に整い、そのくせ眼尻がちょっと垂れていて愛嬌《あいきょう》がある。〈ヴィオラ〉のキャストには背が高い女が多いが、彼女は一七〇センチ以上ありそうだ。ただ長身なだけではなく、洗いざらしのシャツにレギンスという飾り気のない格好をしていても、スタイルのよさがうかがえる。

容姿だけなら百点、いや百二十点と言ってよく、モデルかタレントの卵にしか見えない。おまけに若い。吉原は二十歳にならないと働くことができないから二十歳にはなっているのだろうが、十八歳くらいな感じだ。

これだけの容姿をもちながら指名をとれないなんて、ソープの仕事はつくづく難しいものだと思った。おそらく、心まで裸になれなかったのだろう。それはもちろん、他人が立ち入る話ではなかった。仕事を失い、住むところまでなくなってしまったことには同情するが……。

「居候《いそうろう》しちゃ、ダメですか？」

桃香が上目遣いでそっとささやき、

「えっ……」

波留は顔をひきつらせた。

「この部屋広いし、ちょっとの間、置いてもらえませんか？」

「無理でしょ……それは……」

無理に決まっている。居候なんて簡単に言うが、ひとつ屋根の下で他人同士が暮らしていくのは本当に大変なことなのだ。他人どころか、波留は家族と暮らすことさえ窮屈でしかたなかった。ましてや桃香は、先ほどまで口もきいたことがなかったほとんど見知らぬ人間なのである。

「お願いします！」

桃香は拝むように顔の前で両手を合わせた。

「こんな状況じゃ仕事なんて探せないし、住むところだって……ネカフェまで営業してないんですよ。路上で寝るしかないじゃないですか……お願いします！　せめて非常事態宣言が解除になるまで……」

すがるような眼で見つめられ、波留はますます顔をひきつらせた。

4

五月二十五日、非常事態宣言が解除になった。

それ以前、五月の半ばあたりから、世間の空気はゆるんでいた。ゴールデンウィーク明けに感染者が爆発的に増えることが懸念されていたが、そうはならなかったことで、もう終息に向かうだろうと国民の大半が安堵《あんど》の溜息をついた感じだった。

〈ヴィオラ〉から営業再開の連絡がなかったので、波留が非常事態宣言が解除になってまずしたことは、ジムに行くことだった。宣言が解除になったところで感染リスクがなくなったわけではないし、実際に感染者がゼロになってもいなかったが、もう我慢できなかった。

ロードワークは欠かしていなかった。いつもの三倍走っていたから、体の動きは自分史上最高にキレッキレだった。

懐かしい――ほぼひと月ぶりにジムに足を踏み入れると、波留はしみじみと思ってしまった。

壁や天井に染みこんだ男くさい汗の臭い、グローブやミットの革の匂い、松ヤニの匂い……本物のボクサーでもないくせに、懐かしがっている自分がおかしかった。リングにあがってフットワークをすると、シューズがこすれる音が心地《ここち》よかった。アスファルトとは違って気分があがる。基本のアップライトに構えて、ジャブ、ジャブ、ワンツー。

ボクシングダンスと笑われたって、べつによかった。お金を払ってジムに来て、好きなように汗を流してなにが悪いのだ。見えない敵と戦っているのは、そんなに滑稽か。

幸いジムは一時間の貸切で、波留の他に誰もいなかったから、ガードをさげてバックステップでサークリングを始めた。

デトロイトスタイルで打ちこむジャブは、フリッカーと呼ばれる。鞭のように腕をしならせるのがポイントだ。ジャブは倒すパンチではない。距離を測り、狙いを定めてチョッピングライト――上から打ちおろす右ストレートでトドメを刺す。

「いやー、波留ちゃん、久しぶりだねー、元気だったかい？」

会長の声がして、振り返った。リングの上から会釈をしながら、うわあ……と内心で声をもらした。

会長の隣に、小柄な女が立っていたからだ。沢渡《さわたり》リサ——売り出し中の女子キックボクサーである。ボクシングにも色気があるらしく、たまに出稽古にやってくる。ジムにいる女子は珍しいから、波留を見かけるといつも声をかけてきた。いじられるというか、からかわれるというか……。

「やっぱり波留ちゃん、筋がいいよ。軽快なフットワークだ。どうだい、試合に出ること本気で考えてみたら」

会長が言うと、

「通用するわけないじゃないですか」

リサが横から悪し様《あざま》に口を挟んだ。

「いくらフットワークが軽快でも、彼女、人を殴る気ないですからね。ああやってリングで踊ってるだけで満足なんですから」

「そうかなあ……」

「そうですよ。だいたい、スパーもやったことないんでしょう？　顔を傷つけたくないって……女優かよ。完全にボクシングをナメてますね。試合なんて十年早いって感じ」

リサは見るからに波留より年下だった。まだ高校を卒業したばかり、という感じだ。しかし、格闘技歴で言えば足元にも及ばない。小学校に入る前から、キックボクシングと空手を習っていたらしい。

波留はリングから降り、リサに近づいていった。リサは驚いたように眼を丸くした。こういう場合、波留はいつだって無視しているか、そそくさと逃げだすのが常だからだ。

「わたしいま仕事が休みで、顔が腫れても大丈夫なんです。スパーお願いしていいですか？」

リサのいじりにカチンときたわけではなかった。カチンときたところで、やられるに決まっているのだから憂さは晴らせない。波留はただ、純粋にスパーを経験してみたくなっただけだった。一瞬、明日〈ヴィオラ〉が営業再開になったらどうしようと思ったが、思考の外に追いやった。

「スパー？　わたしと？　これでもプロよ」

リサは鼻で笑いつつも、手首をまわしてやる気を見せた。彼女はひどく小柄で、ネズミのような顔をしている。有り体に言って、女らしさはない。ジャージ姿でも女らしさを隠しきれない波留のようなタイプを、殴りたくてしかたがないのだ。

「いいですか、会長？　彼女とスパーしても」

「スパーは勘弁してくれよ」

会長は苦笑した。

「マスボクシングな。寸止め厳守。当てちゃダメだ。ついでにリサは、拳を握りこむのも禁止」

「ハンデが少なすぎるんじゃないですかねえ」

リサは不敵に微笑《ほほえ》むと、バンテージがわりの軍手をはめ、一六オンスのグローブを着けた。試合用の八オンスよりずっと大きく、小柄な彼女が嵌《は》めると両手ばかりが大きくて滑稽な姿になる。

それでもリングにあがってシャドーを始めると、全身から殺気を放った。ハンドスピードが速いわけではない。むしろ自分のほうが速いと思ったが、彼女のパンチには目的がある。相手を殴り、ノックアウトするためにやっているということが、はっきりとわかる。本業はキックボクシングのはずなのに、背中を丸めたクラウチングスタイルがやけに様になっている。

「着けなさい」

会長がリングの下からヘッドギアを渡そうとしたが、リサは拒否した。

「素人《しろうと》に一発でも入れられたら、引退しますよ」

波留も準備をして、リングにあがった。ヘッドギアが重かった。おまけにマスクにマウスピースなので、苦しくてしかたがない。

普通に考えれば、スパー初体験者とプロのキックボクサーでは、万に一つも勝ち目はない。しかし、波留にもアドバンテージがないわけではなかった。リサの身長は一五〇センチちょっとで、体重はアトム級――四六キロ以下だろう。対する波留は身長一六五センチに体重五〇キロ。ほぼフライ級なので、三階級違う。リーチだって断然こちらのほうが長い。

「マスボクシングだからな！　マスボクシング！」

会長が開始を告げるブザーを鳴らした。おろおろしているように見えて、眼が輝いていた。波留がどこまでできるのか、期待しているのかもしれなかった。期待に応えられる自信はまったくなかったが、バックステップを踏んでサークリングを始める。

「いきなりダンスなわけ？」

リサが不快そうに眉をひそめる。彼女は元気よく足を後ろに跳ねさせて、こちらにまっすぐ進んできた。猪突猛進のファイターだ。波留はジャブを放った。自分最速の勢いだったが、ダッキングで軽々と避けられた。二発、三発と続ける。かすりもしない。

「あんた、当てる気ないでしょ？」

リサがウィービングをしながら右フックを打ってきた。ブーンと鼻先で唸《うな》りをあげたパンチは驚くほど力強く、背中に冷や汗が滲《にじ》んだ。近くで見ると、リサの腕はやけに太かった。小柄でも肩幅が広く、骨格全体ががっちりしている感じだ。

「ボクシングって殴りあいよ。ダンスじゃないのよ」

左フック、アッパー、右ストレート、すべて寸止めされたが、当たっていたら倒されるパンチだった。レバーを狙ったボディブローには息がとまった。それも寸止めだったが、ちょんちょん、とからかうように脇腹に触れてきた。打ち抜かれていたら、倒されるだけはすまない。腹を押さえてのたうちまわってしまうだろう。

「ほら、打ってきな」

リサが両手をダラリとさげ、顔を前に突きだしてくる。波留はジャブを連打した。ハンドスピードには自信があったのに、ダッキングとウィービングですべて避けられてしまう。

後ろにさがった。相手はノーガードで顔を突きだしているのに、なにもできない。一歩、二歩、とリサがにじりよってきて、波留の背中はロープにあたった。追いつめられてしまった。ガードを固めた。

「さがるなっ！　前に出なさいっ！」

会長がバンバンとリングを叩く。

それでも波留は前に出られなかった。リサと眼が合うと、足元から恐怖がこみあげてきた。リサはギラギラと眼を輝かせながら打ってきた。ジャブ、右ストレート、アッパー、左フック……殺される、と思った。すべて寸止めだったが、パンチと一緒に放たれた殺気が、杭《くい》のように顔面にめりこんでくる。震えあがったハートを砕く。

殺される、殺される、殺される……。

こんなにも死を間近に感じたことは、生まれて初めてかもしれなかった。リサの殺気は本物だった。ガードしているグローブにパンチを当ててきた。次第に強くなり、グローブがはじき飛ばされた。がら空きになった顔面に、右ストレートが飛んでくる。

ボクサーはアスリートなんかじゃないと思った。相手を撲殺することを生き甲斐にしている殺人者だ。

このままなにもしなければ殺される……両脚がガクガク震え、恐怖に失神してしまいそうだった。もう許してくださいと泣いて謝れば、許してもらえるのかもしれなかった。なぜそうしなかったのか、自分でもわからなかった。カウンターを狙っていた。どうせ殺されるなら、一発返さなければ気がすまなかった。

一分以上一方的に攻めつづけているリサの攻撃は、だんだん雑になってきていた。

殺気こそこめられているものの、開始直後ほどパンチにキレがない。当ててやるつもりだった。右ストレートにカウンターを合わせてやろうと、拳を握りこんだ。こちらは本物の恐怖を感じているのだ。マスボクシングなのはわかっているが、こちらは本物の恐怖を感じているのだ。本気で殺されると震えあがっているのだ。

ジャブを打った。久しぶりの反撃だったので、リサが避けながら眼を丸くして笑う。残忍に瞳を輝かせ、もっと怖い思いをさせてやるとばかりに、右のオーバーハンドを飛ばしてきた。

波留は右ストレートで迎え撃った。歯を食いしばり、カッと眼を見開いて、渾身《こんしん》のパンチを放った。軌道はこちらのほうが短く、リーチはこちらのほうが長い。勝ち目はあるはずだったのに波留の拳は空を切り、次の瞬間、顔が真後ろに吹っ飛んだ。首が直角に折れ曲がったような衝撃があり、視界が真っ黒にシャットアウトされた。

「……起きあがらんでいい」

眼を開けると、会長の声がした。波留はリングであお向けに横たわっていた。倒れたことさえ記憶になかった。サンドバッグを叩く音が聞こえていた。リサがやっているのだろう。音が重くて鋭かった。あんなパンチをもらってしまったら、意識を失うのも当然のように思われた。

「ライトクロス……利き腕同士のカウンターがまともに入ったからなあ。しばらく動かないほうがいいぞ……まったく、マスボクシングだと言ってるのに思いきり殴りやがって、なに考えてるんだか」

「アクシデントですよー」

リサがサンドバッグを叩くのをやめてリングにあがってきた。

「あなた、狙ってきたでしょ？　だから反射的に当てちゃったの。ごめんなさいね」

両手を左右に伸ばしてロープにもたれかかり、倒れている波留を悠然と見下ろす。ボクシングの世界では、そうやって敗者を見下ろすのは勝者だけに与えられた特権だ。

「でも、ちょっと見直したな。最後の右ストレートを打ってきたとき、すごくいい眼をしてた。本当は殴りあうのが好きなんじゃない？」

波留は言葉を返せなかった。脳が揺さぶられ、記憶が曖昧だったが、リサの顔面を殴ってやろうと思ったことだけははっきりと覚えていた。殴らなければ殺されると思った。恐怖が起こした反撃だったが、パンチを打つ直前の、体がカッと燃えあがるような感覚がいまだ生々しい。本能に火がついたような衝動が、震えるほどに心地よかった。ボクサーというのは、あの瞬間を体現するためにリングにあがっているのではないかと、ぼんやり思った。

「眼をつぶりなさい」

会長に言われて眼を閉じると、濡れたタオルを顔の上に載せられた。ひんやりして気持ちよく、急速に意識がまた遠ざかっていった。

ボクシングを始めたのは、ソープ嬢になったことと無関係ではなかった。

波留にはお金が必要だった。二十歳を超えたばかりの小娘が効率よく大金を稼ぐ方法を、他に思いつかなかった。それまでは六本木《ろっぽんぎ》のキャバクラで働いていた。太客をつかんで月に何百万も稼いでいる者もいたが、内気な自分には真似できないと思った。なにより同僚たちから陰湿ないじめを受けていて、ノイローゼ寸前だった。田舎育ちでおっとりしている波留は、キャバクラ特有のハイテンションなノリについていけなかったのだ。

「あなたも絶対、キャバよりソープのほうが向いてると思う」

同じようなおっとりしたタイプで、いじめを受けて先にやめていった元同僚に、そんなことを言われた。彼女はキャバクラをやめたあと、川崎《かわさき》のソープランドで働いていた。

「個室でふたりきりならマイペースで接客できるし、女同士の付き合いもないもの。

うちみたいに個室で待機なら、顔も合わせないし」

「でも、ソープでしょ……」

「キャバだと毎晩口説かれるじゃない？　紳士面しててても、結局はやらせろ、やらせろでしょ。あれをかわすのがわたしはすっごく疲れたんだけど、ソープだとそういう駆け引きがいっさいないんだよ。やらせる前提だから、当たり前なんだけどね。でも、ホントにもうストレスフリー」

彼女の話を鵜呑《うの》みにしたわけではないし、ソープの仕事がストレスフリーなわけがなかったが、その話は印象に残っていた。経済的に窮地に追いこまれたとき、思いだしていろいろと調べてみると、キャバクラに向いている女と風俗に向いている女はタイプが違うらしいことがわかった。自分はキャバクラより風俗に向いているような気がした。

それでも、実際に面接に行き、働きはじめるには相当な勇気が必要だった。昨日までの自分を、自分で首を絞めて殺してしまうほどの覚悟がなければできなかった。蒔田に心も裸になれと言われても、男性経験がひとりしかない波留にはなにがなんだかわからず、初対面の男と体を重ねるたびに、心が削られた。

お金と引き替えに恥知らずな女になる——そこまでは働きはじめる前から想像がついたし、恥もかかずに大金が稼げるわけがないと思っていたが、それ以上にしんどかったことがある。なんでも求められるままに振る舞っていると、自分がブレたりズレたりすることだ。相手に合わせるのが得意だから、なおさらだった。自分という存在が消えてなくなっていくような、暗色《あんしょく》の不安を覚えた。満足顔で帰っていくお客さまを笑顔で見送りながら、自分はいったい誰なんだろうと思ってしまうことがよくあった。

そんな自分を鍛え直し、自分を見失わないように始めたのが、ボクシングだった。登山とか水泳とかサイクリングではダメだった。

いまはもうだいぶ記憶も薄れてしまったけれど、当時の波留には、殴ってやりたい男がいた。その男のことを思い浮かべれば、拳が痛くなってもサンドバッグを叩くのをやめることができなかった。

伊佐孝一《いさこういち》。

波留が通っていた高校の国語教師だ。

高三のとき、恋に落ちた。両想いだった。肉体関係もあった。先生には妻子がいたから、誰にも言えない不倫の関係だった。

波留は同級生に奥手といじられるようなタイプだったから、初めての恋にまわりが見えなくなるほど夢中になった。運命の出会いとか、生涯でただ一度の恋などと、大げさに胸をときめかせては、ひとりで悦に入っていた。いまとなっては笑ってしまうが、あのころはセックスが特別な儀式だった。オルガスムスを知らなくても、生まれたままの姿で抱きあっていることが日常生活から切り離された神聖な行為に思え、永遠を夢見ることができた。

付き合いだして三カ月で、学校中の噂になった。いったいどこでバレたのか当時は激しく混乱したけれど、いま考えてみれば、先生のクルマに毎日のように乗っていたし、屋外で抱きついたりキスをしたりしていたし、完全に舞いあがっていた。どこでバレてもおかしくなかった。

波留の故郷は小さな港町だったから、学校中の噂はすぐに町中の噂になった。ふたつ上の姉はボートで国体に出場した町の有名人だった。父親は小中学校でPTA会長を務めるほど教育熱心で知られていた。その娘が不倫……しかも女子高生が教師と……幼いながらも真剣だった愛は、好奇にかられた薄汚い噂によって蹂躙《じゅうりん》され、激怒した父親によって波留は自宅に監禁された。高校三年の十二月の話だから、すでに卒業に必要な単位は揃《そろ》っており、もう学校には行くなと厳命された。

先生も自主退職をしたと、仲のいいクラスメイトが教えてくれた。懲戒免職じゃなかっただけよかったじゃない、と彼女は言っていたが、波留はショックで食事も喉を通らなくなった。もちろん、バレればそういう事態が待ち受けていることはわかっていたが、現実になってみると衝撃の大きさは想像をはるかに超えていた。先生には妻子がいて、息子はまだ三歳だった。

謝りにいこうと家を抜けだした。

温暖な気候の港町にも雪が降りそうな寒い日だった。小走りで夜道を進みながら、今日がクリスマスイブであることを思いだした。会えないかもしれないと思ったが、先を急ぐのをやめられなかった。スマホは父親に取りあげられていたので、連絡は公衆電話に頼るしかなかった。その前に、家の前まで行ってみた。小さな建て売りだが、洒落《しゃれ》た新築の一戸建てだった。

駐車場に真っ赤なシビックが停《と》まっていた。先生の愛車だった。運転の好きな人で、古いクルマだがとても大事にしていた。運転席に先生がいるのが見えた。シートに体を預けてぼんやりしていた。エンジンがかかっているのは、ヒーターで暖をとるためだろう。

コンコンとサイドウインドウを叩くと、先生はハッとしてこちらを見た。大げさに眼を見開いて焦っていた。大人のくせに、気の小さいビビリだった。そういうところも、可愛《かわい》くて大好きだった。

「どうしたんだい？」

先生がサイドウインドウを開けて言った。

「謝りにきました」

「……なにを？」

「そっち行っていいですか？」

波留は白い息を吐きながら、助手席を指差した。大胆な行動だった。二度とふたりきりで会わないと、父親にも校長先生にも約束していた。波留こそ気の小さなビビリなのに、先生といるとどういうわけか大胆な女になれるのだった。

先生は困惑しながらも、波留の提案を受け入れてくれた。助手席のほうにまわり、シートに体をすべりこませた。車内はぬくぬくと暖かく、ホッとひと息つくことができた。

「ここで話してるのは、まずいな……」

先生は独り言のように言うと、クルマを出した。住宅街を抜けて、国道を流した。先生の運転は水面をすべる水すましのようにスムーズで、荒々しさの欠片《かけら》もない。先生のセックスによく似ていると思うと、波留の顔は熱くなった。

「謝るってなんのこと？」

先生は前を見ながら訊ねてきた。横顔がやつれていたので胸が痛んだ。

「学校、やめたって聞いたので……」

「ああ……」

先生はつまらなそうに笑った。

「そりゃそうだろう、やめないほうがおかしい」

「でも、生活とかいろいろ大変なんじゃないですか？　奥さんとか、お子さんとか、いるし……」

「キミとそういう話をしたくないな」

「そういう話？」

「現実の話さ」

先生は遠くを見るように眼を細めた。

「笑わないで聞いてほしいけど、僕は本当にキミのことが好きだったんだ。付き合っている間、ずっと夢の中にいるような気分だった。僕が夢見ている間、現実は音をたてて崩れ、三十七年間積みあげてきたものが台無しになってしまったけれど、後悔はしていない。そういうことさ」

波留はにわかに言葉を返せなかった。同じことを考えてくれていたんだと思うと、涙が出てきそうになった。

しかし、ふたりはすでに夢から覚め、現実に引き戻されていた。クリスマスイブに会ったりしていてはいけない立場だった。にもかかわらず、シビックは町から遠ざかっていくばかりだったので、帰らなくていいんですか？　という言葉が喉元まで迫《せ》りあがってきた。

もちろん、言えるわけがなかった。夢から覚めても、恋まで冷めてしまったわけではない。一分一秒でも長く、一緒にいたい。同じ空を見上げ、同じ空気を吸っていたい。

ふん、ふん、ふふん、と先生が鼻歌を歌いだした。

「なんですか、それ？」

「なんとかっていうアイドルグループの歌。タイトルがいいんだ。『世界で一番孤独なＬｏｖｅｒ』」

「わたしたちのことみたいじゃないですか」

波留が笑うと、先生も笑った。笑い方が、ふたりとも疲れていた。

お互いにもう少しいい加減な性格であったら、どれだけ救われただろう。親との約束を反故《ほご》にしようが、妻子をしたたかに裏切っていようが、秘密裏に逢瀬《おうせ》を繰り返し、たとえばこういう状況なら、まっすぐにラブホテルに行って素肌と素肌を重ねあわせ、刹那の快楽に溺れられる不道徳で浅はかな人間であれば、もう少し違う未来もあったかもしれない。

先生の運転するシビックはラブホテルには向かわず、ファミリーレストランなどに立ち寄ることもなく、町から遠ざかりつづけた。夜の国道を黙々と前に進み、一時間経っても二時間経ってもＵターンしようとしなかった。行くあてがあるとは思えなかったが、波留はなにも言わなかった。言葉を口にすることが怖かった。

行くあてがなくても、走りつづければどこかに辿りつく。

深夜一時、シビックは東京に辿りついた。イオンに行くにもクルマで三十分かかる田舎町で育った波留にとって、東京は不倫と同じかそれ以上に非日常的なテレビの中の世界だった。自分の生活と地続きで存在しているとはとても思えず、クルマから降りて新宿歌舞伎町を歩いていると、足を前に一歩踏みだすたびに現実感が奪われていった。深夜にもかかわらずクリスマスイブの歌舞伎町は活気にあふれ、田舎のお祭りの百倍くらい人がいるような感じだった。

お腹《なか》がすいたね、と先生が言い、マクドナルドに入った。

「どうして東京なんて来たんですか?」

「さあね」

五時間以上ぶっ通しで運転を続けた先生は、疲れきっていた。

「久しぶりにキミの顔を見たら、なにか突拍子もないことをしてみたくなったんだ」

「ハンバーガー食べたら帰るんですか?」

先生は答えなかった。帰るときっぱり言ってくれていたら、ふたりの道行きはどうなっていただろう。

波留はありったけの勇気を振り絞って言った。

「わたし、帰りたくない」

先生は黙っていた。

「家にも学校にも、地元になんかまったく未練はないです。先生さえ……一緒にいてくれれば……」

先生はやはり、なにも答えてくれなかったが、ふたりは地元に帰らなかった。そのまま東京に居着いてしまった。

地元ではおそらく、ふたりが駆け落ちしたと大騒ぎになっているはずだった。警察に捜索願いを出されるのを防ぐため、波留は父親に短いメールを送った。

捜さないでください。

未熟な愛ですが、愛は愛なんです。

5

「波留さーん、まだ起きないんですかー。もう夜ですよー」

桃香の声が聞こえてきても、ベッドから出る気にはなれなかった。

昼すぎにジムから帰ってきた波留は、それからずっとベッドの中にいる。脳しんとうの影響なのか、眠りは断続的で、夢とうつつの間をさまよっている感じだった。それ自体はふわふわしたいい気分なのだが、眠りに落ちると悪い夢ばかり見てしまい、思いだしたくもないことを思いださなければならなかった。

「起きてくださいよー。わたしひとりぼっちで、暇じゃないですかー」

桃香は部屋に入ってきて、波留の背中を揺すった。まったく図々しい。ほだされて居候させたのが、運の尽きだった。波留はひとりでいることが苦にならない。粘ついた人間関係こそ大の苦手で、とくに女同士となると鼻をつまんで通りすぎたくなるほうだった。女の集団に入り、いじめられなかったことのほうが少ないからである。

とはいえ、きょうだいが姉ひとり——なんでもできる彼女と比べられてコンプレックスばかり感じていた波留は、妹がいればよかったのに、とよく思っていた。桃香はまさしく完全無欠の妹キャラで、甘えることの天才だった。しかも波留が、甘えられるのをちょっと嬉しく思っていることをしっかり見透かしている小悪魔的なところもある。たしかに桃香のように手放しで甘えてこられると、ないがしろにはできない。

「なんなの、もう！　わたし、頭痛いんだってば」

ガバッと布団をめくって体を起こした。

「じゃあ、おクスリ飲みましょう、おクスリ。飲めば治りますよ、アハハ」

笑う桃香の口からは、アルコールの甘い香りが漂ってきた。「おクスリ」の正体は自明だったが、波留は溜息まじりにベッドから出てリビングに向かった。案の定、テーブルの上には缶酎ハイの空き缶が、五、六本も並んでいた。

「ひとりで飲んでると、淋しくて、哀《かな》しくて、やりきれない気分になるんですよ。お酒飲んだら、誰かとしゃべりたくなるものでしょ？」

「ひとりで飲んだりしないから、知らない」

波留は憮然《ぶぜん》としてソファに腰をおろした。桃香が冷蔵庫から缶ビールを持ってきてくれる。桃香は酎ハイをこよなく愛しているが、波留はビールのほうが好きだった。きちんとこちらの好みを押さえているところが心憎い。しかたなく、プルタブを引いて乾杯する。

「それにしてもよく寝ましたねー。一時過ぎに帰ってきて、もう八時ですよ。七時間は寝すぎですって、お昼寝で」

横長のソファに、ふたりはいつも並んで座っている。桃香はいつだって落ち着きがない。隙あらば波留の体にひっついてくる。ハグでも膝枕でも遠慮なしだ。彼女のほうが体が大きいのに……。

「いくらでも寝られるときってあるじゃない？」

波留は缶ビールを飲んだ。渇いた喉に炭酸が染みた。

「今日はたぶん、そういう日」

「寝すぎてお腹すきません？」

「なんかあるの？」

「もちろんですよー。お酒の肴《さかな》なら、アボカドのカプレーゼ、小松菜のペペロンチーノ、もやしのナムル。がっつりいきたいなら、鶏チャーシューか豚キムチ。ごはんは、焼きうどんかきつねうどん。おすすめはきつねうどんですね。本気出しておあげさん炊きましたから」

「……ちょっとした居酒屋ね」

波留は呆《あき》れたように言った。食事の準備が万端なのは、今日に限ったことではなかった。桃香は料理が得意なのだ。料理だけではなく、掃除でも洗濯でもなんでもしてくれる。居候としての気遣いだろうが、それにしても若いくせに家事のスペックが高すぎる。波留も料理は嫌いではないが、盛りつけまで気が利いている桃香には恥ずかしくて出せない。

「なに食べます？」

「まずは軽くつまめるものでいいかな。がっつりはあとで」

「わかりました。おまかせの桃ちゃんコースですね。しばしお待ちを」

跳ねるようにキッチンに向かう桃香の背中を眺めて、波留は笑みをもらした。ちょっと図々しいところはあるけれど、彼女が居候してくれて助かった。家事だけの話ではない。

緊急事態宣言のおかげで店は休み、ジムにも行けない、不要不急の外出は禁止、という暗黒の日々が二十日ほども続いたのである。それほど長い間、家でじっとしていることを余儀なくされれば、ひとりでいるのを苦にしない波留でも、さすがに気が滅入《めい》っていただろう。未来への不安で悩みまくり、鬱状態になっていたかもしれない。

賑やかな桃香がいてくれたおかげで、シリアスな問題と向きあわなくてすんだ。緊急事態宣言が解除になるまでは、自宅軟禁の状態がいつまで続くかわからなかったのだ。ぎりぎり半年くらいなら貯《たくわ》えでしのげても、それ以上になると稼がなければ生きていけない。

「おまたせしました」

桃香が大皿に載せたつまみを持ってくる。いろいろな料理が、少しずつ盛られている。波留は箸を取り、もやしのナムルを食べた。うん、おいしい。桃香に眼を丸くした顔を向けると、得意げな笑みが返ってきた。

「さっきテレビでやってたんですけどね、ダメ男には独特の色気があるんですって。

わかるー、って拍手しちゃいましたよ。この人エロいなー、って思うと、だいたい人間の屑《くず》ですもんね」

桃香はラジオのDJのようによくしゃべるが、中身はほぼ恋バナだ、しかも守備範囲が異様に狭く、ホストに貢いだ話、ホストに浮気された話、ホストに借金を踏み倒された話、という具合である。もちろん、恋に落ちて初めてのキス、ふたりきりの甘い時間、はしゃぎすぎた夜など、それなりにドラマチックな思い出もあるのだが、ハッピーエンドはひとつもない。

もっとも、ハッピーエンドになっていれば、ソープ嬢になんてなっていないだろう。以前は服も脱がずにハンドサービスだけで射精に導くという、ニッチな風俗で働いていたらしいが、ホスト通いでできた借金で首がまわらなくなり、吉原にやってきたようだ。

「波留さんはどうしてソープ嬢になったんですか？」

桃香は酔っ払うと、かならずその質問をぶつけてくる。

「やっぱり男ですか？　ブランド狂いには見えないし、ホスクラなんて行きそうもないし、実家の会社が傾いたとか、真面目《まじめ》な理由？」

「その話はやめてって言ってるでしょ」

しなだれかかってきている桃香の体を、波留は押し返した。

「でも、わたしは秘密を打ち明けたのに……」

「あんたが勝手にしゃべってるだけじゃないの」

「わたしがホストに突き飛ばされて噴水に落ちたって話で、大笑いしてたじゃないですかー」

「笑うでしょ、そりゃあ」

「波留さんの秘密も教えてくださいよー」

「しつこいなあ」

「波留さんが好きなんです。好きな人のこと、なんでも知りたいって思うのが女の子でしょ」

「やめないとこうよ」

波留はソファから立ちあがり、桃香も立たせて向きあった。昼間のリサの真似をして、クラウチングスタイルから右のオーバーハンドを放った。もちろん寸止めだが、拳の風圧に前髪がふわりと揺れて、桃香の顔は凍りついたように固まった。リサには負けるだろうが、我ながら殺気のこもったいいパンチだった。

「わかった？　怖い思いしたくなかったら、いまの話は二度としないで」

ポンポンと双肩を叩いてやっても、桃香の顔は元に戻らなかった。凍りついたままぐにゃりと歪《ゆが》んで、泣きだした。

「泣くことないでしょ、大げさね」

波留が笑いかけても、ボロボロ涙を流して嗚咽をもらす。弱ったなと思っていると、足の裏に異変を感じた。濡れている……。

桃香は白いショートパンツを穿いていた。そこから健やかに伸びた長い両脚の内側に、滝のように流れているものがある。ほのかなアンモニア臭が鼻先で揺らいだ。失禁してしまったらしい。

「ちょっとっ！　なにするのよ、もうっ！」

「波留さんが怖いことするからじゃないですかー。人を殺しそうな眼をしてましたよー」

桃香は泣きじゃくっていた。失禁はとまらなかった。いやいやをする子供のように足踏みしながら漏らしつづけ、足元の水たまりがみるみる大きくなっていった。

ソープ嬢になったきっかけは、先生が自殺してしまったからだった。

駆け落ちという言葉に含まれているはずの、ひりひりするような熱愛のピークも味わわないまま、なんとなく始まった東京暮らしは、ふたりにとってつらく厳しいものだった。

生活とはつまり、そういうものなのだろう。保証人がいなくてもＯＫという条件で借りたアパートの部屋は狭く、家具がないから愛の巣と呼ぶにはあまりにも殺風景だった。そんなところでも住んでいれば毎月家賃が発生し、食べるものだって買わなければならないのに、先生は就職の面接に落ちつづけ、波留は年齢を偽って夜の街で働くことを余儀なくされた。

派手に着飾った女が行き交う六本木の街も、職場となった大箱のキャバクラも、嘘のようにキラキラと煌《きら》めいて、とても馴染《なじ》むことはできそうになかった。卒倒しそうなほど露出度高めのドレスに身を包んだ波留を見て、「キミなら絶対売れっ子になれる」と店長は太鼓判を押してくれたけれど、つい最近まで田舎の高校生だった小娘に、大人の男と渡りあうトークスキルなどあるはずがなかった。挨拶をして源氏名《げんじな》を名乗り、偽りの年齢を告げると、早速話題につまった。向こうから話を振られても、なにを言ってるのかよくわからないことばかりで、言葉を返せなかった。バラエティ番組でMCの芸人を苛立《いらだ》たせている、ぼんやりノーリアクションの新人アイドルそのままだった。

それでも、一対一ならまだマシで、お客さまが三、四人、女の子も同じ数というテーブルにつくと、ひとりだけお通夜のように黙りこんでしまう。お酒にすら慣れていない未成年だったので、集団で飲むという行為が怖くてしかたなかった。お酒をつくったり、灰皿を交換したりという気遣いさえできないまま、「あんた真面目にやりなさい」と先輩に叱られて、お客さまに「まあまあ」とたしなめられることが日常茶飯事だった。

政治、経済、芸能、スポーツ、どんな話題でもお客さまに合わせることができ、エピソードトークで爆笑を起こし、気がつけば高価なニューボトルを入れさせている先輩が、ほとんど怪物に見えた。逆立ちしても真似できない、とバックヤードでいじめられても耐えることしかできなかった。

そんな毎日であっても、部屋に帰れば先生にやさしくしてもらえるのなら救われた。しかし、ようやく決まった先生の就職先は、投資会社を騙《かた》る詐欺師の集まりのようなところだったらしく、心を壊してしまった。新しい仕事先を探すこともできないまま、ブックオフで買ったという見たこともないほど古いニンテンドーDSを日がな一日やっているようになった。話しかけても「ああ」とか「うん」とかぞんざいに返されるばかりだった。

どうしていいかわからなかった。奥さんと子供の元に戻れば元気になるなら、もう先生のことは諦めよう——そう思って気持ちを伝えると、「いまさら帰れるわけないだろっ！」と怒鳴られた。

波留にできることは、煌びやかな六本木のキャバクラでつらい思いをしながら働きつづけることだけだった。先生が以前、奥さんと別れても子供の養育費だけは払いたいと言っていたので、働けなくなった彼に代わって、毎月幾ばくかのお金を先生の家に送った。

　さすがに疲れ果てた。季節が一巡するころには、波留はすっかり笑顔を忘れてしまった。店ではとにかくニコニコしていることを心掛けたが、あの時期心から笑ったことなんて一度もない。

　セックスも全然していなかった。まったく求められなくなった。意を決して波留のほうから誘ってみると、「髪が煙草《たばこ》くさいからこっちに来るな」と言われた。それから、「くさい、くさい」と日常生活でも近づくのを避けられるようになった。DSをしながらいつも安い焼酎を飲んでいた先生のほうが、よっぽどくさかった。焼酎を切らすと怒られた。「おまえはいいよな、毎晩客の金で馬鹿高い酒を飲んで」などと唇を歪めて嫌味を言われた。嫉妬されているのかもしれなかったが、嬉しくもなんともなく、ただひたすらに哀しかった。

　そして先生はいなくなった。

　東京に来て二度目の春を迎えていた。完全に行きづまっていた先生との関係を少しでも改善しようと、波留はケーキを買って帰宅した。四月十六日――波留の二十歳の誕生日だった。

　扉を開けると、部屋がガランとしていた。開け放たれた窓から夜風が吹きこんでカーテンを揺らし、どこからか飛んできたピンク色の桜の花びらがひらひらと舞っていた。波留は反射的にベランダに飛びだして下を見た。その部屋は二階だったので飛びおりたって死ねるわけはないのだが、先生が死んでしまった気がしたのだ。ベランダの下に先生の姿はなかった。そのころはちょっと買い物に出ることさえ嫌がっていたので、散歩とは思えなかった。駐車場に行ってみると、シビックがなくなっていた。

一日が過ぎても二日が過ぎても、先生は帰ってこなかった。先生が死んでしまったのかもしれないという直感は、当たっていたのだ。荒川《あらかわ》の河川敷に停めたシビックの車内で、練炭自殺を遂げたらしい。

波留がそのことを知ったのは、先生が失踪してから一週間後のことだった。先生の奥さんが部屋に訪ねてきて、伝えられた。

シビックの中で亡骸《なきがら》になった先生を発見した警察は、まだ籍を抜いていなかった奥さんに連絡したのだ。奥さんは遺体安置所で夫であることを確認し、通夜も葬式もなくただ火葬だけしたらしい。

「あの人の鞄《かばん》の中に入っていた郵便物に、ここの住所が……来るべきなのか、伝えるべきなのか、ずいぶん迷ったんですけどね……やっぱり、ケジメは必要な気がして……」

奥さんは遺骨を胸に抱えていた。四角い箱を包んでいる白い布より、白い顔をしていた。まるで幽霊のような表情で、先生が亡くなった事実だけを淡々と告げてきた。

言いたいことはたくさんあるはずだった。罵られたって、平手で頬を打たれたって文句を言えないのが、波留の立場だった。しかし、奥さんは恨みがましい眼を向けてきただけで帰っていった。

波留は泣くこともできなかった。

「なんでひとりで死ぬのよ……勝手に死ぬのよ……」

人を殴りたいという衝動を、そのとき初めて覚えた。ブーン、ブーン、と両手を振りまわした。まだ部屋に少しだけ残っていた先生の気配に向かって、何度も何度も拳を当てた。

先生を殴ってやりたいのと同じくらい、深い罪悪感が心を千々に乱していた。ひとりの女性を――奥さんの人生をめちゃくちゃにしてしまった事実に、胸が引き裂かれそうだった。いや、奥さんだけではなく、先生には息子もいる。

波留はキャバクラで稼いだお金から、奥さんに月五万円を送金していた。ネットで養育費のことを調べたところ、先生の年収ならだいたいそれくらいだと相場が記されていたからだ。

そんなものでは全然足りないのではないか、と思った。別の統計では子供をひとり成人させるためには二千万円から三千万円かかることになっていた。先生の息子は五歳になっているはずだから、成人するまであと十五年。月五万を十五年送りつづけても、九百万円にしかならない。そもそも月五万円の中には、奥さんに対する慰謝料は含まれていない。父親を永遠に失ってしまった子供の哀しみまで、補える額ではない。

三千万円払おう、と決めた。

お金を払って償えることではないにしろ、そうしなければ気がすまなかった。未熟者が人を愛した代償だった。

やってしまったことはやってしまったことであり、後悔も反省もしたくなかった。しかし、やってしまったことの結果に頰被《ほおかぶ》りし、自分だけがぬくぬく生きていくような人間にはなりたくなかった。

そんなことをすれば、先生に対する愛にまで泥を塗ることになる。

6

「怒ってますか?」

「怒ってないわよ」

「おしっこ漏らして怒ってますよね？」

「怒ってないって言ってるでしょ」

金魚の糞《ふん》のようについてくる桃香から逃れるように、波留は部屋の中をぐるぐるまわっていた。

「急に殴る真似なんかして、こっちこそ悪かったね。ごめん」

「ううう……」

桃香は眼尻を思いきり垂らし、下唇を出した変な顔をしている。また泣きだしそうだった。しかたなく、ハグしてやる。桃香はハグをするのが大好きだが、されるのはもっと好きだ。

「もうしないから、泣かないで。ね、仲よく飲み直そう」

やさしく髪を撫でていると、腕の中で桃香がハッと息を呑んだ。

「大事なこと言い忘れてました」

「なに？」

「今日これから、オンライン飲み会があるんです」

「なにそれ？」

「ビデオ通話しながらお酒飲むんです。〈ヴィオラ〉の子たちと」

「あんた〈ヴィオラ〉で仲良かった子なんているの？　わたし、ひとりも連絡先知らないわよ」

「波留さんが気絶してるとき、LINE交換したんです」

蒔田店長が首吊り自殺したときの話らしい。

「なにかあったら連絡とりあおうって……」

「なにがあったのよ？」

「知らないんですか？」

桃香は眉をひそめて、波留の顔をのぞきこんできた。

「お店から連絡あったでしょう？」

波留は首を横に振った。あとで確認したところ、黒服からLINEでメッセージが届いていた。七時間も昼寝をしたので気づかなかったのだ。メッセージの内容は、桃香が教えてくれたものとほぼ同じだった。

「緊急事態宣言も解除されたし、〈ヴィオラ〉も営業再開するみたいなんです。でも、オーナーが替わったとかで、いままでみたいな超高級店じゃなくて、名前を変えて大衆店として再出発するって」

「……嘘でしょ？」

高級店から大衆店に格下げするということは、料金が十万円から三万円前後にさがるということだ。となると、キャストの取り分が六割として、一万八千円。五割なら一万五千円となる。

「そんな条件で、みんな戻るのかしら？」

「だからオンライン飲み会なんですよ」

桃香は胸を張って答えた。

「戻るか戻らないか、みんなで話しあおうって」

「馬鹿馬鹿しい。戻るわけないわよ」

波留は体を投げだすように、ソファに腰をおろした。

「だいたい、あんたクビになったんじゃなかったっけ？」

「大衆店になるから戻ってこないかって、誘われて……」

「他の高級店あたったほうがいいと思うよ。二十歳で、その顔で、そのスタイルで、自分を安売りすることないんじゃないかな」

「えっ？　波留さんのわたしに対する評価、意外に高いんですね」

桃香は嬉しそうに相好を崩した。

「まあ、その……見た目だけならね……」

はっきり言って、容姿だけなら〈ヴィオラ〉でも一、二位を争うだろう。タイプは違うが、クールビューティの水樹と双璧という感じだ。

しかし、それでもクビになった――指名がとれなかったということは、他に問題があるはずだった。

二十日間、彼女と一緒に暮らしてわかったことがある。とにかく人に甘えてくる。それも、度が過ぎている。ひと言で言えば幼稚だ。妹分としては可愛いのだが、〈ヴィオラ〉の客は平均年齢が高く、紳士然とした人が多いので、あまり好まれそうもない。

そして、指名の最大の決め手になるのはセックスだが、これは他人が立ち入るべき問題ではない。とはいえ、セックスが抜群なら、多少性格に難があっても眼をつぶってもらえるのがソープ嬢だ。

波留は〈ヴィオラ〉に面接に来る前、ソープ嬢になれば男を虜《とりこ》にできるテクニックを伝授してもらえると思っていた。期待していた、と言ってもいい。しかし、これをやればどんな男も夢中になるというマニュアルや必殺技など、どこにも存在しないのだ。自分で経験を重ね、失敗したり成功したりしながら発見するしかないのである。

だから、蒔田はなにも教えてくれなかった。誠実な人だったと思う。表面的なことをあれこれ言うのはいくらでもできたはずだが、それを鵜呑みにするほうがむしろ危ないということを、蒔田は理解していた。体だけではなく、心も裸になって、お客さまのすべてを受け入れなければダメなのだ。

三年間働いてきて、波留にもようやくわかりかけてきた気がしていた。しかし、それを桃香に伝える気にはなれなかった。伝えてやりたくても、言葉にできないのだからどうしようもない。


約束したわけでもないのに、波留もオンライン飲み会なるものに参加させられることになった。

「お願いですから参加してくださいよー。わたし言っちゃったんです。いま波留さんのところに居候してるから、波留さんにも参加してもらうって」

寸止めパンチで失禁させたあとでなければ、勝手なことを言うんじゃない、と相手にしなかっただろう。波留は女同士の集いが苦手なのだ。オンラインではなくリアルな飲み会であったなら、一〇〇パーセント、いや一〇〇〇パーセント参加しなかった。

「あっ、始まるみたいですね」

部屋の中をうろうろしながらスマホを見ていた桃香が言った。波留もソファに寝転んでスマホを見ている。

まず顔が映ったのは、檸檬《れもん》だった。けっこう年上で、三十歳手前くらい。母性を感じさせる柔らかな笑顔の持ち主にして、とびきりのグラマー。ゴージャスなスタイルってこういう人のことを言うんだなという感じで、いかにも高齢の紳士に受けそうなタイプだ。実際、指名数のランキングも常に上位である。

続いて、翡翠《ひすい》。年は波留と同じくらい。知的な顔立ちの美人だが、雰囲気がアンニュイでどことなく幸薄そうだ。陰があるというか、わたし恋に破れたばかりで傷だらけなんです、みたいな空気をまとっている。そういう女を好む向きは少なくないらしく、彼女もまたランキング上位の常連だった。

うわっ……水樹の顔が見えた瞬間、波留は参加したことを心の底から後悔した。彼女のことは嫌いではない。人間関係がないのだから好きも嫌いもないのだが、向こうがあからさまにこちらを嫌っている。どう考えても、ナンバーワンの波留に対して嫉妬の炎を燃やしている。

そこに波留と桃香を加えた五人が、参加者のようだった。誰かが仕切るということもなく、だらだらとおしゃべりが始まった。

「大衆店はないわよね」

「うん、あり得ない」

「でも、〈ヴィオラ〉は居心地いいから」

「大衆店になったら、黒服も入れ替わって居心地悪くなるんじゃないの」

「稼がないといけないのになあ」

「川崎でも行こうかしら」

「あっちは大変らしいよ。マットとかきっちりやらされて」

波留は黙って聞いていた。みんな仲よくないな、という雰囲気だけがひしひしと伝わってきた。顔色をうかがいながら、探り探り言葉を継いでいる。おそらく、まともに話したことなんてないのだろう。

波留は缶ビールを呷《あお》った。オンライン飲み会なはずなのに、缶ビールや缶酎ハイを手にしているのは波留と桃香だけだったので、ちょっと恥ずかしかった。

「波留ちゃんは？」

檸檬が声をかけてきたので、ビクッとした。心臓に悪かった。檸檬はいい人そうだが、話したことはもちろんない。

「あなた、〈ヴィオラ〉に戻るの？」

「いえ……大衆店では……ちょっと……」

「そうよねえ」

翡翠がうなずく。

「三年間〈ヴィオラ〉のナンバーワンを守りつづけたクイーンが、総額三万円の大衆店なんてねえ……」

「波留ちゃんが入ってきてから、わたし、指名一位がとれなくなったんだから」

檸檬が笑う。

「それまでは、たまーに、一位になることがあったのに」

「わたしも、わたしも」

翡翠も笑っている。

「それは……なんかすいません……」

波留は居心地の悪さに小さくなった。オンライン飲み会を中座するにはどうしたらいいのだろう。実のある話もなさそうなので、トイレに行くふりをしてフェイドアウトしてしまおうか。

「あのね！」

不意に水樹が声を張った。

「大衆店は論外としても、他の店に行くのもどうなのかな？ わたし他のソープ知らないけど、たぶん〈ヴィオラ〉よりキャストを大事にしてくれるところってないと思うよ。高級店中の高級店なんだもん」

檸檬と翡翠がうなずいたので、波留も釣られてうなずいた。いちばん大きく首を振ってうなずいていたのが、桃香だった。クビになったくせに……。

「だったらいっそのこと、自分たちでやらない？」

水樹の言葉に、全員がキョトンとした。

「ソープを経営するのは難しいでしょうけど、デリなら簡単にできるわよ。〈ヴィオラ〉に在籍した女の子が揃ってるってなれば……」

「でも……」

翡翠が口を挟んだ。

「デリって大衆店より安いんじゃないの？　本番なしで、六十分イチゴーとかの世界でしょ」

「そんなルール守る必要ないわよ。デリの子だって、プラス一万で本番したりしてるんだから。〈ヴィオラ〉のサービスをそのままデリで提供するかわりに、お値段も据え置き」

「十万円！」

「そう」

「そんな強気なデリなんて聞いたことないけど……」

「あるわよ。わたし調べたもの。アイドルの卵が多数在籍、みたいな富裕層目当てのところがあるわけ。一瞬そこに面接に行こうかと思ったけど、ちょっと待ってわたし、〈ヴィオラ〉の子たちなら、胡散《うさん》くさいアイドルの卵なんかより、よっぽどきっちり十万円の仕事ができるんじゃないかしらって」

「そりゃあまあ、そうかもね」

翡翠が満更でもなさそうにニヤニヤ笑い、

「十万円分の満足だけじゃなくて、次の指名にも繋げないとクビだものね」

檸檬も同調した。

波留はそわそわと落ち着かなくなった。この流れはよろしくなかった。うっかりうなずいてしまった日には、素人経営のデリヘルで働かされる羽目になるかもしれない。水樹がいなければともかく、よりによって旗を振っている。彼女と一緒に店を起《た》ちあげるなんて、考えたくもない。

人間、自分を嫌っている人間は避けたくなるものだ。そんなの当たり前だ。だいたい、スマホの画面に映っている水樹は、一度も眼を合わせてこない。彼女だって、波留がいないほうがいいと思っているはずだ。波留さえいなければ、自分がナンバーワンなのだから。

「自分たちでやるメリットはね……」

水樹が熱っぽく語りはじめる。

「十万円、全部が自分のものになるところ。まあ、ホテル代はこっちが出すとして、四千円から五千円でしょ。それ以外の諸経費を割り勘にしても、九万円は残るはず。いままでより三万円も手取りが多い」

「はぁー、お客さまひとりで九万円もらえるなら……」

翡翠がくるりと黒眼をまわした。

「一勤一休、一日一本でもやっていけるな、わたしの場合」

「そうよ。緊急事態宣言が解除になっても、感染リスクがゼロになったわけじゃないから、なるべく効率よく稼いだほうが利口なのよ」

「わたしも乗ろっかな、その話……」

檸檬が身を乗りだして言った。

「〈ヴィオラ〉って、風俗業界じゃけっこうなブランドだもの。実はわたし、個人でやっていこうかとちょっと思ってたのね。信用できる常連さんだけを相手に細々と。でも、元〈ヴィオラ〉が集結すればブランド効果でパワーアップして、絶対人気が出ると思う」

「〈ヴィオラ〉がなくなったってことは、〈ヴィオラ〉難民が出るってことだから、需要はあるかも……」

翡翠が腕組みしてふむふむとうなずき、

「でしょ、でしょ」

と檸檬が楽しげに笑う。

「波留ちゃんもそう思わない？」

「えっ……」

いきなり名前を呼ばれ、波留の心臓はドキンと跳ねあがった。

「ごっ、ごめんなさいっ……わたし、そういうのはちょっと……」

「やりたくない？」

「申し訳ありませんが……消えますね、わたし……」

「ちょっと待ってっ！」

水樹が初めて、まっすぐにこちらを見た。

「一緒にやろうよ」

波留はびっくりしてしまった。

「ナンバーワンのあなたがいなくちゃ、元〈ヴィオラ〉も看板倒れになっちゃうじゃない？　あなたの力が必要なの。ちょっとの期間でもいいから、試しに一緒にやってみない？」

「やろうよ、やろうよ」

檸檬と翡翠も囃《はや》したててくる。

「波留ちゃん、あなた、アイドルグループで言ったらセンターなのよ」

「センターがいなくちゃ、別のグループになっちゃうじゃん」

波留はにわかに言葉を返せなかった。まず、水樹の思惑がよくわからなかった。

いつもすれ違うたびに睨んできたのは、いったいなんだったのだろう？　この君子《くんし》豹変《ひょうへん》ぶりはなにかの罠《わな》なのか。

檸檬や翡翠にしてもノリで言ってるだけなのかもしれなかったが、ナンバーワンとして一目置かれていることだけは伝わってきた。

波留はそのことにあまりこだわっていなかったので、意外だった。いや、意外なほど嬉しかった。同性の同業者に認められることがこんなに嬉しいなんて、いままで考えてみたこともなかった。

第二章　うつけの恋人

1

二〇二〇年六月、三十年の歴史を誇り、吉原でもっとも高い料金をとる伝説の超高級店〈ヴィオラ〉は、ひっそりと看板を掛け替え、〈リボン屋さん〉という大衆店として営業を再開した。

時を同じくして、それよりさらにひっそりと、元〈ヴィオラ〉のキャストによるデリヘル店〈ヴィオラガールズ〉が誕生した。風俗情報サイトに広告を載せることはなく、ＳＮＳのアカウントももたず、常連客にメールを打ち、会員制のホームページだけを開設した。

元〈ヴィオラ〉のキャストが、〈ヴィオラ〉とまったく同じサービスを、〈ヴィオラ〉と同じ料金で提供いたします。

ソープランドと同じサービスをするということは、本番ありということだ。明記などしなくても、風俗で遊んでいる男なら誰でもわかる。当然、行政に許可申請などできるわけもなく、闇営業である。

波留のスマホには、百人をゆうに超える客とのメールのやりとりが残されていた。ひと月しか〈ヴィオラ〉に在籍していなかった桃香をのぞき、水樹も檸檬も翡翠も、波留より多くの客とアドレスを交換していた。

ソープ嬢が客にアドレスを教える目的は営業であり、客の目的は店外デートなわけだが、その駆け引きはキャバクラほどシリアスではない。店外デートなどしなくても店に来ればセックスできるので、客もガツガツしていないし、ランキング上位のソープ嬢は営業などしなくてもやっていける。

波留の場合は、「○月×日に出張で上京するけど、お店にいる？」というような、店のホームページには記載されていない先のスケジュールを訊《たず》ねられることが多かった。あとは他愛ないやりとりばかりだから、こんなふうに活用できる日が来るとは思っていなかった。

ホームページを制作したのは翡翠だった。

デザインの心得があるらしく、機材やソフトも揃《そろ》っているとかで、本家〈ヴィオラ〉よりはるかにスタイリッシュなものができあがり、みんなで「おおっ」と声をあげた。

恐るおそるオープン初日の予約を募ってみると、水樹がどこかから調達してきたあやしげなガラケーに立てつづけに電話がかかってきて、あっという間にスケジュールが埋まった。初日なので、全員三人の客をとることになった。桃香をのぞいて……。

「一日三人はきついなあ……」

翡翠が言い、

「わたしも……」

と檸檬も同調した。もちろん、波留もできることならふたりまでにしてほしかった。

「まあ、初日だからしかたがないじゃない」

水樹が諭すように言った。

「それに、三人とれば、一日で二十七万よ。すごくない？」

「まあ……」

「それはそうだけどね……」

翡翠と檸檬が眼を見合わせて笑う。

「元気出しなよ」

波留は隣でうなだれている桃香を肘でつついた。

「そのうちフリーのお客さまも絶対電話してくるからさ。そうしたら、あなたも仕事できるって。ねえ?」

波留はまわりを見渡したが、水樹も翡翠も檸檬も、さっと眼をそらした。行きがかり上、桃香も参加することになったけれど、〈ヴィオラ〉をひと月でクビになった彼女の実力を、誰もが疑問視しているのだった。

風俗の世界は噂《うわさ》がまわるのが速い。いくら値段が高かろうが、クローズドのホームページしかなかろうが、いい評判が流れればかならず客はやってくる。だが逆に、あそこの女はサービスがよくないなどという悪い評判がオープン早々にネットに書きこまれたりしたら、名誉挽回《ばんかい》するのは簡単なことじゃない。スタートダッシュが重要だと、みんなわかっている。

「わたしは大丈夫ですから」

桃香は気丈に笑った。

「ホームページにエッチな写真とか載せてもらって、指名のお客さんつかみますから。もう顔出しとかしちゃおうかな……あっ、お茶淹《い》れますね」

気まずさから逃れるように立ちあがり、キッチンに向かっていく。

その背中を眺めながら、波留の胸はせつなく締めつけられた。みんなと同じように、波留も桃香のソープ嬢としての実力を疑っている。一緒にいた時間が長いぶんだけ、欠点だって多く知っているかもしれない。

だが、さすがに同情してしまう。波留も六本木のキャバクラで経験したが、待機室で仲間はずれにされるのはきつい。自分のせいだとわかっていても、煙のように消えてしまいたくなる。

「波留さーん。新しいコーヒー豆、出してもいいですか？」

「いいよー」

そこは波留の部屋だった。〈ヴィオラガールズ〉の事務所兼待機室として、自宅を提供したのである。居候がひとりいてもまだ部屋は余っているし、なにより西浅草のラブホテル街まで徒歩三分の近さなのだ。

この界隈《かいわい》でデリヘルの聖地と言えば鶯谷で、駅北口にある大規模なラブホテル街には風俗の無料相談所まであるらしい。そこから少し離れた西浅草で営業するのも特別感があっていいのではないか、と水樹が言い、みんな賛成した。鶯谷駅北口とも吉原とも違って、ここはセックスだけの街ではない。それが気持ちをほんの少しだけ軽くしてくれる。

〈ヴィオラガールズ〉はスタートダッシュに成功した。

緊急事態宣言の解除を待っていたのはソープの客も同じだったらしく、予約の電話は鳴りつづけた。ソープがデリヘルになっても、文句を言うお客さまはひとりもいなかった。むしろ、ラブホテルの部屋のほうがゆったりしてていいと、誰もが口を揃えた。

実際、老朽化したビルの狭苦しい部屋で、ベンチのように固いベッドに横たわるより、ラブホテルのほうがずっと快適だった。部屋は広いし、お風呂にジャグジーがついているところもあるし、ベッドだってキングサイズでふかふかだ。

みんな、最初の二週間は毎日仕事をした。それも一日三人だった。ヘトヘトに疲れ果てたが、実入りがいいので我慢しようというムードができあがっていた。最初の二週間で休んでいた二十日間のぶんを取り返すことを目標にして、実際にそれを達成した。

そこまではある程度予想がついていた。望外だったのは、キャストの人間関係が思った以上に良好だったことだ。

理由はふたつある。

〈ヴィオラガールズ〉の五人は、どこか雰囲気が似ているのだ。もちろん、顔立ちはそれぞれ違うが、みんな背が高い。ソープランドの高級店は長身の女が好まれる傾向にあり、〈ヴィオラ〉に小柄な子はほとんどいなかった。身長一六五センチの波留よりも、水樹も檸檬も翡翠も高い。いちばん高い桃香の身長を計ってみると、一七二センチもあった。

そしてなにより、マイペースなところがよく似ている。空気を読むような人はひとりもない。キャバクラのような同調圧力がない。待機室でみんなそれぞれ勝手なことをしていても、なにも問題が起こらない。

しかし、考えてみれば、雰囲気が似ているのはある意味当然なのだった。みんな蒔田が選んだ女なのだ。蒔田好みの女なのだ。

波留が面接されたとき、蒔田は来るものは拒まずと言っていたが、あれは真っ赤な嘘《うそ》だった。あとで黒服がこっそり教えてくれたところによれば、面接をする前に隠しカメラで容姿や雰囲気をチェックしていて、気に入らなければ事務所にさえ呼ばれないらしい。

人間関係が良好なもうひとつの理由は、桃香の存在だった。

一日三人もの客に超高級店仕込みの濃厚サービスをし、それが毎日続くと女は壊れてくる。待機室に戻ると横になったまま動けなくなったり、放心状態で一点を見つめていたり、まともな会話もままならない。

桃香はそんな自分たちを、精いっぱい気遣ってくれた。横になっている者には夕オルケットをかけ、放心状態でいる人の背中をさすり、壁に向かって訳のわからないことを言っている者がいればぎゅっとハグをした。そして、いつだって心のこもった温かい食事を用意してくれる。

仕事が終わっても、すぐに帰宅する者はひとりもいなかった。家に帰っても料理なんてしたくないから、夕食をみんなで一緒に食べるのが日課になった。桃香のおいしい料理に舌鼓を打ち、仲間と他愛もないおしゃべりをしながらゆっくりと素の自分を取り戻していく——その時間が貴重だと思っているのは、波留だけではないはずだった。

オープンから二週間が過ぎたときの話だ。

「あの子、どうしよう?」

桃香が買い物に行っている隙に、残りの四人で話しあった。

「いい加減仕事させないと、可哀相《かわいそう》じゃない?」

「でも、一カ月でクビになったんだよ」

「不安よね」

「あれだけの美人だから、ホームページで顔出しすれば、絶対指名とれるでしょうけど……」

「接客に問題あるんでしょうねえ……」

「でも、このままだとあの子、他の店で働きはじめるよ」

「わたしたちのごはん、コンビニ弁当になるってことね」

「それはいや」

協議のすえ、出勤した日はひとり五千円出すことにした。みんなの世話係として、日当を払うというわけだ。食事の材料費込みだから、それほど高い日当とは言えなかったが、

「いいんですか!」

桃香は話を聞いて声を跳ねあげた。

「よかった。わたしだけ他のお店で働かなきゃいけないのかなあって、実は泣きそうだったんですよー」

本心から喜んでいたかどうか、波留にはわからなかった。タダ働きさせられるよりはマシだろうが、桃香にはホストに入れあげていたときの借金があるはずだった。もっとしっかり稼がないといけないのではないかと心配したが、懐具合もまた、セックス同様、他人が踏みこむことができない領域だ。

心配する波留をよそに、その日は飲み会になった。夕食の並んだテーブルに、缶

ビールや缶酎ハイが置かれた。桃香の件がいちおう決着したことで、水樹も檸檬も翡翠も安堵《あんど》しているようだった。

女同士の飲み会なんて——以前の波留ならそんなふうに胸底でつぶやき、絶対に参加しなかっただろう。だが、自分でも驚くほど自然に席に馴染《なじ》んで、缶ビールを傾けていた。いつもの食事の延長だし、自分の家だからリラックスしていたのもあるが、やはりみんなに心を許していたのだろう。

悪くないな……。

キャストだけでデリヘルをやるなんて、どうなることかと思ったけれど、やってみてよかった。この二週間、体は疲れ果て、神経は昂《たか》ぶりつづけていたが、こうして五臓六腑《ごぞうろっぷ》にアルコールを染み渡らせていくと、充実感だけを覚える。おそらく、自分たちだけでやったからだろう。誰にも搾取されず、お客さまの払ったお金が丸ごと自分のものになっているからこその充実感なのだ。

実は、波留には他にもいろいろと誘いがあった。〈ヴィオラ〉の元黒服が電話をかけてきて、新宿の店で働かないか、と言ってきた。別の元黒服が、おいしい仕事を紹介するから自分をマネージャーにしてくれ、と申し出てきた。

どこで連絡先を知ったのか、〈ヴィオラ〉のライバルと目されている吉原の高級店からも電話があった。他のキャストより優遇するからうちに来てくれ、契約金を出してもいい、と額を提示された。五十万円だった。親切な人もいるものだと快諾したかもしれない。〈ヴィオラガールズ〉の話がある前なら、要するに波留の稼ぎをかすめとることだった。いったいなんなんだろうと思った。女が好きでもない男とセックスしている間、彼らはいったいなにをしているのか。

せいぜい店の掃除に精を出すくらいで、桃香ほどにも女の子をケアできない。それでいて、お客さまの払った料金から四割も抜く。リネンの洗濯代などという名目で、雑費まで引いたりする。ひどいと思った。〈ヴィオラガールズ〉に参加したことで、図らずも波留は、女にばかり不利な業界の構造に気づいてしまったのだった。

「ホントにね、わたしほど男運の悪い女はいないと思うんですよ……」

舌っ足らずにしゃべる桃香の声が聞こえてきて、波留はハッと我に返った。久しぶりにお酒を飲んだせいで、大事なことを忘れていた。

「いつもいつも、騙《だま》されてばっかり。そりゃあね、こっちだってわかっていて騙されているところもありますよ。この人になら騙されていいって思って、胸に飛びこんでいってますよ……」

「ちょっと」

波留は桃香に近づいていき、双肩を押さえた。

「そういう話はやめておきなさい」

自分の話をしたあとは、かならず相手にも恋バナをさせたがるから、いまのうちにとめておかなくてはならなかった。まったく、細やかな気遣いができる一方、肝心なところが無神経というのも困ったものだ。

「ねえねえ」

水樹が桃香に言った。話題を変えてくれそうだった。

「あなたがね、もうひとつ仕事引き受けてくれたら、わたし個人的に、あと五千円出してもいいよ。お世話係の五千円と合わせて、一日一万円払う」

「なんですか、仕事って？」

「ちっちゃい子供の相手できる？」

「はい」

桃香はやけにきっぱりとうなずいた。

「七人きょうだいの長女ですから、子守りなんてチョロイもんです」

彼女をのぞくその場にいた全員が、「えっ？」とのけぞった。七人きょうだいというのも珍しいが、桃香が長女だとは思わなかった。どこからどう見ても、無邪気で甘えん坊の妹キャラなのに……。

逆も真なり、というやつだろうか。波留にしても次女で妹なのにどうしようもない甘え下手《べた》で、年下の桃香に対してお姉さんぶりたがる……。

「じゃあ安心ね」

水樹は笑った。

「明日から子供連れてくるから、わたしが仕事している間、見ててもらえると助かる。シッターだと受け渡しが面倒だし、こっちに連れてきたほうが一緒にいる時間も長くとれそうだし」

「いや、あの、子供って……」

「二歳の女の子。わたし、シンママなの」

「ええっ！」

再び全員がのけぞった。波留は水樹の、両手でつかめそうな細いウエストをまじまじと見つめてしまった。子持ちとはとても思えなかった。桃香が七人きょうだいの長女というより驚きだ。

翌日、水樹は本当に愛娘《まなむすめ》を連れてきた。ユキという名前で、はにかみ屋の可愛《かわい》い女の子だった。檸檬と翡翠が「ユキちゃーん、初めましてー」と眼尻を垂らしてかまいはじめたのをよそに、波留は呆然《ぼうぜん》と立ちすくみ、情けないくらい顔をこわばらせていた。

波留は小さな子供が大の苦手だった。まわりにいなかったので、どう接していいかわからない。

2

鬱陶しい梅雨《つゆ》が明け、夏がやってきた。

太陽がまぶしく輝き、群青色の青空に純白の入道雲が立ちのぼっても、浮かれた気分とは程遠かった。ウイルスの感染者がまたじわじわ増えはじめていた。ワクチンの開発など根本的な解決策がなにもないまま、出口の見えないトンネルの中を延々と走らされているような感じがした。

とはいえ、〈ヴィオラガールズ〉は順調だった。

スタートダッシュに成功し、波に乗ったと言ったところか。波は高くも低くもなく、荒れてもいなかった。

オープン当社から比べると、予約の電話も落ちついてきたし、元〈ヴィオラ〉のキャストが新たに四人ほど参加することになったおかげで、一日三人、それが毎日という、地獄のシフトが大幅に緩和された。一勤一休や二勤一休、一日の客はふたりまでなど、それぞれのペースで働けるようになった。

新たに参加した四人はいずれも安定した指名数があった子なので、フリーのお客さまでもまかせることができそうだった。

桃香も仕事をしたいのではないか、と波留は思っていた。キャストが増えたことで世話係の重要性はますます高まり、子守りに加えて電話応対なども一手に引き受けてくれたので、いつも気忙《きぜわ》しくしていたけれど、実入りはみんなより段違いに少ないのだ。

「なんとかならないでしょうか?」

思いあまった波留は、最年長の檸檬にこっそり相談してみた。

「桃ちゃんだって、お金が必要だからソープ嬢になったんだと思うんですよ。それがこのままじゃ……」

「そうねえ。軌道に乗ってきたから、いまなら彼女を新人として売りだしても面白いと思うけど……」

檸檬の歯切れは悪かった。

「でも、彼女が仕事に出ちゃうと、いまのいいバランスが崩れちゃうような気がする。せっかくうまくまわってるのに……」

「だったら、もう少しお金あげるとか……」

「そうねえ。それは考えてもいいと思う。水樹に相談してみよっか」

「お願いします」

檸檬は水樹と仲がいいので、波留はまず彼女に相談したのだった。〈ヴィオラガールズ〉の実質的なリーダーは水樹だけれど、最年長でキャリアもいちばん長い檸檬のことは立てている。

水樹にナンバーワンともちあげられて〈ヴィオラガールズ〉に参加することになった波留だったが、まだうっすらとわだかまりがあった。すれ違いざまに睨《にら》まれるようなことはもちろんなくなったし、事務的なやりとりは滞りなくできるものの、気安く冗談を言いあえるような関係にはなっていない。波留と水樹の間に存在する見えない壁は、おそらく檸檬や翡翠も気づいている。

「でも意外」

檸檬が笑った。

「なにがです？」

「波留ちゃんて、もっと我関せずな人かと思ってた。桃ちゃんのことそんなに心配してあげるなんて、いいところあるのね」

「それはまあ……あの子、放っておけないところあるし……」

波留は苦笑するしかなかった。意外と言われれば、自分でも意外だったからだ。桃香が泣きついてきたならともかく、先まわりしておせっかいを焼くなんて、たしかに自分らしくないような気がした。

そんなある日のこと。

外は熱帯夜という午後十時、波留は緊張の面持ちで缶ビールを飲んでいた。立ったまま壁にもたれて……。

少し離れたソファでは、水樹と翡翠が仕事終わりの乾杯をしている。ユキは寝室ですやすや眠っているから、ゆっくり飲むつもりなのだろう。テーブルの上には桃香のつくった色とりどりの料理が並んでいた。

今日は檸檬も出勤している。現在、外で仕事中。久しぶりにスターティングメンバーが揃ったということで、檸檬は仕事に出ていく前、波留にそっと耳打ちしてきた。

「あとで桃ちゃんについてみんなで話そう。水樹には軽く言っておいたから」

ウインクした檸檬に、波留は両手を合わせて感謝を伝えた。その檸檬が、そろそろ帰ってくる。話しあいになる。桃香は自分の立場を強く主張するようなタイプではないので、波留がフォローしてやらなければならない。桃香はすでに〈ヴィオラガールズ〉にとってなくてはならない存在だ。仕事をさせないならそれ相応の報酬を払うべきだと……。

ところが、それどころではなくなった。

ピンポン、ピンポン、ピンポン、とけたたましく呼び鈴が鳴らされたかと思うと、ドンドンドンと扉が叩《たた》かれた。その勢いに、玄関のいちばん近くにいた波留は、威嚇的なクラクションを鳴らされた通行人のように身をすくめた。ソファのほうを見ると、水樹と翡翠も顔をこわばらせている。

波留は足音をたてないようにして玄関に近づき、ドアスコープで外の様子をうかがった。檸檬が髪を振り乱して扉を叩いていた。

「開けてっ！　早くっ！」

合鍵を持っていくのを忘れたのだろうか。それにしても尋常ではない焦り方だと、波留は急いで鍵を開けた。

玄関に飛びこんできた檸檬は色を失った顔にびっしりと汗の粒を浮かべ、パンプスを脱ぐこともできずにガタガタ震えながら壁にもたれた。呼吸もひどく荒々しくて、いまにも過呼吸になりそうだ。いつも落ちついている檸檬がこれほど取り乱しているところを初めて見た。

「どっ、どうしたの？」

「ストーカー」

「えっ？」

「あとつけられた。お客に……」

「えっ？　ええっ？」

檸檬の動揺が伝染してしまった波留をよそに、桃香はすっと波留の前に出て檸檬に身を寄せると、やさしく背中をさすった。「大丈夫だから」とささやきつつ、靴を脱がせて部屋の中にうながし、ソファに座らせる。冷たい水を注《つ》いだグラスを渡して飲ませる。

「ストーカーですって？」

水樹が眉をひそめた。檸檬がうなずく。

「常連の人？」

「吉原時代に、二、三回来たけど……」

水を飲んで少しだけ落ち着きを取り戻した檸檬は、息せき切ってしゃべりだした。

「こっちに来たのは今日が初めて。べつに変な感じじゃなくて、普通のサラリーマンっぽいんだけど……ホテルの前で別れて、パッと振り返ったらついてくるのよ。たまたま方向が一緒なのかなって、わたしはまっすぐ帰ってこないでタワーマンションのほうに行ったわけ。あのへん暗いでしょ。人通りも少なくて。誰もいない道を歩いてるんだけど、気配を感じて振りかえったら、またいるの。わたし遠まわりして、わざわざあっちに行ったのに……駅だって逆方向じゃない？　もうどうしようかと思っちゃった……」

「ここまでつけられたの？」

「まさか。走って振りきったわよ」

顔に浮かんだ汗を手のひらで拭うと、桃香がハンドタオルを渡した。

「ありがとう。桃ちゃん、ホントに気が利くね」

「ストーカーじゃないけど……」

翡翠が言った。

「わたしも今日、ちょっと怖い思いしたんだよね」

「なによ、怖い思いって？」

水樹が訊ねる。

「フリーで入った人なんだけど、おじさんのくせに筋トレかなんかでムキムキに鍛えてさ。終わったあと『デリヘルって不用心だよね』とか腕の筋肉をふくらませて言うわけ。『俺ならおまえのこと秒で気絶させて、金を奪って逃げられるぜ』って……冗談のつもりなんでしょうけど、眼が笑ってないのよ。ゾーッとしちゃった。ぶっとい腕が首にからまってきたところを想像して、生きた心地《ここち》がしなかった……まあ、結局何事もなく別れたんだけど、そうしたら今度は猛烈に腹が立ってきてね。いまのはなんだったんだろうって。意味もなく怖い思いをさせられるなんて、料金に含まれてないんだけど……」

「デリヘルは怖いですよね」

波留はうなずいた。

「ソープみたいに扉の向こうに黒服がいるわけじゃないから、なにかされたら……ボディガードつけたらどうでしょう？」

その場にいる全員が、いっせいに顔をあげて波留を見た。

「ホテルの行き帰りに男の人に送ってもらえば、女だけでやってる店じゃないってアピールできるんじゃないでしょうか」

デリヘルは普通、客が先にラブホテルに入り、部屋番号を電話で店に伝えてきて、キャストは直接部屋に向かう。しかし、〈ヴィオラガールズ〉はそのやり方ではなく、あえてホテルから百メートルほど離れた表通りで待ち合わせ、一緒にホテルに入ることにしていた。たった百メートルでも一緒に街を歩けば、お客さまにデート気分を味わってもらえるのではないかと波留が提案し、採用されたのだった。

「抑止力ってやつね」

翡翠が腕組みをしてうなずく。

「女のひとり暮らしの部屋のベランダに、男のパンツを干しとくみたいなものか、言ってみれば」

「もっとリアルな、そこにある危機でしょ。こっちはストーカーにあとつけられてるのよ」

檸檬が唇を尖《とが》らせて言った。

「ボディガードなら、いい人がいますよ」

桃香が手をあげ、

「誰よ？」

波留は訊ねた。

「甲村さん」

「〈ヴィオラ〉の黒服の？」

「わたし、仲いいんですよ。一緒にごはん食べたことあるし、いまでもしょっちゅうLINEしてるし。〈ヴィオラ〉やめて失業中らしいんで、ちょうどいいじゃないですか。顔も怖いから、抑止力になると思うなあ」

桃香以外の全員が、眼を見合わせた。どの顔にも、クエスチョンマークが浮かんでいた。たったひと月しか在籍せず、指名がとれなくてクビになっているのに、食事をするほど仲がいい黒服がいるなんて……。

波留には考えられない話だった。他のみんなも同様だろう。〈ヴィオラ〉の黒服はキャストときちんと距離をとり、世間話さえ気安くできない雰囲気だった。どうすれば、一緒に食事という流れになるのだろう？

だが、それはともかく、たしかに甲村ならボディガードにうってつけかもしれなかった。強面《こわもて》だし、黒服のトップだったから業界のベテランだし、なにより知らない人間ではない。

「甲村さんってさ……」

檸檬が小声で言った。

「あんな怖い顔してるくせに、キャストにすごい気を遣ってくれるんだよね。アンケートの結果がいいと、絶対言ってきてくれたもん」

キャストが直接見ることはないが、〈ヴィオラ〉では遊びおえたお客さまにアンケートの協力をお願いしていた。

「わたしもそれは覚えてる……」

翡翠が嚙《か》みしめるようにうなずいた。

「今日はいい仕事したなって思ってると、どういうわけかいつも甲村さんと眼が合うの。で、ニコッて笑いかけてくる。いかつい顔してるからキモイんだけど、嬉《うれ》しかったな」

「じゃあ、ちょっと甲村さんに訊《き》いてみましょうか。困ったことがあったら、なんでも相談するようにって言ってくれたし」

桃香がスマホを手にすると、

「ちょっと待って」

それまで黙っていた水樹が口を開いた。

「ここまできて男に頼るの、わたし納得いかない」

「そんなこと言ったって……」

檸檬が苦笑する。

「ボディガードはやっぱり、男じゃないと……」

「本当に必要？　ボディガードなんて」

「ストーカーされたんだってば」

「なんかあってからじゃ遅いと思いますよ」

波留が言うと、水樹がキッと睨んできた。かつてを思いださせる鋭い眼光に心臓が縮みあがったが、波留も後には引けなくなっていた。

「怖い思いしたとき頼りになる人がいるのといないのとじゃ、やっぱり……黙ってましたけど、わたしだってあとつけられたことあるし、支払いをゴネられたこともい……水樹さんだってあるんじゃないですか？」

「自分でなんとかできるレベルよ。あなただって、結局なにもなかったわけじゃない？」

「結局はそうですけど……」

「だったら大丈夫。いらない、ボディガードなんて」

「なにムキになってるの？」

檸檬が諭すように言った。

「冷静に考えてみてよ。ここまではうまくいったけど、これからもうまくいく保証はどこにもないのよ。ボディガードの件だけじゃなくて、甲村さんみたいにこの仕事のことよく知ってる人に協力してもらえたら、いまより安心して働けるんじゃないかしら」

水樹は息をつめ、みんなの顔を見渡した。頬がひどくこわばっていた。自分が孤立していることを理解したらしい。

「じゃあ勝手にすれば」

立ちあがって玄関に向かった。乱暴に扉を閉じる音が聞こえてくると、檸檬はやれやれとばかりに溜息をついた。

水樹は帰ってしまったわけではなかった。ユキが寝室で寝たままだから、頭を冷やしに外に出ただけだろう。

「ちょっと見てくるね」

檸檬があとを追おうとしたが、

「わたしが行きます」

波留は先に立ちあがった。

「なんとなく、わたしが怒らしたみたいな感じだし……」

「そんなことないと思うけど……喧嘩《けんか》しないでね」

「はい」

波留は笑顔を残して玄関に向かい、スニーカーに足を入れた。靴紐《くつひも》をしっかり結んで外に出ると、エレベーターは使わず、階段で一階まで降りていった。

Tシャツに短パンの軽装だったこともあり、自然とアスファルトを蹴って走りだした。日課だったロードワークは休止中だが、ようやく仕事のペースがつかめてきたので、そろそろ再開しようと思っていたところだった。

水樹は遠目にも目立つ女だった。背が高く、顔が小さい。おまけに今日は原色ばかりを使った派手なカットソーを着ていたのですぐに見つかるだろうと思ったが、国際通りに出ても姿が見えなかった。

信号を渡り、浅草寺のほうに向かう。本堂や五重塔がライトアップされている。以前、波留はよく深夜の散歩にやってきていた。ウイルスが蔓延《まんえん》する前から夜になると人影が絶えるところで、静まり返って空気が凜《りん》としている。

水樹の姿が見えた。ぼんやりと立ちすくんで本堂を見上げていた。夜の浅草寺に来るのが初めてなのかもしれなかった。波留も初めて夜の浅草寺を見たときは感動した。厳かで、堂々としていて、夜闇に朱色がとても映える。

波留が地面を蹴って近づいていくと、その足音に反応して水樹はこちらを見た。眼が合った。水樹は苦笑まじりに、ひどく複雑そうな顔をした。おまえが来たのかよ、という心の声が聞こえてきそうだった。

「生意気言ってすみませんでした」

波留は立ちどまって頭をさげた。

「みんな心配してますから、戻りましょう」

「心配なんかしてないでしょ。ちょっと駄々こねただけなんだから……」

水樹は自嘲気味に笑った。

「あなたが言ってるほうが正論よ。こっちこそごめんなさい」

「いえ……」

波留が口ごもると、

「素直に謝って拍子抜けした？」

水樹は鼻に皺《しわ》を寄せて悪戯《いたずら》っぽく笑った。彫刻刀で削りだしたような美形なので、そういう表情をされると普通以上の親近感を向けられたような気がして、ドキドキしてしまう。

「いえ、べつに、そんなことは……」

「まさかあなたが迎えにくるとは思わなかったから、毒気を抜かれちゃった」

「檸檬さんが行くって言ったんですけど……」

水樹はすぐに言葉を返してこなかった。もう笑っていなかった。なにか大切なことを、言うべきか言わないべきか、迷っているような感じがした。

「わたし、あなたのこと大っ嫌いなのよ。知ってるでしょ？」

波留は息を吞《の》んだ。視線と視線がぶつかった。

「デリをやるにはどうしてもあなたが必要だったから頭をさげたけど、感情は別問題。いまでも大っ嫌い。だからちょっとしたことで爆発しちゃうのね」

「どうして……」

波留は水樹の顔をのぞきこんだ。

「どうして嫌いなのか、理由を教えてもらっていいですか？　わたし、嫌われるようなことした覚えがないんですけど……」

指名数のことを言われるのだろうと思っていたが、水樹は想像のまるで外側から、衝撃的な言葉を投げてきた。

「あなたに男を寝取られたからよ」

「えっ……」

「わたしの夫、あなたの客だったの」

波留は言葉を返せなかった。

「まあ、節操なく浮気するひどい男だったんだけど、わたしにバレると謝るのよ、いちおうは。でも、上着のポケットからあなたの名刺が出てきて問いつめたときだけは謝らなかった。『おまえ、吉原の高級ソープってすごいんだぜ』って眼を輝かせて語りだしたのよ……『十万もする店のナンバーワンを抱いちゃったよ』って自慢げに……」

水樹は魂までも吐きだしそうな深い溜息をついた。

「『さすがナンバーワンだよ。いままでいろんな女とやってきたけど、あんなすごいセックスはしたことがない』なんて……わたし、育児一年目で、全然寝られないし、お風呂にも入れないし、髪の毛ぐちゃぐちゃで家のことやってたのよ。そのわたしに向かって、うっとり眼を細めて、『蕩《とろ》けるようなセックスってああいうのを言うんだろうな』って言ったからね。殺してやろうかと思ったもの、冗談抜きで」

水樹は怒りに声を震わせた。

「でまあいろいろあって離婚して、借金もあったし子供もいるから稼がなきゃいけなくなって、パッと思いだしたのがあなたのことだった。吉原ソープ、〈ヴィオラ〉の波留――名刺のデザインまで脳裏に焼きついてる。どんな子なのか見てみたいと思って、面接を受けた。最初の出勤日に、あなたとすれ違ったのよ。べつになんにも感じなかった。特別なオーラとかそういうのは……健康的でおぼこい子だなあ、くらい？　黒服が『いまの子がうちのナンバーワン』って耳打ちしてきて、笑っちゃいそうになった。わたしが負けるわけないって思った。負けたら救われないって、死に物狂いで指名数を増やそうとした。最初の月から二位になった。でもどうしても、最後まであなたに勝つことはできなかった……」

トンと肩を押され、一歩、二歩、と波留は力なく後退《あとずさ》った。

「大っ嫌いになっても、しかたがないと思わない？」

こちらを見つめる水樹の眼には、怒りは浮かんでいなかった。ただひたすらに哀《かな》しそうで、波留も哀しくなってくる。

浮気の片棒を担いでしまうのは、ソープ嬢の原罪だ。〈ヴィオラ〉のような店に来るのはお金に余裕のある中年以上で、たいていが妻帯者だろう。それがわかっていながらセックスの相手を務めている。不倫するよりお金で解決したほうが家庭は円満なんだとうそぶく客もいるが、浮気は浮気だ。

「ぶってもいいですよ」

上目遣いで、波留は言った。

「そういう事情なら、ぶっても……一回だけ、顔バーンって」

ボクシングを習ってもスパーをしないくらい、大切にしている顔だった。けれども波留には、他に差しだせるものがなかった。水樹に詫《わ》びる方法を、他に思いつかなかった。

「やーよ」

水樹はプッと吹きだし、身をよじって笑いだした。眼尻の涙を拭いながら、一歩、二歩、とこちらに近づいてきた。

「うちの大事な看板、傷つけるわけにはいかないでしょ」

左の頰を、右の手のひらで包まれた。水樹の手のひらは薄く、指はひどく細くて、涙でしっとり湿っていた。

「……ごめんなさい」

「謝らないでよ、みじめになるから」

「……ごめんなさい」

眼が合うと、水樹がもう一度吹きだした。波留も釣られて笑った。しばらくの間、ふたりで意味もなく笑いあっていた。

「よし、帰るか」

水樹が波留の肩を抱いて歩きだした。水樹の体からは、ミルクセーキのような匂いがした。母親の匂いなのかと思うと、どういうわけか顔が熱くなった。

3

波留はハッと眼を覚ました。

いつの間にか絨毯《じゅうたん》の上で眠ってしまったので、体の節々が痛んだ。お酒もちょっと飲みすぎたから、顔が浮腫《むく》んでいそうだった。時計を見ると、午前六時を少し過ぎたところ。寝たのは午前二時くらいだから、睡眠時間が足りていない。それでも、絨毯の上でもう一度寝直す気にはなれない。

リビングには、波留の他にも寝ている者がいた。波留と同じように絨毯の上で体を丸めているのが檸檬と翡翠。ソファの上であお向けになっているのが桃香。寝室のベッドは、水樹とユキに譲ってあげた。ゆうべは遅くなってしまったので、全員ここに泊まったのである。

リビングの三人は、まだ熟睡しているようだった。波留は静かに体を起こし、抜き足差し足でキッチンに向かった。冷蔵庫からミネラルウォーターのボトルを出し、まずは灼《や》けるように渇いている喉に流しこむ。

それから、玄関に向かった。スニーカーに足を入れ、靴紐をしっかり結んだ。昨日から着たままのTシャツと短パンだったが、どうせ汗をかいて着替えるのだから、とそのまま外に飛びだした。

アスファルトを蹴る足の動きは、軽快とは言えなかった。十キロくらい太ってしまったのではないかと思うほど体全体が重く、頭の芯が鈍く疼《うず》いていたが、気分は晴れやかだった。

ゆうべは女五人で馬鹿みたいにはしゃぎながらお酒を飲んだ。たぶん、檸檬や翡翠が、波留と水樹が気まずくならないよう気を遣ってくれたのだろう。

桃香は料理の腕を振るって次々にテーブルに皿を並べ、みんなで腹がはちきれそうになるほど食べた。

おかげで、波留と水樹の間にあったわだかまりは小さくなった。波留が水樹の元夫と寝たことは事実なので、水樹からすればすっかり消えたとは言えないかもしれない。

しかし、波留はわだかまりの原因がわかっただけで、かなりすっきりした。不可抗力とはいえ、水樹が怒るのももっともだと思った。もちろん、いちばん悪いのは育児中の妻を放置してソープで遊んだ元夫に決まっているが、自分にまったく罪がないとは思えなかった。

自分だって——先生と一緒に住んでいるとき、先生にソープに行ったと言われたら、怒ったはずだからだ。肩を震わせ、唇を噛みしめて憎悪したに違いない。先生ではなく、金を払えば誰とでも寝るソープ嬢を……。

それでも、水樹は波留の肩を抱いてくれた。一緒に飲んでいるうちに、名前で呼んでくれるようにもなった。いままで「あなた」だったのが「波留」になった。わだかまりがすっかり消えてなくならなくても、波留にはそのことがとても嬉しかった。

ついニヤニヤしながら走ってしまった。言問通りが隅田川にぶつかったので、いつもとは逆方向、吾妻橋《あづまばし》方面に右折した。この時間ならまだ観光客もいないだろうと、濃い緑の茂っている桜並木の下を走った。

汗が出てくるとシャドーを始めた。桃香を失禁させて以来、すっかり気に入ってしまったクラウチングスタイルからジャブの連打。背の高い自分には似合わないと思いつつ、背中を丸めた猪突猛進《ちょとつもうしん》のスタイルが、いまの気分にはぴったりくる。ジャブで相手のガードをこじ開け、オーバーハンドの右ストレート。

「真似《まね》すんな」

一陣の風が吹き抜けて行くように、すぐ横を人が走り抜けていった。サウナスーツを着た小柄な女が、足踏みしながらくるりと振り返った。

沢渡リサだった。髪型がいつもと違った。髪を頭皮に沿って編みこむコーンロウになっている。

「気絶させられたパンチを真似するなんて、あんたも変わってるね」

リサが再び走りだしたので、波留も追いかけた。真似しているところを見られたのは顔から火が出そうになるほど恥ずかしかったが、並んで走る。

「髪型、カッコいいですね」

「お世辞はいいから」

「いつもこの時間にロードワークしてるんですか?」

「いつもは千住《せんじゅ》の魚河岸《うおがし》でバイトしてる」

リサは走りながら肩をまわした。いまにも鋭いパンチを放って、空気を切り裂きそうだ。

「試合が決まったから、バイト休んで猛練習中なの」

「キックの試合ですか?」

「そう。ホントは五月の予定だったんだけど延期になってて……ようやく、観客半分でできることになったってわけ」

コーンロウにしたのは、試合に向けて気合いを入れるためかもしれない。いかにも格闘技女子という風貌が凛々しい。ネズミのような顔も、ちょっと豹《ひょう》っぽく見える。

「おめでとうございます」

「それは勝ってから言って」

眼を見合わせて笑う。

「あのう……」

リサの態度がいつになくフレンドリーだったので、波留はつい軽口を叩いてしまった。

「わたし、ボクサーとして見込みあると思います？」

「ないね」

即答されたので、さすがにがっかりした。

「でも、わたしの顔面殴ろうとしたんだから、なかなかの根性よ。初心者のうちはとにかく手数を出して、相手を殴らないと。殴られたっていいのよ、歯を食いしばって殴り返せば。それがボクシング」

「……ですね」

「だいたい、あんたすげえ酒くさいよ」

「えっ……」

波留は焦った。自分では気づかなかったが、汗がそうなのだろうか。いや、ハアハアとはずんでいる吐息も……。

「可愛《かわい》い顔して、大酒飲みなのかしら？　あー、やだやだ。そんなことでボクサーになんてなれるわけがないじゃないの」

リサは唇を歪《ゆが》めた憎たらしい顔で言った。

「酒なんて飲んでないで、鍛えに鍛えてまた挑戦してきなさいよ。今度はマスボクシングじゃなくて、スパーでね」

不意にダッシュして波留を引き離すと、隅田公園から出て街のほうに向かっていった。波留は追わなかった。そのままま っすぐ吾妻橋まで行くと、隅田川を渡って、川沿いに言問橋に戻るコースでロードワークを続けた。

すっかり意気消沈してしまった。真似しているところを見られるわ、ボクサーには向いてないと即答されるわ、汗や息が酒くさいことまで指摘されるわ、散々だった。

なるほど、アスリートであるリサはお酒なんか飲まないだろうし、試合を控えて猛練習中となれば、朝っぽらから酒くさい臭いを嗅がせて不快な気分にさせてしまったかもしれない。

それは申し訳ないけれど、世の中にはいいお酒というものも存在する。ゆうべのお酒がそうだった。檸檬は酔うと笑い上戸になり、翡翠は突っこみがうまかった。普段はクールな水樹まで接客上の失敗談で笑いをとり、桃香は当然のように暴走しようとしたが、波留がとめた。ふたりでじゃれあっていると、「本当の姉妹みたいだね」とみんなにからかわれた。

その流れで、桃香の処遇についても話しあうことができた。そのときばかりは、誰もが真剣な顔をしていた。桃香が〈ヴィオラガールズ〉になくてはならない存在であることはみんなわかっていたので、稼ぎの一割を彼女に渡したらどうかということになった。その場にいなかったキャストの了解もとれれば、桃香は月収二百万を超えることになるだろう。キャストは一勤一休や二勤一休でも、世話係に休みはないからそういう計算になってしまうのだが、月にならせば客をとるのと遜色ない。

「いいんですか？　本当にいいんですか？」

桃香はしきりに恐縮していたが、皮肉や嫌味を言う者はいなかった。ただ桃香もさすがにもらいすぎだと思ったらしく、自分の取り分から食材費用やお酒代をまかない、波留に居候代として家賃の半分を払うことを宣言した。

本当にいい夜だった。

女同士の集まりが大の苦手だったはずなのに、波留は経験したことがないほどの居心地のよさを覚えていた。みんな雰囲気が似た者同士で、意地悪な人間がひとりもいないということも大きかったが、自分たちで稼ぎ、自分たちでルールを決め、自分たちの城が着々とできていく高揚感のせいだと思った。

とはいえ……。

リサのようにまっすぐに生きている女を目の当たりにしてしまうと、これでいいのか、と思ってしまうのも事実だった。

いくら大金を稼げても、仲間同士でスクラムを組むのが心地よくても、自分たちのやっていることは売春なのだ。自分たちでやっているのだから、管理売春ではないとはいえ、決して褒められる仕事ではないし、いつまでも稼げる保証はどこにもない。

リサにキックボクシングがあるように、自分にもなにかあればいいのに、と思う。高校を中退し、故郷を捨てて駆け落ちしたような女が、食べるものや住む場所に困らないだけで御の字だという見方もあるだろう。波留の中にもそういう思いが少なからず存在するが、適性があったのがソープ嬢だけというのは哀しすぎる。もちろん、それなりに職業的なプライドをもち、全身全霊のサービスを心掛けているとはいえ、やはり……。

言問橋を渡ると、右に曲がっていつものコースに戻った。歩行者専用の黄色い桜橋を、シャドーをしながら往復した。

「おっ、ボクサーからファイターに宗旨《しゅうし》替《が》えかい？」

クラウチングスタイルでシャドーをしていると、後ろから声をかけられた。いつものホームレスだった。

「まあ、アリの真似して逃げまわってるより、なんぼかマシだな。ボクシングってやつは、前に出て殴りあわにゃいかんよ」

いつもならきっぱりと無視するのだが、

「わたしって、なにしてる人に見えます？」

シャドーを続けながら訊ねてみた。

「なにとは？」

「職業とか」

「そうだな……」

ホームレスはギョロ眼を糸のように細めて言った。

「うつけの恋人かな」

波留はシャドーもやめ、足もとめた。

「なんですか、うつけって？」

眉をひそめて訊ねると、

「愚か者」

ホームレスは楽しげに笑った。

「与太郎、ド阿呆《あほう》、あんぽんたん……」

「もしかして、わたし、馬鹿にされてます？」

「いや、うつけにだって恋人は必要さ。うつけこそ、淋《さび》しがりの女好きと相場は決まっているからね。まあ、役割じゃよ、役割」

波留はホームレスに背を向けて走りだした。男を見る目がないと断じられたようで、はらわたが煮えくり返りそうだった。どんな男を好きになろうと、たとえうつけを愛してしまおうと、こっちの自由だ。

いや……。

うつけ＝風俗通いがやめられない愚か者、と解釈したらどうだろう。まさか見透かされているのだろうか。自分が元吉原のソープ嬢で、体を売って稼いでいることを……。

4

数日後、〈ヴィオラ〉の元黒服である甲村が、〈ヴィオラガールズ〉のボディガードとして働きはじめた。

待機室になっている波留の自宅マンションとラブホテルの間を、送り迎えする係だ。最初は歩いていたのだが、一日中うろうろしていれば目立つし、炎天下に外で時間を潰してもらうのも気の毒だった。かといって女ばかりの待機室に入れるのも抵抗があり、クルマを使うことになった。

甲村の愛車は恐ろしく年代物のセルシオだった。「燃費悪そうね」と水樹が眉をひそめ、「ガス代は自前でいいですよ」と甲村は笑った。ちょうどマンションの隣の月極《つきぎめ》駐車場が一台分空いていたので、駐車場代はキャストが割り勘で払うことになった。

歩けば三分なので、クルマに乗るほうがかえって面倒というか、大げさなことをしているようで気分がちょっと重くなったけれど、こちらがクルマであれば、あとをつけようとする客はいないはずだった。キャストが歩いて帰るから、歩ける範囲に待機室があると思われるわけで、そういう意味で、クルマでの移動はセキュリティアップに貢献してくれた。

それでも、水樹はやはり、男のスタッフを入れることが嫌なようだった。顔を見ればわかった。みんなで決めたことなので文句は口にしなかったが、甲村に接する態度は、お世辞にも友好的とは言えなかった。

甲村がやってきて一週間ほどが経過したある日のこと。〈ヴィオラガールズ〉にちょっとした事件が起こった。

「はい、もしもし〈ヴィオラガールズ〉です……」

予約受付専用のガラケーに出たのは檸檬だった。いつもは桃香が出るのだが、ユキを抱っこしてあやしていた。

自分で子守りが得意だと言っていたとおり、桃香は幼児をあやすのが天才的にうまかった。ユキは発育が遅いほうらしく、二歳になってもまだ抱っこされるのが大好きだ。誰が抱っこしたって泣きやまなくても、桃香であればぴたりと泣きやんで笑いだす。母親の水樹も驚いていた。

「えっ？　ええっ？　はい……ちょっとお待ちください……」

檸檬は眼を丸くして桃香を見ると、電話を保留にして言った。

「桃ちゃんに、指名……」

「そんなぁ、嘘でしょ」

すっかり世話係で忙しくなってしまったので、桃香の名前はとっくにホームページから削除されている。

檸檬が桃香に言う。

「吉原時代に入ったことがあって、うちが元〈ヴィオラ〉を謳《うた》ってるから在籍してるんじゃないかって思ったんだって。沼田《ぬまた》さんって言ってるけど……」

「あっ、その人なら覚えてます」

桃香は眼を輝かせた。

「なんかすごくやさしくて、褒め上手なんですよね。たしか見た目もカッコよくて、シュッとしてたような……」

「そんなことより、どうするのよ？」

檸檬が困りきった顔で言い、

「断ったほうが、いいよね？」

うかがうような上目遣いで桃香を見た。その場にいたのは檸檬と波留、そしてあとから参加したキャストがふたり。全員が、桃香に断れと念を送っていたはずだ。檸檬と波留は桃香の接客が不安だったたし、あとのふたりはフリーで受けて自分たちに仕事をまわしてほしいと思っていたに違いない。

ところが念は届かず、

「わたし、行きます」

桃香は満面の笑みで答え、ラグビーボールをパスするようにユキを波留に渡してきた。波留がいちばん近くにいたのでしかたがないのだが……。

「ちょっと！　どうしてわたしなのよ！」

子守りに慣れない波留に抱っこされたユキは、次の瞬間、泣きだした。波留はあわてて廊下を走り、バスルームに飛びこんで扉を閉めた。子供の泣き声がするところで、お客さまと電話はできない。

ユキはなかなか泣きやんでくれなかった。こっちが泣きたいと思いながらなんとか泣きやませてリビングに戻ると、桃香の姿は消えていた。かわりに水樹がいた。桃香と入れ替わりで戻ってきたらしい。表情が険しかった。

「ちょっといい？」

檸檬と波留に目配《めくば》せしたので、波留は他のキャストにユキを預けて水樹に続いた。またバスルームに逆戻りだった。今度は大人が三人なので、先ほどよりずっと窮屈だった。

「あの子、本当に仕事に行ったの？」

水樹が声をひそめて言った。

「玄関ですれ違ったとき、買い物に行くのかと思ったわよ。オーバーオール着てたじゃない？」

〈ヴィオラガールズ〉のキャストは身だしなみに気を遣っている。服は女らしく清楚《せいそ》を心掛け、基本はスカート。パンツスタイルはNG。下着まであれこれ悩んでチョイスしているのは、波留だけではないはずだ。

「わたしもまずいと思ったけど……」

檸檬が口ごもる。

「まともな服、持ってないんでしょ。吉原時代はお店で借りられたし」

「でも、その……」

波留はわざとらしいほど明るい声で言った。

「ホームページに名前が載ってないのに電話してくるなんて、よっぽどあの子を気に入ってたんじゃないですかね。それなら許してくれますよ。むしろ私服っぽくて好感がもたれたり……」

「ないかも……」

檸檬は苦々しく首を振った。波留はもうなにも言えなかった。本当のところは、まずいと思っていたからだ。

「ごめん。わたしが断ればよかったのね。桃ちゃん、化粧もろくにしてなかったし。あれで十万円とるのは、さすがに……」

「だいたい、あの子もどうして受けたのかしら？　お金のこともきちんとしたんだから、無理に仕事しなくてもいいと思うんだけど……」

水樹はしきりに首をかしげている。

「なんか嬉しそうだったですけど……」

波留は小声で言った。

「いい思い出があるお客さんみたいで……」

「あの子、エッチがしたかったのかな？」

「さあ……」

今度は波留が首をかしげる番だった。

「彼氏なんているわけないよね？　ここに住みこみで世話係と子守りしてるんだから……相手がお客さんでも、エッチがしたかったのかな？」

「わたしに訊かれても……」

「オーバーオールより、ノーメイクより、あの子の場合、エッチがいちばん心配なのよ」

水樹は歯軋《はぎし》りしそうな顔で言った。

「吉原にいたころ、あの子に入ったってお客さんについたことあるの。とにかく気は利かないし、ベッドでは自分勝手だしって延々悪口言ってて……セックスには相性があると思うわよ。他のキャストの悪口を言うそのお客さんだって褒められたもんじゃないと思う……でも、指名数が事実を物語ってるじゃない？　ひと月で一本もとれなかったって……」

波留は言葉を返せなかった。檸檬も黙っている。

水樹はハッと偽悪《ぎあく》的に笑い、

「ここ始めたとき、まだあの子が仕事をしたいって言ってたころね、どういう接客してるのって何度訊きそうになったことか……いじめたかったわけじゃないわよ。

わたしは絶対に〈ヴィオラガールズ〉を成功させたかった。そのためなら、あの子と一緒にラブホに行って、エッチのやり方を教えてあげたって……」

「水樹」

檸檬が制した。

「やめよう、もう。この話……」

水樹はバツ悪そうに顔を伏せた。

「あなたの気持ちもわかるけど、やっぱりそういうこと、口にしないほうがいい。いまとなったら、あの子は〈ヴィオラガールズ〉になくてはならない存在なんだもん。それでいいじゃない。指名を受けたのはわたしのミス。もう二度と仕事はしないように桃ちゃんに言う。桃ちゃんが待機室にいてくれないと困るからって言えば、あの子だってわかってくれるはずよ」

水樹はしばらく押し黙っていたが、

「ごめん。いまの失言だった。忘れて……」

顔を伏せたままバスルームを出ていった。残った波留と檸檬は眼を見合わせた。

「大丈夫よ、きっと」

檸檬が柔和に笑い、

「ですね」

波留も笑顔を返したが、胸の中はもやもやしていた。とにかく桃香が何事もなく帰ってきてくれることを祈るばかりだった。

「いやー、久しぶりに仕事したら、大変でしたよー」
賑《にぎ》やかな声とともに、桃香は待機室に戻ってきた。
「大変っていうか、自分がコントロールできなくなるくらい興奮しちゃいました。五月、六月、七月、八月、考えてみたら、四カ月もエッチしてなかったんですからね。処女じゃなくなってからこんなこと初めてですけど、相手がお客さんっていうのもなあ、なんか情けないなあ……」

待機室で露骨な話は嫌われる。誰も話に乗らなかったし、顔を向けることさえなかったが、水樹と檸檬は下を向いてこっそり笑っていた。桃香がいつもの調子でよかった、と思ったからだろう。

しかし、波留にはそう見えなかった。しきりに手を動かして落ち着かない様子だし、なにより視線が定まっていなかった。眼を泳がせながら、無理に明るく振る舞っている感じがして、なんとなく痛々しい。

接客がうまくいかなかったのだろうか。久しぶりの仕事だし、元より桃香には接客に不安があった。

接客中に文句を言われたり、説教をされるのはきつい。裸だからだ。隠すところを隠していないと、人間、気持ちを取り繕うのが難しい。慣れることもないので、とにかく文句を言われないように先まわりして気を遣うしかないのだが、ブランク明けの桃香にどこまでできたか……。

波留はその日、珍しくひとりしか指名客が入らず、フリーの客はたまにしか出勤できないキャストにまわしてあげたので、料理を受けもつことにした。水樹が外に出ずっぱりだったので、子守りを押しつけられるのを避けるためだった。

とはいえ、桃香の料理と比べられるのもかなりのプレッシャーだったから、失敗する可能性が低く、盛りつけも簡単なカレーをつくった。自分好みに、肉も野菜も大きく切った。「お母さんのカレーみたい」と意外なほど好評だったので、波留は気をよくした。

そうこうしているうちに夜は更けていった。みんな三々五々家路につき、桃香とふたりきりになった。

「ねえ、ちょっとお酒飲まない？」

と誘ったのは、単にそういう気分だったからだ。カレーは好評だったし、仕事とは違うことをして覚える疲労感が新鮮だった。

しかし、桃香は、

「ごめんなさい。なんか今日、眠い……」

誘いを断って、自分の部屋に閉じこもった。珍しいこともあるものだった。お酒を飲もうと言いだすのはいつだって桃香のほうだったから、断られるとは夢にも思っていなかった。

波留はちょっとふて腐れた気分でソファに体を投げだし、ひとりで缶ビールを飲んだ。冷えたビールが五臓六腑《ごぞうろっぷ》に染み渡っていく段になってようやく、彼女が今日、久しぶりに仕事をしたことを思いだした。

明るく振る舞っていたけれど、うまくいかなかったような感じだった。なにがあったのかはわからないが、お客さま相手にしくじったような気がしてならなかった。

いや……。

しくじったりしなくても、塞ぎこんでしまうことがあるのが、この仕事だった。お金をもらってセックスをするというのは、普通のことではないのだ。いちいち気にしていたら仕事にならないから、普段は心の奥底に沈めてしまっている感情だが、なくなることは決してない。

セックスをして十万円——桃香の取り分や諸経費を引くと八万五千円くらいになるが、二十歳そこそこの小娘が二時間働いて得られる報酬としては破格である。そして、それが法外の値段と思えなくなるくらい、売春婦を続けているのはつらい。

眠れない夜がある。

不安に呑みこまれそうになり、叫び声をあげたくなる。

叫んだところで、誰も助けてくれない。

自分で選んだ仕事だからだ。

それぞれ事情があるにしろ、いにしえの花魁《おいらん》のように親に売られたわけではない。ヒモのような男に脅されて春をひさいでいるわけでもない。労力と報酬を秤《はかり》にかけて、報酬を選んでいるに過ぎない。

売春婦の抱えるそういった宿命を、桃香は久しぶりに仕事をして思いだしたのかもしれなかった。

彼女はいま、世話係兼子守り兼電話番で、高級ソープのキャスト並みに稼げている。無理に仕事をしなくてもよかったはずなのに、してしまった。いいお客さまだったという記憶がそうさせたのかもしれないが、そうであるならなおさら、桃香は愚かなことをした。

普通のセックスに愛という必然が必要なように、売春婦が体を売るならお金を稼ぐという必然がなければならない。売春稼業は、喉から手が出そうなほどお金が欲しい女しか、やってはいけないのである。

5

その翌日、波留は非番だった。

午前中のうちに日課のロードワークをこなし、ジムにも行き、午後はのんびり本でも読んで過ごそうと思っていた。ジムの会長が、アメリカに渡った女子プロボクサーの自伝と、辰吉丈一郎のフォト&エッセイ集を貸してくれた。どちらも面白そうだった。

ところが、ジムから帰ってくると、桃香が寝込んでいた。お腹《なか》が痛くて動けないという。朝から顔色がすぐれず、それでも気丈に振る舞っていたのだが、ついにダウンしてしまったという感じだった。

「ちょっと休みなさいってことよ」

波留は桃香の汗ばんだ髪を撫《な》でた。

「考えてみれば、あなた無休で働きっぱなしだったわけじゃない？　つらいときは無理しないほうがいい。元気が出るまでゆっくり休んで。今日はわたしが世話係やるし、明日もかわりを探しておくから」

幸い、その日は水樹も非番だった。つまり、子守りをしなくてもいい。食事はまたカレーでいいだろうか。さすがに馬鹿のひとつ覚えだと思われそうだから、ルーだけ替えてシチューにするか。

正午前になるとキャストが集まってきた。スターティングメンバーのうち、今日のシフトに入っているのは檸檬だけだった。

「桃ちゃん、どうかしたの？」

「なんか調子悪いみたいです。お腹痛いって、起きあがってこられなくて……」

「生理痛？」

「たぶん違う……」

「じゃあ心配ね。お医者さま連れていったほうがいいんじゃない？」

「はい……でもまあ、ちょっと様子見て……」

雑務をこなしながらも、波留は桃香のことが気になってしかたなかった。何度部屋をのぞいてもぐっすり眠っていて、それだけならいいのだが、顔にびっしり汗の粒を浮かべてうなされていた。悪い夢でも見ているように……。

波留はタオルで顔の汗を拭ってやった。

「病院って言ったって……」

この状態の桃香を、何科に連れていけばいいのかわからない。お腹が痛いというのはおそらく正確ではなくて、とにかく調子が悪いのだ。疲労の蓄積や精神的な問題なら、ゆっくり休んでいれば快方に向かうと思うのだが……。

午後七時、予約専用のガラケーが鳴った。キャストは全員出払っていて、波留はホワイトシチューをつくっていた。

「はい、もしもし」

「そっちは〈ヴィオラーガール〉かな？」

「そうです」

「おーおー、いまから遊びたいんだけどさ……」

相手の男の声は野太く、ひどく尊大な感じだった。

「桃香ちゃんっているかい？」

波留は一瞬、言葉につまった。また桃香の指名？　ホームページに名前も載っていないのに？

「申し訳ございません。彼女は退店してしまいました」

「あっ、そう。じゃあ、誰でもいいから大至急ひとり寄こして」

「いまからですか？」

「ああ」

「大変申し訳ございませんが、本日はもう予約でいっぱいで……」

「そう言わないで、なんとかしてよ」

男はクックッと喉を鳴らした。

「せっかく電話したんだし、ちょっと待たされてもいいからさ。十万円に見合う、とびきりのオマンコを寄こしてくれないかな」

この男は〈ヴィオラ〉の常連客ではない、と波留は思った。店長の蒔田は客を選ぶ男だった。電話口で訳のわからないことを言う客などとる必要はない、と黒服に厳しく教育していたと聞く。

だが、波留は電話を切ることができなかった。桃香の名前を出されたからだった。客に訊ねてみたいことがあった。どうしてホームページに名前が載っていないキャストを指名したのか。〈ヴィオラ〉の常連でもなさそうだし、ネットで噂にでもなっているのか。

あっ……。

波留は不意に閃《ひらめ》いた自分の考えに戦慄した。

桃香が自分でネットに噂を流していたり、ＳＮＳで営業をしているということは考えられないだろうか——そう思ってしまったのだ。可能性はゼロではない。桃香が実は、いまの立ち位置に不満をもっている場合である。

『あの子、エッチがしたかったのかな？』

水樹がしきりに気にしていた。

売春婦の中には、心から仕事を楽しんでいるタイプもいるらしい。不特定多数とのセックスが好きで、好きなことを仕事にしている——軽蔑なんてしない。人の心は白か黒かの二択ではないけれど、好きなことができてお金が稼げるなんて一石二鳥、と思っている売春婦がいたっていい。

桃香がもし、セックスそのものを目的としてソープ嬢になったとすれば、世話係ではなく、キャストになりたいと願うはずだ。それをみんなに言いだせなくて、裏で小細工をしているとしたら……。

もちろん、そうでないことを祈っている。伏せっている妹分を疑っていること自体、胸が痛む。だがやはり、ホームページに名前が載っていないのに立てつづけに指名が入るなんて、どう考えてもおかしい。べつにキャストがやりたいならそれでいい。はっきり言ってもらえないのが哀しいのだ。

「わかりました。それでは……」

波留は予約を受けた。他のキャストのシフトは埋まっているが、自分で行くなら業務に支障は来《きた》さない。ホワイトシチューはもうほとんどできているし、あとは炊飯器をセットしてから出かければ、夕食だって問題ないだろう。

波留は身繕いを整えると、一階におりて駐車場に向かった。白いセルシオのドアを開け、後部座席に乗りこむ。運転席には甲村がいる。

「あれ？　今日は非番だったんじゃないんですか？」

「うん……ちょっとピンチヒッター」

「いつもの場所でよろしいですか？」

「ごめんなさい、それが……」

波留は気まずげに口ごもりながら、行き先を伝えた。

普段は国際通りにあるつくばエクスプレスの出入り口を待ち合わせ場所にしている。一本裏道に入ればそこが西浅草のラブホテル街だから、ホテルまで歩いて一分くらいだ。たった一分とはいえ、吉原時代にはあり得なかったその外散歩を、波留は大切にしていた。身を寄せあったり腕を組んだり、デートのような甘い雰囲気を演出できるから、お客さまにも好評だった。

しかし、桃香を指名した男——高蝶《たかちょう》と名乗った——は、錦糸町《きんしちょう》のラブホテルまで来るように言ってきたのだった。よほどの常連客でない限り浅草以外の場所を指定されても断るのだが、桃香を指名したのがどんな人物か知りたいという好奇心には抗《あらが》えず、波留は了解した。浅草から錦糸町はそれほど遠くない。クルマで十分ほどの距離だ。

「錦糸町ですか？」

ルームミラーに映った甲村の顔が、憂鬱そうに曇った。ただでさえ人相が悪いのだから、あんまり顔をしかめないでほしい。

「どうしてそんなイレギュラーなオーダーを受けたんです？　長い馴染みのお客さんですか？」

「ううん、初めての人」

「だったら……」

甲村はこちらを振り返った。

「やめておいたほうがいい。トラブルの種になるかもしれないし、店のポリシーにも関わります。高級店っていうのは客のわがままを許しちゃいけない。あくまで店側がイニシアチブを……」

「ごめんなさい。クルマ出してください」

波留は遮って言った。甲村という男は、石橋を叩いて渡る典型のような男だった。ホテルから待機室に戻る短い距離でさえ、わざと遠まわりをしたり、いちいちルートを変えたりする。なので、錦糸町と言われて疑問をもつのは当然なのだが、説明してても理解してもらえないだろうと判断した。波留自身が、嫌な予感を胸に抱いていたからである。

「やめておいたほうがいいと思いますけどねえ……」

　甲村は溜息をついて駐車場からクルマを出した。混んでいる雷門通りを避け、国際通りを北上し、言問通りを右折する。正面にはそびえたつ東京スカイツリー。ロードワークと同じコースだ。

「どんな感じのお客さまなんですか？」

　甲村は声まで憂鬱そうにして訊ねてきた。

「それは……なんて言うんだろう……」

　波留は相変わらず歯切れが悪い。

「どうしてもって言うから、まあ、しかたなく……食事の準備も終わったし、家にいてもすることないから……」

「体をいたわることも大事ですよ」

「ええ、ええ。疲れた女なんて、誰も抱きたくないですもんね。オフはしっかり休んで、おいしいもの食べてぐっすり寝て、お肌ピチピチで出勤してきなさいって、店長に教育されました」

「それもそうですが、何事も体が資本なわけで、とくにこういう仕事だと、倒れたらそれでおしまいというか……」

　わかってるわよ！　と波留は胸底で悪態をついた。甲村は本当に心配性だ。心配していただけるのはありがたいが、しつこいのはなんとかならないだろうか。

吉原時代は無口な男だと思っていたのに、〈ヴィオラガールズ〉のボディガードになってからは、あれやこれやと余計なお世話を焼いてくる。シフトがタイトすぎる、目立たないようにそろそろホームページのURLを変えるべき、プレイの前に手洗いうがい検温を徹底したほうがいい……指摘自体はもっともなのだが、横から口を挟まれて、水樹はいつも苛々《いらいら》している。

波留は水樹をなだめる側なのだが、今日ばかりは冷静でいられなかった。もちろん、甲村は悪くない。高校時代、先生との不倫がバレて、父親に懇々と説教をされたときのことを思いだした。不倫をするのは人の道にはずれている、相手には妻子がいる、だいたいおまえはまだ高校生だろう……いちいちもっともなのだが、波留の心にはなにひとつ響かなかった。悪いことは百も承知で、先生のことを愛していたからである。

今回はそれほど悪いことをしているつもりはなかったが、甲村のペースを乱し、心配をかけているのはたしかだった。ちょっと鬱陶しいところはあるものの、彼が参加してくれたことで、キャストの不安はだいぶ取り除かれた。強面のベテランという甲村のキャラによるところも大きいが、男がひとりいるだけでこれほど安心感があるのかと、驚いてしまったくらいだ。

波留がネガティブなオーラを発しているのをキャッチしたのだろう。甲村は話題を変えた。

「実は今日の午前中、店長の墓参りに行ってきまして……」

ルームミラーに映った眼が、遠くを見るように細められた。

「本当なら通夜や葬儀も手伝わなくちゃいけない立場だったんですが、このご時世ですからと断られたんですよね……でもそれは、新型ウイルスのせいだけじゃなかったみたいです。今回、納骨の知らせを受けたときに奥さまに教えていただいたんですが、店長は自分の仕事を家族に隠していたんですよ。家族にも言えない仕事、なんでしょうね……納骨を知らせてくれただけでも、ありがたいのかもしれない。家族に仕事を言ってなかったって話を聞いたら、なんだかどうしても手を合わせたくなって、山梨にある墓まで……夜明け前に家を出る強行軍ですよ。昼にはこっちに戻ってこなけりゃならないし……」

「おひとりで行かれたんですか？」

「はい」

甲村は噛みしめるようにうなずいた。

「私は特別、店長にお世話になったんです。どうしようもない屑《くず》だった私を拾ってくれて、曲がりなりにも自分で稼いでおまんま食えるように矯正していただいた大恩がありまして……」

波留は黙っていた。どの程度の屑だったのか、怖くて訊けなかった。

「だから、波留さんたちの動向が気になってしかたがなかった。〈ヴィオラ〉の魂は、〈ヴィオラガールズ〉が引き継いだわけですからね。〈リボン屋さん〉……看板を掛け替えたあの店は本当にどうしようもない。大衆店ですら集客ができなくて、ほとんど格安店並みにダンピングしてますからね。女の子も七回転とか八回転とかさせられてるみたいで、可哀相ですよ……」

「あのう……」

波留は上目遣いで、ルームミラーに映った甲村の顔をのぞきこんだ。

「〈ヴィオラ〉の魂って、なんですか？」

甲村はすぐには言葉を返してこなかった。しばらくの間黙りこみ、言葉を選んでから答えた。

「吉原ナンバーワンというプライド……テクニックに頼らない接客……はずれを引かせない女の子のラインアップ……いや、そういうんじゃないな。まあ、ひと言で言えば、真心でしょうか」

「真心？」

「波留さんならわかるでしょう？」

「わかりませんよ」

波留は偽悪的に笑った。

「わたしはたぶん、確固とした自分っていうものがないから、お客さまに受けてるだけだと思います。誰にでも合わせられるから……」

「そうでしょうか」

甲村は静かに言った。

「私は違うと思いますよ。波留さんがずっとナンバーワンでいる理由」

「なんですか？」

波留は助手席のヘッドレストを抱えるようにして、身を乗りだした。

「甲村さんは、どうしてわたしがナンバーワンだと思うんですか？」

答えを聞くことはできなかった。

甲村が「着きました」と言って、クルマを停《と》めたからである。ルームミラーに映った顔がにわかに険しくなったので、波留は話を続けられなかった。険しくなった理由は、すぐにわかった。

そこは繁華街の裏通りだった。夜の帳《とばり》がおりているとはいえ、妙に暗かった。飲食店がほとんどなく、雑居ビルばかりが並び、表通りでは酒場がけっこう賑わっていたのに、人の往来がほとんどない。

高蝶と名乗った男は、「カスケード」というホテルを指定した。その名前のホテルは目の前にあった。塔屋《とうや》看板が見えたので間違えようがなかったが、古いとか年季が入っているというのを通り越して、ほとんど廃ビルのような雰囲気だった。とにかく真っ暗で、塔屋看板もライトアップされていない。

古いホテルなら、西浅草にもある。昭和レトロな雰囲気がいいと言って指定するお客さまがたまにいるが、黴《かび》くさいうえに埃《ほこり》っぽく、シャワーの出も悪いので、キャストにはすこぶる評判が悪い。

目の前のカスケードは、そのホテルがまだマシに思えるほどだった。一見して営業していないのではないかと思われたし、幽霊にでも出くわしそうだ。

「どうします?」

甲村は振り返って横顔を向けた。

「戻ったほうがいいんじゃないですかね?」

波留もそう思ったが、

「ちょっと電話してみます。もしかすると、別のカスケードがあるのかもしれないし……」

バッグからスマホを取りだした。予約専用のガラケーは部屋に置いてきたが、念のために番号は控えてあった。

高蝶はワンコールで電話に出た。状況を説明すると、

「そのホテルで間違いない」

きっぱりと返してきた。

「灯《あか》りが消えているのは、わざとだよ。隠れ家的ってやつだから、気にしないで入ってきてくれ。部屋は三〇三号室だ」

電話が切れた。スピーカーで話していたので、内容は甲村にも伝わっていた。眉間に深い縦皺を刻んでいる。

カスケードの駐車場の入口には、目隠しをするための切れこみの入ったカーテンが垂れさがっていた。クルマで押しのけて入っていくとき、バラバラと不快な音がした。

「私が先に様子を見てきましょう」

甲村はエンジンを切ると、シートベルトをはずした。

「大丈夫でしょ」

波留は笑ってみせた。

「あんまり警戒すると、お客さまに失礼ですよ」

警戒することで、自分の心が閉じてしまうことが怖かった。それではいつものようなサービスができない。すべてを受け入れなければ、お客さまを満足させることなんて不可能だ。

どんな相手であれ、初めてのお客さまは警戒しようと思えばいくらだって警戒できるものだ。それをすべて呑みこんで、無防備に自分を差しだすからこそ、十万円という破格の報酬を手にすることができる。波留はこの仕事を、そういうふうに理解している。

後部座席のドアを開けてクルマを降りると、甲村も降りてきた。

「せめて部屋の前まで一緒に行きます」

「心配性ね、ホントに」

波留は苦笑して歩きだしたが、出入り口のドアハンドルを握った手が埃で真っ黒に汚れたのを見て、心が折れそうになった。エレベーターが動いていなかったら踵《きびす》を返そうと決めて、中に入っていった。

ボタンを押すと、エレベーターの扉は開いた。ゴンドラに乗りこみ、三階で降りた。内廊下の空気はあきらかに澱《よど》んでいた。黴くさいも黴くさいが、それよりもっと強烈な、腐臭のようなものも混じっている。

甲村の不安げな顔を見ると仕事をする気がなくなりそうだったので、波留は振り返らずに三〇三号室の前まで行き、扉をノックした。

ややあって、乱暴に扉が開いた。玄関スペースや廊下のようなものはなく、扉を開けるといきなり室内を見渡せる造りだった。おかげで、波留はすぐに異変に気づいた。

部屋には複数の男がいた。

後退る前に、腕を引っぱられて部屋の中に引きずりこまれた。「きゃっ！」と悲鳴をあげたので、甲村もすぐに部屋に飛びこんできた。相手側のひとりが、甲村を指差して叫んだ。

「こいつですっ！」

叫んだ男は、髪が金髪のホストふうの男だった。顔が腫れ、眼帯をしていた。

「こいつが美人局《つつもたせ》の犯人だっ！」

別の男が、拳よりふたまわりも大きいクリスタルの灰皿を振りあげ、甲村の後頭部に打ちおろした。いきなり後ろからやられたので、甲村は振り返ることもできずに倒れた。頭蓋骨を陥没させるような嫌な音がした。

波留は声もあげられなかった。まわりの男たちが、いっせいに甲村に蹴りを浴びせた。三人いた。部屋にはその他にもうひとり、黒いスーツを着た男が、ベッドに腰をおろしていた。眼光鋭く、偉そうに脚をひろげて座る姿に、尋常ではない威圧感が漂っている。

「連れてけ」

黒いスーツが言うと、若い男たちは蹴るのをやめ、甲村を部屋の外に引きずっていった。クリスタルの灰皿で殴られた甲村の頭からは大量の血が流れていて、引きずられると灰色の絨毯にべっとりと血の跡がついた。部屋の外まで、真一文字に……。

「あんたはこっちだ」

いつの間にか背後に立っていた黒いスーツが、波留の双肩をつかんだ。突き飛ばされるようにして、ソファに座らされた。

「馬鹿な野郎だ。俺の舎弟にやらずぶったくりを仕掛けるなんてな」

「あっ、あなたが高蝶さんですか？」

滑稽なくらい声が震えていた。男は静かにうなずいた。甲村を痛めつけていた三人は若かった。おそらく二十代前半で、金髪だったりタトゥーがあったり派手なジャージを着ていたり、ひと目で不良とわかるタイプばかりだった。

高蝶は違った。年は三十代半ばくらい、黒髪をオールバックに撫でつけ、タイトな黒いスーツに身を包んだ姿は、やり手の実業家に見えなくもない。上背が高く、身長一八〇センチ近くありそうだ。スーツを着ていても、胸板が分厚いのがわかる。

ただ、ポケットに手を突っこんで立っているだけなのに、殺気がすごかった。若い三人とはまるで格が違う。と同時に、妙にセクシーだった。彫りの深い、端整な顔立ちのせいだろうか。睫毛《まつげ》が長く、唇の血行がいいからだろうか。値踏みするようにこちらを見ている瞳が、濡《ぬ》れている。

「甲村さんをどこに連れていったんですか？」

「隣の部屋で話しあいだよ。お察しの通り、ここはもう営業してないラブホテルだ。泣いても叫んでも誰も助けにこない。やつは女も抱かせず、ボコッて金だけ取ったんだ。ツメられて当然だよな。でもまあ、詫び入れてそれなりの誠意を見せれば、殺しやしねえさ」

波留は衝撃のあまり、息ができなくなった。にわかには信じられない話だった。

美人局？　なぜそんなことを……。

「あんたのところは、店ぐるみで悪いことやってるのかい？」

波留はあわてて首を横に振った。

「まあ、そうだろうな。ちょっと調べただけだが、あんたの店、馬鹿高い料金のわりにはすこぶる評判がいい。吉原ナンバーワンソープの残党だって？　ソープなんて昭和の遺物と馬鹿にしてたが、あんたを見て考えをあらためたくなったよ。たしかに、十万払っても抱きたくなる」

濡れた視線が、頭の先から爪先まで這《は》ってくる。波留は白いワンピースを着ていた。ブリッ子スタイルではなく、丈の長い清楚なデザインだ。初めての客につくとき、波留はかならず白い服を選ぶ。

「いっ、いくら払えば許してもらえますか？」

体中を震わせながら訊ねた。

「誠意ってお金のことですよね？　いくら払えば……」

「それは隣で話している」

高蝶は肩についた糸くずを払うように言った。

「あんたに訊きたいのは、別のことだ。桃香って女の居場所だよ」

波留は息を呑んだ。

「わかるよな？　美人局が店ぐるみじゃないなら、桃香ちゃんにじっくり話を聞いてみる必要がある。俺の舎弟は、彼女と吉原で遊んだことがあるらしい。デリに移ったという噂を聞いたから、デリに電話して彼女を指名した。やってきたのは、いかつい男だ。殴られて、金を取られた。不粋な話だよな。普通に考えれば、桃香って女は、美人局のグルだ」

そんな馬鹿な――喉元まで迫《せ》りあがってきた言葉を、波留は呑みこんだ。桃香が美人局なんてするはずがなかった。お金の問題は解消したはずだし、昨日の仕事はイレギュラーだったのだ。なにかの間違いに決まっている。

ならば甲村か？　ちょっと鬱陶しいところはあるが、あの男の〈ヴィオラ〉愛は偽物ではない気がする。たとえお金に困っていたとしても、〈ヴィオラ〉の名前を掲げて営業しているデリで、美人局などするだろうか。

とにかく、問題は目の前の男だった。たしかにセクシーなのだが、しゃべるほどに殺気が勝ってくる。波留は体の震えがとまらず、指先が凍えそうなほど冷たくなっていくのを感じていた。

ボクシングを使って高蝶を倒すなんて、チラとも頭をかすめなかった。

世の中には、護身術としてボクシングを習う女子もいるらしいが、高蝶のような相手には通用しない。高蝶の舎弟は、ためらうことなくクリスタルの灰皿で甲村の頭を割った。

ボクシングは殴りあいだが競技である。それに対し、波留がいま目撃したのは、別物の暴力だった。相手を痛めつけるためなら手段を選ばず、痛めつけることで相手を支配しようとする……。

「スマホ出せよ」

高蝶が微笑《ほほえ》みながら言った。眼だけは笑っていなかった。

「店をやめたって、桃香ちゃんの連絡先くらいわかるだろう？　電話して、ここに呼びだせ」

「しっ、知りませんっ！」

波留は反射的に答えた。

「おいおい……」

高蝶は笑った。

「やさしく言ってるうちに、言うことをきいたほうがいいと思うぜ」

「知らないものは知らないんですっ！」

「じゃあ、知ってそうなやつに電話して訊けよ」

波留は首を横に振った。

「わたし、店の女の子とはプライヴェートで付き合わないことにしてますから」

「それで話がすむと思うかい？」

高蝶は笑うのをやめた。

「しらばっくれるならそれでもいいが、その場合、あんたが桃香ちゃんのかわりに折檻《せっかん》されることになる。泣きを入れるまで寄ってたかって犯してやる。ソープで鍛えた鉄のマンコでも、一週間も犯し抜いてりゃ素直になるだろう。生まれたきたことを後悔するような目に遭わしてやろうか」

単なる脅しには聞こえなかった。高蝶の眼には、いつの間にか欲情の炎が灯《とも》っていた。女を求める獣の眼をしていた。そういう眼で見られることには慣れているはずなのに、波留の全身からは血の気が引いていった。

「あるいは……」

高蝶は意味ありげに眼を細めると、波留の手を取った。立ちあがらされ、チークダンスを踊るときのように腰に手をまわされた。必然的に、顔と顔が息のかかる距離まで近づいた。

「俺の女になるなら、輪姦《まわ》しは勘弁してやってもいい。正直に言うが、あんたのことを気に入っちまった。ひと目惚《めぼ》れってやつだな。若い衆に犯させるのはもったいねえ。俺の女になるなら、やさしくしてやるぜ……」

「おっ、お金じゃダメなんですか？」

波留がすがるように言うと、

「ダメだ」

高蝶は首を横に振った。

「ひと目惚れしたって言っただろう？　愛は金でどうこうできない」

大の大人が真顔で「ひと目惚れ」だの「愛」だのと言っているのに、滑稽さは微《み》塵《じん》も感じなかった。波留はただひたすらに怖かった。見つめられるほどに両膝の震えが激しくなり、立っていられるのが奇跡に思えた。

「選べ」

高蝶が声を低く絞った。

「桃香って女を呼びだすか、寄ってたかって犯されるか、俺の女になるか……三択だ」

波留の顔は限界までひきつっていった。選べるはずがなかった。妹のように思っている桃香をこんな連中に渡せるわけがないし、輪姦《りんかん》されるのも嫌だった。もちろん、高蝶の女になるのなんて論外だ。

ソープ嬢になってお金以外でよかったことがあったとすれば、「誰かの女」にならなくてすんでいることだった。幸福な花嫁を夢見ることを諦めたかわりに、独占欲から自由になった。

愛しあうことには、相手を独占したいというよこしまな欲望が含まれる。売春婦には無縁な欲望だ。誰にも独占されないし、誰かを独占したいとも思わない。

それを嘆く同業者もいるのかもしれないが、波留の場合はせいせいした。この世に独占欲ほど罪深いものはない。波留の中にもそれがあった。先生を死に追いやったのは、先生を独占しようとした自分の醜いエゴだ。

好きにしてください——そう言って、ベッドに体を投げだそうとした。他に選択肢がないなら、輪姦を選ぶしかなかった。それほど綺麗《きれい》な体じゃなかった。一週間でも二週間でも、好きなだけ犯し抜けばいいと思った。

だがそのとき、扉が開いて若い男たちがドヤドヤと入ってきた。

「気絶しちまったから、縛りあげておきました」

「意外に口が堅いですね」

「こっちもそろそろパーティが始まるんでしょ」

高蝶はニヤリと笑って波留から体を離すと、ベッドに腰をおろした。

波留は若い男三人に囲まれた。金髪に眼帯、首筋にトライバルタトゥー、不良丸出しの派手なジャージ――道ですれ違うのも不快なタイプばかりだ。

「うーん、いい匂い」

金髪が胸元に顔を突きだしてきて、くんくんと鼻を鳴らした。

「それにしても可愛いなあ。単体のAV女優でもいけるんじゃね」

タトゥーが真っ黒な歯を見せて笑う。

「おまえ知らねえの。〈ヴィオラ〉のソープ嬢になるのって、AV出るより狭き門らしいぜ」

派手なジャージは、言いながら自分の股間をまさぐった。

波留は全身に鳥肌を立てながら身をすくめた。若い男たちからは、牡《おす》の獣臭がむんむんと漂ってきた。〈ヴィオラ〉や〈ヴィオラガールズ〉の客からは感じたことのない、異様な雰囲気に怯《おび》えることしかできない。

獣の牡が牝《めす》を求める衝動の中には、暴力的な衝動が含まれているらしい。人間も獣であるかぎり暴力性からは逃れられないが、それを極力抑えて女を大切に扱うことができる男を、紳士と呼ぶ。

若い男たちには紳士的な雰囲気は一ミリもなく、暴力的な性欲だけを剝《む》きだしにしていた。しかも、金髪に眼帯が、クローゼットからエコバッグのようなものを持ってきた。

「これだけ可愛い女なら、念入りに仕込まないと失礼だよな。ケツから調教しよう。そのほうがマンコの締まりもよくなるし」

エコバッグから取りだされたものが、テーブルに並べられていく。ロープ、革製の拘束具、球体に穴が空いた猿轡《さるぐつわ》……。

そして、ヴァイブやディルド。男根をかたどったものだけではなく、見たこともない形のものがある。医療器具のようなシルバーメタルで、長い棒に間隔を置いて球体がついてる……。

「アナルを調教するなら、まずは浣腸《かんちょう》だろ」

派手なジャージが自分の股間をまさぐりながら言った。

「へへっ、こんな可愛い顔してても、うんこするんだよね？」

タトゥーは波留の顔をのぞきこんで言うと、金髪に声をかけた。

「おい。用意してあるよな？」

「もちろん」

エコバッグの中から、桃色の卵のようなものが取りだされた。卵との違いは、鋭いくちばしがついていることだ。イチジク浣腸だった。

波留は体中から血の気が引いていくのを感じた。激しい眩暈《めまい》が襲いかかってきて、その場に崩れ落ちてしまいそうだった。

「さーて、パーティを始めようか」

派手なジャージが首の後ろをつかみ、ブチッと音をたててホックをはずした。タトゥーとふたりがかりでワンピースを引っぱって、ファスナーごと背中を引き裂いてきた。波留は白いレースの縁取りがついたライムグリーンの下着をつけていた。上下で十万円近くする、イタリア製のセクシーランジェリー。ガーターベルトはしていないが、ストッキングはセパレートタイプだ。

男たちがいっせいに、「おおっ」と低い声を出して舌なめずりをする。

「いっ、いやっ……」

恐怖に身をすくめた波留の体に、無遠慮な手指が伸びてきた。剝きだしの肩を、二の腕を、力まかせにつかまれた。

「いやあああーっ！　いやああああああーっ！」

波留は叫んだ。喉が裂けてしまいそうな勢いで叫んでも、どこからも助けは来てくれそうになかった。

第三章　敗色濃厚

1

お釣りはいいからとキャッシュトレイに一万円札を置き、水樹はタクシーから飛びだした。

吝嗇家《りんしょくか》の自覚があるので、お釣りを断るなんて珍しいことだった。動揺しすぎて、自分を見失いそうになっている。

エレベーターに乗るのももどかしく、階段を三階まで駆けあがっていく。カンカン、カンカン、とミュールが耳障りな音をたてる。

波留が行方不明になったという連絡を受けたのは二時間ほど前、午前九時過ぎのことだった。水樹はユキの食事をすませ、掃除と洗濯を並行して進めていた。スマホがソニック・ユースの「テュニック」を鳴らした。電話の着信だ。檸檬からだった。

「波留ちゃんが、朝になっても帰ってこないって……ゆうべもいなかったから心配してて、いま桃ちゃんに確認したんだけど……」

檸檬が言うには、キャストが誰もいない間に、波留が姿を消したという。彼女は昨日非番だったので、そのときは気にもとめなかったらしい。だが、同時に甲村も姿を消していて、連絡がとれなくなった。

予約専用のガラケーを確認すると、誰も心あたりがない着信が一件、履歴に残っていた。波留がその電話をとり、待機室に誰もいなかったので自分で仕事を受けたのではないか、とキャストのひとりが推理した。

檸檬もそう思ったらしい。だとすれば、波留は甲村にクルマで送ってもらい、そのまま消えたことになる。

「消えたって、どこに？」

水樹が苛立《いらだ》って言うと、

「わからないわよ」

檸檬が溜息《ためいき》まじりに答えた。

「まさか……甲村さんと駆け落ち……とか？」

「あるわけないでしょ」

水樹は電話を切ると、馴染《なじ》みのベビーシッターに電話をかけ、大至急来てもらった。桃香は体調が悪いようだし、こんな状況でユキを待機室に連れていく気にはなれなかった。

波留と甲村が駆け落ち――さすがにそれはないだろう。男と女だからなにがあるかわからないにしろ、黙って行方をくらます理由がない。甲村はともかく、波留は〈ヴィオラガールズ〉に居心地《いごこち》のよさを感じていたはずだ。そういう話をしたわけではないけれど、見ていればわかる。スタートしたばかりのころに比べ、彼女はよく笑うようになった。元から健康的な子だったが、輪をかけて生命力が輝いているのを感じた。

甲村が波留をさらったのか――それはあり得るような気がした。他のキャストには評判のいい甲村だが、水樹は信用していなかった。ソープの黒服をやっていたような男を、信じるほうがどうかしている。さらうと言っても暴力的な手を使うとは限らない。甲村は頭がまわりそうだし、反対に波留はどう見ても人に騙《だま》されやすそうだ。風俗業界で長く生きてきた海千山千の男にとって、波留をそそのかすなんて造作もないことだろう。

合鍵で扉を開け、部屋に入った。

リビングには檸檬と翡翠と桃香がいた。全員険しい表情をしていたが、桃香の顔色は際立って青ざめ、体調もまだ悪そうだった。

「どうしよう？」

檸檬がいまにも泣きだしそうな顔で言った。

「警察に通報するわけには、いかないよね？」

水樹はうなずいた。

「それは最後の手段……警察に通報するなら、わたしたちがデリをやってた痕跡を、きれいに消さなきゃならない」

消したところで、相手は警察だ。すぐに尻尾《しっぽ》をつかまれ、デリの実態を知られることになるだろう。警察に通報するには、その覚悟が必要だということだ。

「ガラケーに入っていた番号は、常連さんのじゃなかったの？」

「どうなんだろう……」

「かけてみようか？」

水樹はテーブルに置いてあったガラケーをつかみ、昨日の波留の客と思われる番号にかけてみた。発信音が鳴りつづくだけで、誰も出なかった。

全員が押し黙った。

この番号以外、なんの手がかりもないのだ。

頭の中を整理しなければならなかった。

甲村が波留をさらったという線は、あり得るかもしれない。だが、証拠はなにもない。それを予感させる不穏な空気さえ水樹は察していない。むしろ、考えれば考えるほど違和感ばかりがこみあげてきた。たとえ騙されているにしろ、一緒に逃げたとすれば、そこには恋愛感情、とまでは言わなくても、普通以上に親しい関係が必要な気がする。波留と甲村がそういう間柄であるという想像に無理があるのだ。

となると、別の人間が波留をさらったか……。

目立たないようにやっているつもりでも、〈ヴィオラガールズ〉が人気を集めているという噂《うわさ》は、あちこちに出まわっているはずだった。そこのナンバーワンを引き抜こうと考える悪い人間がいたとしても、決しておかしくない。こちらにケツ持ちがいないことがバレていれば、騙すとかそそのかすとか、そんな面倒な手続きさえ踏まず、力ずくで拉致するようなことだって考えられる。

しかし……。

ならば、甲村はいったいなにをやっているのだ。そういう場合のためのボディガードではないのか。連絡さえしてこないなんて、まさかふたり揃《そろ》って窮地に追いこまれているということなのだろうか。

コーヒーの匂いが、鼻先で揺れた。桃香が淹《い》れてくれたらしい。立っているのもつらそうな顔をしているくせに、コーヒーカップを載せたトレイをよたよた運んでくる。

部屋に入ってきてからずっと立っていた水樹は、落ち着きを取り戻すために、ソファに腰をおろしてコーヒーを飲んだ。ここで飲むコーヒーは味も香りも最高だった。波留がコーヒーにこだわっているからだ。キッチンには泡立て機能がついた全自動コーヒーメーカーが置かれ、豆はわざわざアメ横まで買いにいっているらしい。

波留……。

彼女が危険な目に遭っているのなら、どんな手を使ってでも助けださなければならなかった。〈ヴィオラガールズ〉に誘ったのは水樹だ。責任がある。それ以上に、彼女のことを考えると、自分でもよくわからないほど感情を激しく揺さぶられる。

彼女の顔が苦痛に歪《ゆが》むところを想像しただけで、背中に戦慄が這《は》いあがっていく。

初めて彼女を見たときの衝撃は、いまでも忘れられない。バックヤードの短い廊下ですれ違った。あとから本人に特別なオーラなんて感じなかったと言ってしまったが、嘘《うそ》だった。真っ赤な嘘だ。

波留はそのとき、白いキャミドレスを着て銀色のパンプスを履いていた。

驚くほどの透明感や清潔感を振りまいていた。

ひと言で言えば、波留はソープ嬢らしくないソープ嬢だ。なんでこんな子がソープにいるの？　と水樹はまばたきも忘れて仰天したが、彼女を指名する多くの客も、きっと同じことを思っているに違いない。

美人というのとは少し違う。笑顔がまぶしく、素肌がミルク色に輝き、手脚の長い健康的なスタイルは潑剌《はつらつ》として、暴力的に可愛《かわい》かった。コンサートホールのステージとか、ファッション雑誌のカバーとか、そういうところこそが彼女に相応《ふさわ》しい場所ではないかと思った。

ただし、それだけなら衝撃までは覚えなかっただろう。問題は、暴力的に可愛いくせに、彼女の仕事はセックスだということだった。アイドルでも女優でも、可愛いを売りにしているタイプは普通、セックスを感じさせない。可愛いとセクシーは共存することが難しい。

だが、波留にはセックスの匂いがする。可愛いとセクシーが巻き起こす激しいハレーションこそ、波留の魅力の正体だった。健康的でありながら、個室でふたりきりになればとことんエロティックに振る舞うのだろうとイメージせずにはいられない。波留は常連客の多さも頭ひとつ抜けているから、実際そうやって男を虜《とりこ》にしているのだろう。

こんな子と抱き心地を比べられたのか——水樹は胸を搔《か》き毟《むし》りたくなる衝動をどうすることもできなかった。その場で取り乱してしまいそうになり、急いで個室に戻ると、化粧が崩れるのもかまわずタオルに顔を押しつけて泣いた。自分でもドン引きするくらい、泣きじゃくってしまった。

パニックがおさまると、激しい憎悪がこみあげてきた。水樹の元夫——光敏《みつとし》は、波留の抱き心地をこう評した。「蕩《とろ》けるようなセックスってああいうのを言うんだろうな」。なにを大げさな、と思った。

水樹が妊娠出産するまで、水樹と光敏は熱烈に愛しあっていたのだ。コミュニケーションの軸になっていたのは、セックスだった。光敏は体力が続く限り水樹を求めてきたし、水樹もそれに全力で応えた。

「おまえってホント抱き心地がいいな。相性が最高なんだろうな」

恍惚《こうこつ》をたっぷりと分かちあって眠りにつくとき、光敏は水樹の乱れた髪を直しながら、よくそう言ってくれた。お世辞だとは思わなかった。水樹もまた、彼ほど体の相性がいい男を他に知らなかったからだ。

しかし、波留とすれ違ったほんの一瞬で、光敏が口にしたあの無神経なひと言は、戯《ざ》れ事《ごと》ではなかったと悟った。波留を抱いた光敏は、本当に蕩けそうになったのだ。曲がりなりにも永遠の愛を誓いあった妻を抱くより、深く濃いエクスタシーを味わったのだ。

憎まずにはいられなかった。波留とすれ違うたびに、死ねばいいのにと心の中で毒づかなくては、自分を保てなかった。

だが、波留は敵ではなかった。ナンバーワンを争うライバルでさえないと、水樹はやがて思い知らされた。

水樹が指名数二位をキープしつづけることができたのは、波留という存在があってこそなのだ。男というのは浮気性だから、同じ店のナンバーワンと遊んだ次には、ナンバーツーを抱きたくなる。抱き心地を比べてやりたいと舌なめずりする。実際にそうすることがなくても、写真指名でだって同じことが言える。水樹が客に選ばれるのは、いつだって波留と比べられた結果だった。

見るからに対照的なタイプなので、二位なのだ。

波留が太陽だとすれば、自分は月のような存在なのかもしれない、と思った。波留がまぶしく輝くことで、水樹の個性も際立つ。水樹だけではない。檸檬や翡翠、その他の人気キャストも、波留の放つ強い光によって輝いている太陽系の惑星だった。誰もが彼女の影響下にあり、恩恵に与《あずか》っていると言っていい。

逆に桃香が指名をとれなかったのは、波留と似たところがあるからだろう。人としてまだ未熟で、プロ意識が足りないようだけれど、彼女もまた、太陽なのだ。月でも星でもなく、みずから輝ける潜在能力をもっている。別の店なら、余裕でナンバーワンになれたはずだ。

しかし、〈ヴィオラ〉では波留とキャラ被《かぶ》りになってしまうのが、桃香にとっての不幸だった。同じ店に太陽はふたついらない。店長もそれに気づいて、桃香を早々にクビにしたのではないだろうか。

ガラケーが鳴った。テーブルの上でガタガタ震えている。予約の電話だろう。営業開始の正午まで、あと一時間ほどだ。

「どうするの？」

誰も電話に出ようとしないので、檸檬がボソッと言った。

「仕事どころじゃないわよね？」

「ごめん。わたしいま、警察に通報することを考えてる」

水樹はこめかみをトントンと指で叩《たた》きながら言った。もはや苛立ちを隠せなかった。

「いろいろまずいことになるかもしれないけど、波留のこと放っておけない。みんな選んで。わたしと一緒に覚悟を決めるか、それとも飛ぶか……飛んでも恨んだりしない。それぞれの事情があるわけだし……」

檸檬が笑った。翡翠もだ。

「波留ちゃんのこと放っておけないの、水樹だけじゃないから」

「とりあえず、あの子がなんともないこと確認しないと」

水樹は息をつめてふたりを見た。そんな反応は一ミリも期待していなかった。目頭が熱くなりそうになった。

「みんなで始めたことじゃない？　波留ちゃんを引っぱりこんで」

「そうそう、ひとりで泥被ろうとしないで」

「あのう……」

桃香が遠慮がちに声を出し、みんながいっせいに顔を向けた。

「実はわたし……黙っていたことがあって……」

「なによ？」

「甲村さんのことなんですけど……今回のことと関係あるのかないのか、わかりませんけど……でも、ちょっと変なことがあったから……」

その場の空気が一瞬にして張りつめた。

「甲村さんがどうしたの？」

「昨日、わたしに指名が入ったじゃないですか？〈ヴィオラガールズ〉になって初めての仕事……波留さんの真似《まね》して、つくばエクスプレスの入口で待ち合わしたんですけど……クルマで送ってくれた甲村さんが突然、『ちょっと伏せて！』って声を荒げて……」

「どういうこと？」

「わかんないですけど、つくばエクスプレスの入口を過ぎても、国際通りをそのままま っすぐ走って、『お客さんの電話番号わかるかい？』って……そのお客さん、沼田さんっていうんですけど、ＬＩＮＥ交換した数少ないお客さんのひとりだったから、スマホで電話したんです。先にホテルに入っててほしいって……」

「それも甲村さんに言われたの？」

「はい。甲村さんはラブホの前にクルマ停《と》めたら、『ちょっと待ってなさい』ってひとりでクルマを降りていって……」

水樹と檸檬と翡翠は眼を見合わせた。他のデリヘル店の中には、部屋の前まで運転手が女の子と一緒に行き、客から料金を受けとるというシステムのところもある。しかし、〈ヴィオラガールズ〉では採用していないやり方だし、そもそも運転手がひとりでホテルに行くなんておかしい。

「それで、二十分くらいクルマの中で待たされて、甲村さんは戻ってきたんですけど、『いまのお客さん、キャンセルになったから』って。意味がわからなかったんですけど、キャンセル料として十万円満額渡してくれたんです。みんなには内緒にしなさいって……それでわたし、カフェでタピオカ飲んで時間潰して、ここに戻ってきたんですけど……」

水樹と檸檬と翡翠は、再び眼を見合わせた。不可解すぎる話だった。

桃香はいまにも泣きだしそうな顔で、胸のつかえを吐きだすように言った。

「わたしダメなんですよ、嘘つくの。甲村さんが渡してくれた十万円って、キャンセル料っていうより、口止め料みたいなものな気がして……ここに戻ってきてからもいかにも仕事してきました、みたいな顔してましたけど、嘘ついてるのがつらくてつらくて……」

「それで体調崩したわけ？」

「……たぶん」

桃香が言い、他の三人は深い溜息をもらした。

「ひとつ、訊《き》いていいかな？」

水樹は声音をあらためて訊ねた。

「あんた、甲村さんとできてるの？」

「そっ、そんなわけないじゃないですか！」

桃香は驚いたように眼を見開き、声を跳ねあげた。

「どうしてわたしが、甲村さんと……」

「でもさ、いまの話を聞いてると、甲村さんはあなたに仕事をさせたくなくて、勝手にお客さんにキャンセル言い渡して、十万円を自腹で払ったっていう気がしてくるよ。なんでそんなことするのかっていったら、あなたと甲村さんができてるからしかないいじゃない？」

「あなた、嘘つくの体に悪いんじゃなかったの？」

翡翠がニヤニヤしながら言った。

「もう全部話してすっきりしちゃいなさい。あなたがボディガードに甲村さんを推薦したときに、ちょっと引っかかったんだよね。甲村さんとごはんに行ったって言ったでしょ？　キャストと黒服よ。女の子とスタッフは恋愛禁止なのよ」

「どうしてそういう話になるんですか？」

桃香は信じられないという表情で唇を震わせた。

「一緒にごはん食べたらできてるんですか？　恋愛してることになっちゃうんですか？　甲村さんやさしいから、なかなか指名とれないわたしを励ましてくれただけで……」

「なかなか指名とれないのは、あなただけじゃなかったでしょ？」

翡翠は手厳しかった。

「同時期にクビになったの、あなたの他に三、四人はいるはずよ」

「それは……そうかもしれませんけど……」

「でもさ」

檸檬が口を挟んだ。

「桃ちゃんと甲村さんができてるなら、甲村さんと一緒に消えるのは桃ちゃんなんじゃないの? 波留ちゃんじゃなくて」

水樹と檸檬と翡翠は、三たび眼を見合わせた。

2

波留は天井から床まである大きな窓から、外を眺めていた。窓は横幅も広かった。一、二、三、四……と十歩歩いても、その先もまだ窓だ。

嫌になるほど空が青く晴れ渡っていた。

タワーマンションの四十階。鳥でもここまでは飛んでこない。波留は高所恐怖症なので、あまり窓には近づけない。それでも恐るおそる間近まで接近していくと、足がすくんでその場にしゃがみこんでしまった。

「できたぞ」

高蝶に呼ばれた。テーブルにランチョンマットが敷かれ、その上にスパゲティ、サラダ、スープの皿が並んでいる。

「俺は起き抜けからしっかり食べないと、力が出ないタイプでね」

波留は高蝶と相対して座り、食事を始めた。彼のつくった料理は、どれもレストランで出てきてもおかしくないレベルだった。とくにスパゲティミートソースは絶品で、ソフリットを丁寧にやっていそうだったし、仕上げに山羊《やぎ》のチーズを使っている。

「どうだい？　口に合うかい？」

「とってもおいしいです」

お世辞ではなかったのに、波留の声はこわばり、棒読みで返してしまった。高蝶と揃いのバスローブに身を包み、朝食を食べているこの状況に戸惑い、目の前にいる彼を正視することさえできない。

「そりゃあ、よかった」

高蝶は楽しげに笑っている。

「俺は小食の女が嫌いなんだ。正確には、痩せぎすな女が嫌いだ。おまえも少し絞りすぎだな。ガリガリってわけでもないが……ジムにでも行ってるのかい？」

「ええ、はい……」

波留は曖昧にうなずいた。

「やめたほうがいい、あんなもの。うまいものをたくさん食べて、セックスで汗かいて、ぐっすり寝るのが健康の秘訣《ひけつ》だよ。もう二、三キロ肉がついたくらいでちょうどいいんじゃないか」

「はあ……」

波留の座っている位置からは、キッチンが見えていた。総ステンレス製のシステムキッチンだ。鍋やフライパン、包丁などにもいちいちこだわりがあるようで、料理好きなのは一目瞭然だった。きっとレパートリーも豊富なのだろう。運動もせずここで暮らしていたら、あっという間に三キロくらい太れそうだった。

「でも……高蝶さんもジム行ってますよね？」

波留はおずおずと訊ねた。彼の分厚い胸板は、筋トレで鍛えているとしか思えなかった。

「そりゃ、俺は男だからな」

高蝶は笑った。

「筋肉をつけておいたほうがセックスアピールあるだろう？　でも、女は違う。痩せすぎていたり、筋肉ムキムキな女に、男はそそられない。丸くて、柔らかくて、ムチムチしているのがいちばんだ」

古い考えの男だな、と波留は思った。しかし、全面的に否定できなかった。波留もボクシングで体を鍛えているが、女らしい体形から離れないように注意している。ソープやデリの客が求めているのはまさしく、丸くて、柔らかくて、ムチムチしている女の体だった。

なにより、顔を傷つけるのを恐れて、スパーリングをしない。瞼《まぶた》の腫れた顔で接客する度胸はなく、自分が男であったとしてもそんな女を抱きたくないと思う。高蝶が古くさい考えなら、こちらはしっかり矛盾している。

食事を終えると、

「コーヒーは好きかい？」

高蝶が皿を片づけながら言った。分厚い筋肉をさらに和彫りの刺青《いれずみ》で飾っているくせに、マメに動く男だった。動き方がこなれていた。てっきり、飯つくれ、皿洗え、と顎で使われると思っていたのに……。

「コーヒーは……大好きです」

波留はこの部屋のキッチンに、エスプレッソマシンが置かれているのを目敏《めざと》く見つけていた。カフェにあるようなやつだ。イタリア製で二十万円はくだらない。

「いちばんうまいシチュエーションはなんだと思う？」

「コーヒーが、ですか？」

「ああ」

「やっぱり……食後？　カレーを食べたあととか」

「それは三番目だな。二番が寝起きで、いちばんはセックスのあとだ」

高蝶に手を取られ、立ちあがらされる。腰を抱かれ、顔と顔が息のかかる距離に近づく。彫りの深い、端整な顔立ちに眼を惹《ひ》かれる。長い睫毛《まつげ》は、セクシーを通り越してほとんど卑猥《ひわい》だ。

「ただ、夜中だとさすがに飲む気がしないから、いちばんを味わえるのは、真っ昼間からセックスできる人間の特権なんだな。今日はとびきりうまいコーヒーが飲めそうだ。空は晴れてる、飯を食ってエネルギーも満タン、目の前には極上のいい女……」

体をまさぐられた。高蝶の手は大きく、指も長くて節くれ立っていたが、触り方は乱暴ではなかった。

波留はバスローブの下に、下着を着けていなかった。脱がされる前から、裸身が火照りだした。ゆうべのことを思いだしたからだった。

ゆうべ――。

廃ビルのようなラブホテルで、波留は輪姦《りんかん》されそうになった。

それなりに、覚悟はしていたはずだった。妹のように思っている桃香を渡したり、極道じみた男の女になるくらいなら、甘んじて犯し抜かれようと思った。値段をつけて売っている体だった。いまさらレイプなんてされたところで、傷ついてしまうほどやわではないはずだった。

だが、いざその瞬間になってみると、自分を制御できないほどの、本能を揺さぶる恐怖が襲いかかってきた。白いワンピースを乱暴に引きちぎられ、ライムグリーンの下着姿にされると、叫び声をあげてしまった。

アナルだとか浣腸《かんちょう》だとか、耳にするのもおぞましい言葉が聞こえてきたし、なにより、波留を犯そうとしている若い男たちは、暴力的な性欲を剝《む》きだしにしていた。〈ヴィオラ〉や〈ヴィオラガールズ〉に訪れる客は、基本的に紳士だし、少なくとも紳士であるよう自分を律している。女の子の機嫌を損ねると、サービスの質が低下することをよく知っているからだ。

若い男たちは違った。女を痛めつけ、屈辱にまみれさせることにこそ悦びを見いだしているような、本物の野獣に見えた。殺されるよりひどい目に遭わされるだろうと、容易に想像がついた。

残念ながら——自分でも本当に情けなくなってしまうけれど、それを耐えきれるほどの覚悟なんて、波留にはなかった。頭で考える前に、全身の細胞が激しく拒絶した。気がつけば、泣きじゃくりながら高蝶の膝にすがりついていた。

「助けてくださいっ！　助けてくださいっ！」

「俺の女になるのかい？」

波留はうなずいた。他に選択肢がなかった。

「じゃあ、自分の言葉でちゃんと頼めよ」

高蝶は波留の頰を手のひらで包んだ。親指で涙を拭ってきた。ニヤニヤ笑いながら、泣き顔をなぶってきた。

「たっ、高蝶さんの女にしてくださいっ……」

「嘘じゃないな」

「嘘じゃありません」

「俺の女になれば、それなりに遇する。そのかわり、おまえも俺の女であることを自覚して行動しろ。できるか？」

「はいっ……はいっ……」

泣きながら米つきバッタのようにうなずいている自分が、自分ではないみたいだった。大人になってからこれほど手放しで泣きじゃくったことなんて、ただの一度もありはしない。先生が自殺したという話を聞いたときでさえ、その場では泣き崩れず、呆然《ぼうぜん》としていただけだ。

「マジすか、高蝶さん……」

金髪に眼帯が、恨めしげに言った。

「みんなで楽しみましょうよ……せっかくなんだし……」

「なんか言ったか？」

高蝶にチラと睨《にら》まれただけで、金髪は身をすくめた。タトゥーや派手なジャージも同様だった。「よせよ」「余計なことを言うんじゃねえ」と小声で金髪をいさめている。

「キャバでも行って仕切り直せ」

高蝶は財布から抜いた十枚ほどの札を、金髪のポケットにねじこんだ。

波留はちぎれたワンピースを身にまとった情けない格好で、外に連れだされた。どんな格好であれ、涎《よだれ》を垂らしている野獣たちから離されてホッとしたことは事実だった。高蝶の運転するメルセデスで、タワーマンションの四十階に連れていかれた。

部屋はまるでモデルルームのようだった。洒落《しゃれ》た造りで、調度に贅《ぜい》が尽くされ、掃除や整理整頓が行き届いていた。

人がここで暮らしているという、生活の息吹《いぶき》のようなものがまったく感じられなかった。静まり返っていたせいかもしれない。怖いくらいの静寂が、生活感のない空間を支配していた。

「すまなかったな、怖い目に遭わせて」

部屋でふたりきりになると、高蝶は急にやさしくなった。

「あんたを手に入れるためだった。愛情表現のひとつと思ってくれ。どんな手を使っても、手に入れたかった。信じてくれるかい？」

波留はうなずくしかなかった。

「まったく、派手に破りやがって……」

ちぎれたワンピースを脱がされた。

「明日は服を買いにいこう。ワンピースが好きなのかい？」

曖昧に首をかしげる。どういうわけか、下着姿を見られていることが、ひどく恥ずかしかった。先生に初めて下着を見られたときでさえ、つまりヴァージンを失ったときでさえ、こんなには恥ずかしくなかった気がする。

「綺麗《きれい》だよ……」

高蝶は耳元で甘くささやくと、ひとりソファに腰をおろした。

「下着を取って、全部見せてくれ」

波留は呆然と立ちつくしたまま、それでもなんとかうなずいた。ブラジャーのホックをはずすために背中にまわした手指は、尋常ではなく震えていた。おかげで、なかなかはずせなかった。裸を見せることは、慣れているはずだった。セックスだってそうだ。なのになぜ、これほど震えているのだろう。怖くてしかたがないのだろう。

モデルルームのようなこの部屋は、廃墟《はいきょ》のようなラブホテルに比べれば天国のようなものだった。野獣たちに輪姦されるより、見た目だけはスマートな高蝶ひとりを相手にするほうがマシなはずであり、それを選んだ自分の判断は間違っていないと思いたかった。

とはいえ、高蝶は野獣の元締めだ。睨み一発で、涎を垂らした野獣たちを黙らせた。ただですむはずがない。

直感を働かせようとした。お客さまの欲望を見抜くことを、波留は得意としていた。高蝶の望みの女になってやろうと思った。しかし、わからない。いつもなら一分もあれば見当がつくのに、高蝶の欲望がわからない。波留はパニックに陥りそうになった。

高蝶は急《せ》かすことなく、黙ってこちらを見ていた。早く見せろと顔に書いてあった。十万円の値札のついた裸を早く……波留は息を呑《の》んだ。指を震わせている恐怖の正体がわかった。自分はいま、彼に失望されることを恐れている。

失望されることを恐れたところでどうしようもないのが、裸になるということだった。祈っても念じても、別の誰かに成りかわることはできない。震える指でブラジャーを取り、ショーツをさげた。一糸纏《まと》わぬ生まれたままの姿になって、高蝶の前に立った。ほとんど泣きそうだった。

「そこで脚をひろげて、もっとよく見せてくれ」

高蝶が目の前のローテーブルを指差した。波留は言われた通りにするしかなく、ローテーブルの上で脚をひろげた。柔らかい毛で覆われた部分は高蝶に向けていたが、顔は横にそむけていた。部屋は間接照明だったから、それほど明るかったわけではない。それでも間近で脚をひろげれば、女がいちばん隠したいところをつぶさに観察されてしまう。

「すごいな、見られているだけでこんなに濡《ぬ》れるのか……」

身を乗りだしてきた高蝶は、花びらの合わせ目を指でそっとくつろげると、奥までのぞきこんできた。熱い視線を、はっきりと感じた。体のいちばん深いところで、なにかが疼《うず》いた。

その熱い視線は、失望されなかった証《あかし》だろうか。

失望されてもされなくても、どうせ地獄に堕《お》とされるのなら、ひと思いにやってほしかった。

「ジューシーでうまそうだ……」

高蝶は床に膝をつくと、指でくつろげているところに唇をそっと重ねてきた。そんなことをされるとは思っていなかったので、波留はあわてた。高蝶はおかまいなしに生温かい舌を差しだし、敏感な粘膜を舐《な》めはじめた。

3

水樹は激しく苛立っていた。

本日、都合により休業いたします——予約をしてくれている客に手分けしてメールを送り、クレームの電話が入ればそれに対応し、明日以降はどうなるのかと訊《たず》ねられても曖昧に言葉を濁すしかなく、待機室はバタバタしていたが、事態はまるで好転していない。

まるで、前に進もうと必死に地面を蹴っているのに後ろに進んでいるような感覚だった。緊急事態とはいえ、客の予約を断るのは身を切られるようにつらかった。吉原を離れ、一日一日積みあげてきた信用や実績が、音をたてて崩れ落ちていくのを感じた。

しかし、もはやそんなことを言っている場合ではない。なにも打つ手がないまま、日が暮れていこうとしていた。波留からも甲村からも、連絡はなかった。波留がとったと思《おぼ》しき昨日の電話の履歴は、午後七時五分。ふたりが姿を消して、もうすぐ二十四時間が経《た》つ。

決断しなければならなかった。

ここにいる人間でそれができるのは、水樹を置いて他にいない。〈ヴィオラガールズ〉は、水樹が旗を振って始めた。ならば終了の合図を請け負うのも、自分でなければならないだろう。

「みんなちょっといいかな?」

水樹は立ちあがってパンパンと手を叩いた。

「わたし、これから警察に行ってくる」

檸檬と翡翠と桃香が、こちらを見た。どの顔も、見たことがないほど険しくなっていた。

「どうなるか本当にわからないけど、わたしたちのやってること、全部正直に話そうと思う。嘘ついてたら、警察だって波留を捜せないだろうしね。だから、ここはいったん解散しましょう」

シッターに預けたままのユキのことが気になった。長い付き合いの人なので電話をすれば延長は可能だろうが、果たして今日中に警察から帰ってくることができるのか。デリのことを話して、勾留されたりしないのか。

しかし、ここは波留を優先するしかなかった。シッターの機嫌を損ねても、誠心誠意のお詫《わ》びとお金で解決できるだろう。波留はそうはいかない。行方不明なのである。

「家に帰って、座して警察が来るのを待つわけか……」

翡翠が天を仰ぎ、

「しかたがないよ、もう……」

檸檬は沈鬱な表情で深い溜息をついた。

「わたしは、どうすればいいですか？」

桃香が気まずげに身をすくめながら、小さく手をあげた。

「あんたは行くところないんだから、とりあえずここにいればいい。ただ、知らない人が来ても、絶対に出ないこと」

「……わかりました」

「波留ちゃん、ひょっこり帰ってこないかなあ……」

檸檬が祈るような顔で言い、恨めしげな視線を玄関に向けたときだった。ピンポーンと呼び鈴が鳴ったので、全員がハッとして眼を見合わせた。

立っていた水樹が、玄関に向かった。この古いマンションには、エントランスにオートロックがない。呼び鈴を押した人間は、扉のすぐ向こうにいる。

緊張に顔をこわばらせながら、ドアスコープをのぞきこんだ。もう少しで、声をあげてしまうところだった。頭に包帯を巻き、その包帯が半分以上真っ赤な血で染まっている男が、肩で息をしながら立っていた。

甲村だった。

水樹はすぐに鍵を開ける気にはなれなかった。いまの段階では、敵か味方かわからない。波留を騙して連れ去った疑いさえあるし、頭には血まみれの包帯。黒いスーツも皺《しわ》くちゃで、埃《ほこり》にまみれて白くなっている。普通の状況ではなかった。自分たちが想像している以上にシリアスなトラブルが起こっている、と考えたほうがよさそうだ。

足音をたてないように注意しながら後退《あとずさ》り、みんなのところに戻った。

「誰？」

翡翠が声を殺して訊ねてくる。

「甲村さん」

全員の顔に緊張が走った。

「しかも頭にケガしてる」

「どうするの？」

「なにか知ってることは間違いなさそうだけど……」

水樹はキッチンに行き、刃物を探した。グリップまでステンレス製のペティナイフをつかんだ。三徳《さんとく》包丁より小ぶりなので扱いやすい。

ピンポーン、ともう一度呼び鈴が鳴った。

「大丈夫？」

檸檬が心配そうに眉をひそめ、

「抑止力になればいいけど」

水樹はペティナイフを一瞥《いちべつ》した。

「みんな隠れてて、なにかあったら飛びかかって。相手はケガ人だから、なんとかなると思う」

目配《めくば》せでうなずきあい、水樹は玄関に向かった。ペティナイフをつかんだ右手が、汗ばんですべりそうだった。手のひらを服で拭ってから握り直し、左手で鍵を開ける。

「……なんの真似ですか？」

甲村は眼を見開いた。水樹はナイフを隠さず見せていた。

「波留はどこ？」

水樹は低く声を絞った。

「無事なんでしょうね？」

「それを話しにきました」

甲村は部屋にあがってこようとしたが、水樹は立ちふさがってあがらせなかった。

「波留が無事なのかどうか、まず答えて」

「少なくとも、私のような目には遭ってません」

「本当ね？」

「嘘じゃないから、物騒なものはしまってくれませんか……」

水樹が道を譲ると、甲村は部屋にあがっていった。息も絶えだえで床にへたりこみ、桃香に水を一杯くれるように頼んだ。

「蒼野《あおの》まゆ、っているじゃないですか？」

甲村はそう話を切りだした。

「AV女優です。かなりの売れっ子で、単体女優の中でもベストテンに入るくらい人気がある……」

「もしかして、〈ヴィオラ〉の面接に落ちたって人？」

翡翠が訊ね、

「そうです」

と甲村はうなずいた。

「でも、その噂は正確じゃない。彼女は〈ヴィオラ〉で働いてたんですよ。出勤したのは五、六回ですが、たしかにうちのキャストだった。もう三年近く前の話になりますが……」

檸檬と翡翠は当時も在籍していたはずだが、揃って首をかしげた。

「面接を落ちたって噂は、彼女が自分で流したんです。ソープ嬢崩れじゃ、AV女優としてのバリューがさがると思ったんでしょうね。面接で落ちたと言っておけば、働いていないことになりますから。ネットであることないこと書きこまれないように、予防線を張ったんでしょう……」

　甲村はふうっと息を吐きだした。

「面接に来たときから、かならず売れっ子になると思ってましたよ。しかし、ひと月ももたなかった。ソープの仕事が合わなかったわけじゃない。引き抜きにあったんです」

「スカウトってこと？」

「もっと悪質な引き抜き屋ですよ。客のふりをして店に来て、口八丁手八丁でカタに嵌《は》めていく……彼女もまあ、金に困っていただろうし、AVの場合、契約すればその瞬間に大金が転がりこんできますからね。札束積まれて、グラッときたんでしょう。それ自体は責められませんが、引き抜きは掟《おきて》破りだ。吉原の同業者に話したら、他にも被害に遭っているところがありました。あやしい人物の容姿の特徴なんかが一致して……それなりのケジメをつけてもらわなくちゃならないと思っても、どうしても正体がつかめなくてね。メーカーに問い合わせても知らぬ存ぜぬだし、無念の泣き寝入りですよ……」

「もしかして……」

桃香が言った。

「その引き抜き屋が、この前わたしを指名した沼田さん？」

「その通りです……」

甲村は忌々《いまいま》しげにうなずいた。

「蒼野まゆで味をしめたんでしょう、またぞろ〈ヴィオラ〉に客として来たことがありました。私が受付していれば、タダでは帰さなかった。顔はしっかり覚えていましたからね。しかし、私はそのとき外に出ていた。気づいたのは戻ってきてから、やつが店を出ていくときだった。私が血相を変えて追いかけたんで、向こうもあわてて逃げだしてね。結局、捕まえられなかった……」

その場にいた全員が、ゆっくりと桃香に眼を向けた。

「わっ、わたしはAVになんて誘われてませんよ。誘われたって断るし……」

桃香はひきつった顔を左右に振った。

「でもあんた、うちのホームページで顔出ししてもいいとか言ってなかった？」

翡翠が眉をひそめて睨む。

「AVへのハードル、低そうなんですけど」

「本当に引き抜きなんかあってませんって……キミならもっと儲《もう》かる仕事があるとは……ちょっと言われましたけど……信じてなかったし……連絡だってとってなかったし……」

あちこちで溜息がもれた。桃香もまた、口八丁手八丁でカタに嵌められていた可能性は高そうだ。

「それで、その引き抜き屋が桃香を指名して、クルマで送っていった甲村さんが気がついて、ホテルで痛めつけたってこと？」

水樹が訊ねると、

「まあ、そんなところです……」

甲村は力なく肩をすくめた。

「ただ、やつが錦糸町の極道と繋《つな》がっていたのは誤算でした」

極道というワードに、全員が息を呑んだ。

「おかげで美人局《つつもたせ》の汚名を着せられて、このザマですよ」

「波留はどうなったのよ？」

水樹が咎《とが》めるように言い、

「そうよ。それがいちばん肝心なことじゃない」

「だいたい、波留ちゃんは引き抜きになんてあってないんでしょう？」

檸檬と翡翠も甲村を睨んだ。

「向こうは最初、桃香さんを指名してきたんです。前日、彼女を指名して私に痛い目に遭わされたんだから当然ですが、御《ぎょ》しやすいとも思ったんでしょう。でも、桃香さんは寝込んでいたんで、かわりに波留さんが予約を受けた……私が連れていって、あやしいホテルだったんで部屋までついていったんですが、扉を開けた瞬間、灰皿で頭を割られて……」

甲村は頭に巻かれた血まみれの包帯を押さえた。

「あなたのことなんてどうだっていいのよ」

水樹は唇を歪めて言った。

「波留はどうなったの？」

「わたしはその場に立ちあってないのでなんとも言えませんが……向こうの上の人間が、波留さんをいたく気に入ってしまったみたいで……」

甲村が言葉を切ったので、

「気に入ってどうしたのよ！」

水樹は声を荒げてしまった。

「波留は無事だって、あなたさっき言ったわよね？」

「無事ですよ。私はさっき会ってきました。向こうの上の人間、やくざも同席してましたけどね。暴行された感じはなく、ケガもしてなければ顔色もよかったし、みんなによろしくって……」

「どういう意味？」

「〈ヴィオラガールズ〉をやめて、極道に囲われることにしたって、私は理解しましたが……」

「ふざけないでよ！」

水樹は甲村の襟首をつかんだ。膝立ちになった瞬間に腰がテーブルにあたり、ガチャンとコーヒーカップが音をたてた。

「それでのこのこ帰ってくるなんて、あんた頭おかしいんじゃないの？　ボディガードが聞いて呆《あき》れる。波留が本気でやくざに囲われたがってるわけないじゃない。あの子は〈ヴィオラガールズ〉のために自宅まで提供してるのよ」

「ごっ、ごめんなさい……」

桃香が声を震わせた。頬が涙で光っていた。

「波留さん、わたしを庇《かば》ってるんですよね？　わたしを庇って、やくざに囲われることになって……」

誰も否定しなかった。みんなその通りだと思っていたからだ。

しばらくの間、誰も口を開かなかった。桃香がのそっと立ちあがり、引きずるような足取りで甲村に近づいていった。

「そのやくざのところに連れていってください。わたしが行けば、波留さんはこっちに帰ってこられるんでしょう？」

「座って！」

水樹は桃香を指差して睨みつけた。

「でも……」

「いいから座って！　これ以上話をややこしくしないで！」

桃香が泣きそうな顔で元の場所に戻っていく。全員がうつむいていた。水を打ったようにその場は静まり返り、息苦しいほどの沈黙が肩にのしかかってくる。

「でも……どうするの？」

檸檬がボソッと言った。

「やくざに囲われたりしたら、わたしたちにはもう、手が出せないんじゃ……」

「なんとかするわよ……」

水樹は親指の爪を嚙《か》みながら言った。

「やくざなんかに、波留は絶対に渡さない」

4

ずいぶん舐めるのが好きな人なんだな、と波留は思った。

昨日の夜と今日の朝、抱かれるのは今夜で三回目だが、高蝶は前回までと同様、今回も延々とクンニリングスをしてきた。すでに三十分以上も、執拗《しつよう》に舐めまわされていた。舐められることが苦手なわけではなかった。クンニをしなければ気がすまない、というお客さまだっていないわけではない。

だが、それは少数派と言ってよく、女を金で買った男は普通、女を気持ちよくさせるより、自分が気持ちよくなりたがるものだ。

プレイの流れもそうなっている。シャワーを浴びる前にフェラチオをすることを、ソープランドでは「即尺《そくしゃく》」と呼ぶ。安い店では体験できない、高級店ならではのサービスとして知られているが、逆にいきなりソープ嬢にクンニリングスをしてくる男なんて、波留は会ったことがない。

だから、慣れていないと言えば、慣れていないのかもしれなかった。敏感な部分を舌先で転がされることだけではなく、女を気持ちよくさせようとする男のやり方に慣れていない。ソープの客だって女を感じさせようとしてくるが、技術や気遣いが伴っていることは極端に少ない。

高蝶はただ闇雲に舌を動かしているのではなく、こちらの反応をうかがいながら、じっくりと愛撫《あいぶ》に時間を費やした。反応のいいところを見つければ、集中的に刺激してきたり、逆に焦《じ》らしてきたり、波留の性感に火をつけ、燃え盛らそうとする。

セックスを仕事にしていれば、自分の性感をある程度コントロールできるものだ。たとえ相手のテクニックが拙くても、心のもちようでなんとかする。女が行為に没頭しなければ男は満足しない生き物だし、夢中にならなくては心まで裸になったとは言えない。

だが、それはあくまでこちらがリードしている前提の話であり、言い方は悪いけれど、お客さまを手のひらの上で転がしている。紅潮した顔に汗を浮かべ、喉が嗄《か》れそうなくらい声をあげていても、そうなのだ。こちらが完全に我を失ってしまっては、収拾がつかなくなる。

高蝶はお客さまではなかった。そして、女を感じさせることにこそ悦びを覚えるタイプだった。すでに二回抱かれていたが、それが慣らし運転かなにかだったかのように、三回目になるといよいよ本気を出してきた。舐めるだけでは飽き足らず、指を入れてきた。最初は一本、やがて二本……。

波留の心は冷めていた。冷めているはずだった。お客さまを満足させるという目的がなければ、なにをモチベーションにセックスをしていいかわからなかった。それでも、ふやけそうなほど敏感な肉芽を舐められてから中に指まで入れられると、体が弓なりに反り返った。普段は自分を興奮させるためにあげている甲高い声が、自然と口からあふれた。

高蝶の指使いは練達《れんたつ》だった。指を入れても乱暴に掻きまわすようなことはせず、ゆっくりと抜き差しし、内側の壁をやさしく撫《な》でてくる。充分に分泌された蜜が潤滑油になり、微弱な刺激でも気が遠くなりそうなほど快楽が押し寄せてくる。もっと強い刺激が欲しいと、腰が動いてしまう。

高蝶は、調子に乗って刺激を強めるようなことはしなかった。女の扱いを心得ていた。女はもっと強い刺激が欲しいという状態が最高に気持ちいいのであって、本当に強い刺激が欲しいわけではない。

波留が腰を動かすのを我慢できなくなれば、高蝶はむしろ、刺激を弱めた。指を抜き、音をたてて蜜を啜《すす》った。顔から火が出そうなほど大きな音をたてられ、波留は羞《は》じらいながらも興奮した。

内腿《うちもも》にキスをされた。それも卑猥な音をたて、キスマークがつくほど強く吸われた。刺激が欲しい部分は、しばらく放置された。時折、吐息を吹きかけられると、身をよじらずにはいられなかった。直接刺激を受けていなくても、体の奥から熱い体液がこんこんとあふれてきた。

また、恥ずかしい音をたてて啜られた。花びらを口に含まれ、ねちっこくしゃぶりまわされた。そういった刺激の一つひとつが、波留の体温を上昇させ、素肌という素肌から汗を噴きださせた。

体中が燃えていた。冷めていたはずの心まで巻きこんで、紅蓮《ぐれん》の炎のように燃えあがっていく。

高蝶はタイミングを逃さない男だった。すかさず太いものが入ってきた。指とは違う圧倒的な存在感で穴を塞ぎ、奥の奥まで侵入してきた。

波留は叫び声をあげ、高蝶の分厚い体にしがみついた。結合しただけで軽いエクスタシーに達し、高蝶が抜き差しを開始すると、体中の肉という肉が快楽に躍りはじめた。

ほとんど我を失いながらも、「俺の女」という言葉が、耳底でリフレインしていた。これが「俺の女」になることかと思い知らされながら、瞼の裏に喜悦の熱い涙をあふれさせた。

金を払って性的なサービスを受けている男に、「俺の女」と呼ぶ資格はない。向こうにも、そんなつもりはないだろう。売春婦とはつまるところ、遊園地にあるメリーゴーランドのようなものだ。金を払えば誰でも乗れるし、まわっている間だけキラキラした夢が見られる。所有欲を満たすマイカーとは、存在する価値も意味も全然違う。

波留を「俺の女」と呼ぶ資格があったのは、先生だけだった。しかし、先生はそういうタイプではなかった。繊細な日陰の花のような先生を、若さゆえの無鉄砲さで振りまわしていたのは、むしろ波留のほうだった。「わたしだけの先生」になってもらいたかった。

「オマンコが締まってきたぞ」

高蝶が勝ち誇ったように言った。

「イキそうか？」

波留は息をはずませながらコクコクとうなずいた。悠然としたピッチで、けれども力強く突きあげてくる高蝶のリズムに、すっかり呑みこまれていた。

高蝶は女が物欲しげな顔をすればするほど、焦らしてくる男だった。最初は意地悪をされているのだと思ったが、彼の目的はただの意地悪ではなく、女をさらなる高みに追いつめることだった。

ピッチが落とされ、突き方が浅くなった。眼前にぶらさがっていた絶頂がすっと遠のき、波留はやるせない顔で高蝶を見つめる。

高蝶にしても、射精を求めていないはずがなかった。波留の中で動けば動くほど、彼のものは硬さを増していった。まるで鋼鉄の棒で貫かれているようだった。すぐにでも射精したいほど興奮しているはずなのに、彼のプライオリティはあくまで女を感じさせることだった。

結合がとかれ、いままで太いものが貫いていたところに、舌が襲いかかってきた。波留は髪を振り乱して悲鳴をあげた。ピストン運動のあとだけに、生温かい舌の感触がクリトリスや粘膜に染みて、ベッドの上でのたうちまわった。体中から快楽があふれていた。二〇〇ccしか入らないコップに三〇〇ccの水を注がれたように、許容できない量の快楽が体を満たしていく感じだった。

体位を変えられた。今度はバックだった。

犬のような格好で後ろから突きあげられると、波留は涙がとまらなくなった。手放しで泣きじゃくった。鼻水や涎まで垂らしていたかもしれない。

オルガスムスに達してもいないのに、号泣している自分が滑稽だった。オルガスムスに達したところで、眼尻に涙を浮かべることはあっても、泣きじゃくったことなんて一度もないのに……。

高蝶の前では泣きじゃくってばかりいると思った。

ゆうべは輪姦されそうな恐怖に醜態をさらし、いまは肉の悦びに涙がとまらない。泣いている意味はまるっきり違うけれど、泣かされていることに違いはなかった。

これが「俺の女」になることなのだろうか。

恐怖にしろ快楽にしろ、自分で自分でコントロールできないところに、高蝶は波留を追いこんでいこうとする。

なにが目的なのだろうか。

この自分を、いったいどうしようとしているのだろうか。

5

「なにもさあ、みんなでついてくることないんじゃないかなあ……」

水樹はわざとらしいほど尖《とが》った声で言った。

「ついてきたってクルマの中で待ってるだけなのに、狭苦しい思いして、なに考えてんだか」

甲村の運転するセルシオの後部座席に、水樹は座っていた。並んでいるのは、檸檬と翡翠。みんな背が高いし、檸檬はヒップがやたらと豊満だから、高級セダンの後部座席でも三人並ぶときつい。いちばん背の高い桃香は、助手席に座っている。

「でもやっぱり、心配じゃない……」

檸檬がなだめるように言った。

「半グレに会いに行くんでしょう？　半グレって、やくざより凶暴って話よ」

「わたしが会いにいくのは、そういうタイプじゃないから」

水樹には半グレの知りあいがいた。とくに親しいわけではなく、できることなら二度と会いたくなかったが、波留を助けるために知恵を借り、可能であれば力も借りたいと思ってアポを入れた。

あんな連中に頼りたくなかったけど……。

水樹の元夫である光敏は、西麻布《にしあざぶ》で小さなバーを経営していた。水樹と光敏が出会ったのもその店なので、あまり大きな声では言えないが、客筋のいいところではなかった。

タトゥーと筋肉で全身をまがまがしく飾りたて、あからさまにバイオレンスの匂いを漂わせている輩《やから》もいた。口を開けば不良外国人相手の武勇伝ばかり話している格闘技狂もいた。だが、そういう連中に尻尾《しっぽ》を振らせている人間もいて、彼らは本当に胡散《うさん》くさかった。

見た目は普通で、とくに危険な感じはしない。共通する特徴は、なにをやっているのかわからないのに、妙に羽振りのよさそうなところだった。具体的なことはなにも知らない。ただ彼らが店にいると、不穏な空気がとぐろを巻いているようだった。

いまになって考えてみれば、不穏な空気の正体を光敏に問いただしておくべきだったのだろう。妊娠、入籍、出産、育児という怒濤《どとう》の日々が訪れたせいで、店にも行かなくなってしまったし、うやむやにしてしまった。西麻布の隠れ家的なバーなのだから、どこか秘密めいたムードがあったほうがいいのかもしれない、などと自分を誤魔化していた。

とんでもない間違いだった。

育児に孤軍奮闘している最中、自宅に家宅捜索が入った。不在だった光敏は、麻薬取締法違反で逮捕されていた。西麻布のバーに隠されていた大麻は約八〇〇グラム、末端価格で五百万相当。密売目的としか思えない量だったことから、初犯にもかかわらず二年の実刑判決を受けた。

結婚しても浮気を繰り返し、子供が生まれても育児にまったく協力的でなかった光敏にうんざりしていた水樹は、すぐさま離婚の準備にとりかかった。ユキには淋《さび》しい思いをさせてしまうけれど、ほとほと愛想が尽きてしまった。

そのとき水樹の前に現れたのが、山中修一《やまなかしゅういち》という男だった。半グレですと自己紹介されたわけではない。彼もまたなにをやっているのかわからないのに羽振りのよさそうな常連客のひとりだったが、やり手の半グレだという噂を耳にしたことがあった。

三十を過ぎているのにやけにつるんとした少年のような顔をし、全身ファストファッションなのに腕にはごついロレックスを嵌め、いつもヘラヘラしている変な男だった。

「なにか生活にご不便はありませんか？　ご主人が戻ってこられるまで、よろしければ奥さんとお子さんの面倒を見させてください」

山中がそんなことを言ってきた理由は、容易に察しがついた。光敏は山中と共謀し、あるいは頼まれて、大量の大麻を隠しもっていたのだ。しかし、警察には余計なことをいっさいしゃべらず、ひとりですべての罪を背負った。その恩義に報いるためというか、山中は光敏の妻子の面倒を見ることで、塀の中の彼を安心させようとしたのだろう。

もちろん、水樹は断った。

半グレなどと関わりあいたくなかった。水樹は昔から、男同士で徒党を組んでいる連中が大嫌いだった。ひとりではたいしたことができないくせに、男という生き物は徒党を組んだ瞬間、呆れるくらい強気になる。その典型が暴走族であり、半グレであり、やくざだろう。

それに、光敏とはもう、すっぱり縁を切るつもりだった。ひとりですべての罪を背負ったと言えば聞こえはいいが、要するに彼は、半グレとの繋がりを失いたくなかったのだ。更生の意志など微塵《みじん》もなく、刑務所から出てくればまた悪事に手を染めるに決まっている。

「これでも僕は光敏くんを親友と思っておりますんで、困ったことがあったら連絡してください。真摯にご相談に乗らせていただきます」

山中はそう言って去っていった。もう一年以上前の話だが、光敏はまだ刑務所の中にいる。本気で恩義を感じているのなら、いまこそ力になってもらうべきときだった。まさかこんな形で再会するとは思っていなかったが……。

山中の経営するイベント会社は六本木の裏通りにあった。ひっそりした住宅街に建っている瀟洒《しょうしゃ》なマンションの一室だった。

コインパーキングに停めたセルシオから、水樹はひとりで降りた。檸檬と翡翠と桃香が、心配そうな顔で見送ってくれる。

車内ではつい悪態をついてしまったが、本音を言えば、彼女たちがついてきてくれたのは心強かった。ひとりではない、と思うことができた。

吉原時代は挨拶程度の関係だったし、いまだってお互いの個人情報すらろくに知らない。それでも、仲間だと思える。水樹も彼女たちも、波留を助けるためなら逮捕されることも辞さない、と覚悟を決めたのだから……。

彼女たちと知りあって、水樹は初めて仲間をもつ喜びを知った気がした。風俗嬢なんて利己的で、嘘つきで、何事にもだらしなくて、すぐに人を裏切る連中ばかりだろうと思っていたが、そうでなくてよかった。自分もまた、そこで糊口《ここう》をしのいでいるひとりだからだ。

徒党を組んでいる男たちは大嫌いだが、半グレが極道という古い形態の組織に背を向け、仲間意識を大切にしている集団なら、もしかするとわかりあえるかもしれなかった。仲間だけでデリを起《た》ちあげ、法の外で稼いでいるという意味では、自分たちもまた、半グレのようなものだからである。

エントランスのインターフォンで、山中に教わった部屋番号を押すと、「どうぞ」と声がして扉が開いた。エレベーターに乗り、部屋に向かった。

「どうも、どうも。ご無沙汰してます」

山中は相変わらずヘラヘラした調子で迎えてくれた。イベント会社と聞いていたが、通されたリビングは十人はゆうに座れそうなコの字形のソファセットが中央に鎮座して、オフィスワークを行なっている雰囲気は皆無だった。

待っていたのは、山中ひとりではなかった。スキンヘッドの巨漢が、ソファで偉そうに腕を組んでいた。Tシャツの袖から、ブルーブラックのタトゥーがはみ出している。

「本職の不良とのトラブルでしょ？」

山中が水樹にソファを勧めながら言った。

「彼はそっち方面に詳しいんで、声をかけておいたんです」

「はあ……よろしくお願いします」

水樹はスキンヘッドに一礼してから、ソファに腰をおろした。心臓が暴れだしていた。山中という男があまり警戒心を抱かせないタイプなので、ここまで乗りこんできてしまったけれど、相手はやはり半グレなのだ。バイオレンスと親和性の高い、危険な連中だ。

水樹は現状を説明した。波留のことはとりあえず、鶯谷にあるごく普通のデリヘルで働いている仲間、という設定にしておいた。

「つまり、本職に囲われちゃったお仲間を救出したい。自分の働いている店にはケツ持ちがいない……そういうことでよろしいですか？」

山中が言い、水樹はうなずいた。

「どうです？」

山中がスキンヘッドに話を振ると、

「うーむぅ」

スキンヘッドは頭の後ろで両手を組み、天井を見上げた。

「錦糸町の高蝶……小耳に挟んだことはある。たぶん、あのあたりで裏カジノやってるやべえやつのことだと思うけど……本職が相手だと、結局は金の話になりますよ。タダでケツ持ってくれるところなんてないし、仲介してくれる人にもナンボか払わなきゃならないし」

「いかほどで?」

「全部コミコミで三本かな」

「三百万?」

スキンヘッドは、冗談でしょ、とばかりに笑った。つまり、三千万ということだ。

「それは……いくらなんでも……」

水樹が口ごもると、

「面倒なんですよ、本職は」

山中はおどけたように首を振った。

「ガチガチの縦社会ですから、上のほうに顔がきけば話は早いんですがね。横から行くと、すぐに出すもん出せって話になる。話を繋いでもらうだけで、いちいちね」

「そんなことよりさあ……」

スキンヘッドが下卑た笑いを向けてきたので、水樹は身構えた。

「あんたどうして、鶯谷みたいなくっさい場末でデリヘル嬢なんかやってるの？　もったいないんじゃないかなあ。少し前まで、六本木じゃちょっとは知られたＳＭの女王様だったのに」

水樹は言葉を返せなかった。なぜこの男がそんなことを知っているのだ？　しかも、このタイミングで話を振ってくるなんて……。

「よくご存じですねえ」

山中の顔にも下卑た笑いが浮かぶ。

「彼女の職業は、敏光くんがずっと隠そうとしてたのに」

「俺の情報網も捨てたもんじゃないでしょ。実は一度、パーティで見かけたことがあるんですよ。リッツのスイートでやってるＳＭパーティ……そっちの趣味はないんだけど、暇つぶしに行ってみたら、ぶっ飛んだからね。仮面を着けたおっさんが四つん這《ば》いでずらっと並んでて……」

スキンヘッドが水樹を見た。水樹は視線を下に落とした。

「あれ、どっかの企業のお偉いさんだろ？　ＩＴ企業の社長とか？　そいつらが次々にヴァイブでケツ掘られていくのにも笑ったけど、掘ってる女王様が半端なく綺麗なのには腰が抜けそうになったね。黒いエナメルのボンデージファッションをビシッと決めて、すげえ高いピンヒールをカツカツ鳴らしてさ、後光が差して見えたもんな」

「彼女の女王様伝説、僕は噂しか聞いたことないんですが、そんなにすごかったんですか？」

「もう三、四年前の話なのに、いまだ脳裏に焼きついてる。ケツ掘られてひいひい悦んでるおっさんは全然羨ましくなかったけど、ケツを掘ってるあんたとは一戦交えたくてしようがなかったな。高慢ちきな顔に偉そうな態度で奴隷をいじめる女王様を、ひざまずかせて、チンポしゃぶらせて……むぅ、想像しただけで勃起しそうになってきた」

「ハハッ。興奮したなら、ちょっとしゃぶってもらえばいいじゃないですか」

山中がスキンヘッドに笑いかけた。

「相談に乗ったんだから、相談料として」

「いいねえ、相談料」

ニヤニヤしながら目配せし合っている男たちをよそに、水樹はすっかり青ざめていた。

「……冗談やめてください」

山中を睨むと、睨み返された。いつもヘラヘラしているくせに、眼を据わらせると背筋が寒くなるほど眼光が鋭かった。

「なにか誤解があるようですけど、僕はあなたに借りなんかありませんよ。あなたは刑務所に入って落ちこんでる我が親友を見捨てて、無慈悲にも離婚してしまった。親切にする理由なんて、どこにもないんですよ」

　山中はソファから立ちあがった。

「まあそういうわけなんで、さっさと相談料払って帰ってください。僕はやくざじゃないんで、繋いだだけで金寄こせなんて言いませんから」

「ちょっと待って……」

　水樹の焦った声をきっぱりと無視して、山中は別室の扉を開けてリビングから出ていった。振り返ると、スキンヘッドがズボンをさげて、大蛇のように鎌首をもたげた黒褐色の男根を露《あら》わにしていた。


　水樹は曲がり角の手前で足をとめた。曲がればみんなが待っている駐車場だった。曲がる前に、大きく深呼吸をした。右の手のひらで額を隠すようにして、それを顎の下までゆっくりとおろしていった。

　表情の変化のきっかけにする、演劇的な所作だ。秘密クラブ時代、素の自分から女王様になるときよくやった。いまはおそらく、鞭《むち》を振るっているときの女王様より険しい表情をしているはずなので、それを素の自分に戻す。もう一度深呼吸してから、曲がり角を曲がった。

「どうだった？」

セルシオのドアを開けると、みんないっせいに身を乗りだしてきた。水樹は後部座席に体をすべりこませ、ドアを閉めた。檸檬も翡翠も桃香も、固唾《かたず》を呑んで水樹の言葉を待っている。

「ごめんなさい。とりあえずクルマ出してもらっていいかしら。ここに長居したくないの」

甲村がパーキングの精算をすませてから、クルマを発車させた。裏道を抜けて外《がい》苑《えん》東通りを飯倉《いいくら》に向かい、首都高速に乗る。

しまった、と水樹は胸底で舌打ちした。口の中が気持ち悪くてしかたがなかった。精液はすべてティッシュに吐きだしたはずなのに、不快な粘り気と匂いが残っている。歯を磨いてイソジンで洗浄することは無理でも、せめてうがいがしたかったので、ファミレスにでも入ってもらうべきだった。高速に乗ってしまっては、しばらく我慢するしかない。

「それで、どうだったの？」

隣に座った檸檬が肘でつついてくる。

「どうもこうもないわよ……」

水樹は力なく首を振った。

「話をつけてほしければ、三千万払えですって」

檸檬が呆れた顔をし、翡翠や桃香も絶句している。

「半グレっていうのは……」

甲村が忌々しげに言った。

「ずいぶんと強気な連中なんですね。三千万も払うくらいなら、それをそのまま高蝶にもっていったほうが、よっぽど話が早い」

甲村は、引き抜き屋を痛めつけた詫びとして、高蝶なるやくざに三百万円払ったらしい。それにしても法外な額だが、三千万とはでたらめすぎる。

山中には最初から水樹に協力する気などなかったのだろう。今日のことはすべて、光敏と離婚したことへの意趣返しだ。まったく頭にくる。

「わたしね、本当ならいまごろ、ヨーロッパにいる予定だったんだよね……」

檸檬が唐突に語りだした。

「ウイルスのせいで行けなくなっちゃったけど、海外留学が昔から夢だったの。だから、まだ諦めてない……そのための貯金が二千万ある。もし、お金を払って波留ちゃんを取り返せるなら、出してもいいよ。全部は無理でも半分、一千万なら……」

「それがいちばん平和な解決方法かもね」

翡翠が溜息まじりに言った。

「わたしも一千万なら出してもいい。〈ヴィオラガールズ〉にはずいぶん稼がせてもらったけど、それ全部吐きだす格好になるかな……」

「わたしね、波留ちゃんのことが好きなの……」

檸檬は恥ずかしげに口ごもりながら言った。

「ずっと〈ヴィオラ〉のナンバーワンで、プライド高いんだろうなあって思ってたけど、全然そんなことなくて、素直ないい子でしょう？ 〈ヴィオラ〉のオーナーが変わったとき、あの子はたぶん、別の店で働くことを考えてたと思う。面倒なことが嫌いそうじゃない？ でも、協力してくれた。自分の部屋まで使わせてくれて……」

「あの子がいたから、〈ヴィオラガールズ〉は成立したのよ……」

翡翠が遠い眼であとを受ける。

「わたしたちだけだったら、きっとこんなにうまくいかなかった……」

「やくざにお金を渡すのは賛成できません」

甲村が口を挟んだ。きっぱりとした口調だった。

「さっき高蝶に三千万もっていったほうが話が早いと言ったのは、言葉の綾《あや》ですよ。

絶対に食いつかれて、骨までしゃぶられることになります」

「じゃあ、波留ちゃんひとり、骨までしゃぶられてもいいっていうの？」

檸檬が珍しく気色ばみ、

「ちょっと待って」

水樹は制した。

「三千万なんて大金を渡すのは、わたしも反対。わたしたちが身を削って稼いだお金でしょう？　どうして訳のわからないやくざに差しださないといけないのよ。そんなの間違ってる」

今日という今日は、徒党を組んでいる男たちのゲスぶりをつくづく思い知らされた。山中たちにとって、仲間は男だけなのだ。女は金づるか慰みもの、せいぜいパーティでひけらかすトロフィー。

半グレだろうがやくざだろうが、その点は似たようなものだろう。絶対に信用してはならない。

「水樹……」

檸檬がすがるような眼を向けてきた。

「波留ちゃんのこと、見捨てたりしないよね？」

「まさか」

水樹は鼻で笑った。

「相手がやくざだからって、こっちもやくざに頼もうっていう発想がダメだったのよ。もっと別のアプローチを考えましょう」

山中の会社まで足を運んだのは、まったくの無駄ではなかった。スキンヘッドがポロッとこぼしたひと言を、水樹は忘れていなかった。

『錦糸町の高蝶……小耳に挟んだことはある。たぶん、あのあたりで裏カジノやってるやべえやつ……』

錦糸町界隈《かいわい》で裏カジノを開帳しているやくざなんて、それほど数多いわけではないだろう。

まずは情報を集めることだ。水樹には裏カジノに嵌まっていた知りあいがいるし、翡翠はネットの闇サイトに詳しい。甲村には機動力を発揮してもらおう。男の手を借りるのは不本意だが、元はと言えば甲村のせいでこんなことになったのだから、少しは役に立ってもらわなければ困る。

6

波留は眼を覚ました。

セックスのあとうつらうつらしているうちに、いつの間にか深い眠りに落ちてしまったらしい。枕元の時計を見ると、午後二時だった。眠りに落ちたのは午前十一時ごろだったはずなので、三時間も寝てしまった。

隣に高蝶はいなかった。広々としたダブルベッドを抜けだして、部屋を見まわしても姿がない。どこかへ出かけたらしい。

波留はバスルームに行き、シャワーを浴びた。体が重く、怠《だる》かった。しかし、不快ではない。体調が悪いのではなく、セックスの余韻だった。三時間も寝ていたのに、甘い疼きがまだ体の芯に残っている。

こんなことは初めてだった。先生と暮らしていたときは気持ちばかりが先走って体は未成熟だったし、お客さまが与えてくれる快感がこんなに長続きすることなんてない。快楽の余韻ではなく、もっと嫌な感じのものが残ることはよくあるが、それはロードワークで汗と一緒に流すことにしていた。

高蝶は毎日、寝る前と起きて食事をしたあとにセックスを求めてきた。正確な日数はわからないが、この部屋に囲われてから二週間くらいの間、ずっとそうだった。

鏡を見ると、体のあちこちにキスマークが残っていた。高蝶は本当に舐めるのが好きな男だ。全身に舌を這わされ、両脚の間はとくに念入りに愛撫される。そこにもキスマークが残っていれば、血を流しているときのように真っ赤に染まっているに違いない。

一日二回、波留は高蝶の執拗かつ練達な愛撫に翻弄され、羞じらうこともできないくらい乱れに乱れて、数えきれないほどイカされる。クリがピクッとするだけの軽いエクスタシーから頭の中が真っ白になる強烈なものまで、女のオルガスムスには濃淡があるが、高蝶はそのすべてを与えてこようとする。

彼が熱い精液を波留の腹に吐きだすころにはほとんど失神寸前で、自分が誰であるのかもよくわからなくなっている。いまにも意識が飛びそうなのに、体だけは、ビクビク、ビクビク、といつまでも痙攣《けいれん》することをやめない。

コーヒーがいちばんおいしいのは、セックスのあとだと高蝶は言っていた。とても興味深い説だったが、波留はまだそれを一度も味わったことがない。いつだって完全に骨抜きにされてしまって、ベッドから起きあがることができないからである。

「愛してるよ」

セックスの前にも後にも最中にも、高蝶は繰り返しささやいてきた。

「出会いはあんなだったけど、こんな気持ちは初めてだ。俺の宝物だ。百カラットのダイヤみたいな……」

その言葉が嘘でないことを証明するように、高蝶は波留のことを大切に扱ってくれた。柔らかい布で宝石を磨きあげるようなセックスをし、高価な服や靴で飾ってくれた。

やくざに囲われている、という感覚がなくなったわけではない。基本的に外出は禁止されていて、外に出るときには高蝶の舎弟に電話しなければならない。買い物でも散歩でも、舎弟が少し距離を置いて尾行してくる。息がつまるけれど、高蝶に言わせれば、それもまた愛ということになるらしい。

どうしてこんなふうに扱ってくるのだろう？

バスルームから出ると、リビングのテーブルに食事の用意がされていた。グラタン皿にラップがかかっていた。たぶんマカロニグラタンだ。冷蔵庫を開けると、トマトをたくさん使った彩りのいいサラダも用意されていた。

どちらも高蝶のお手製だ。彼は一日一回料理をすることを日課にしているようだった。自分ひとりでもやっているのかもしれないが、廃ビルのようなラブホテルで輪姦すると脅し、さらってきた女に対しての扱いにしてはずいぶんとやさしい。甘いと言ってもいい。

セックスのとき、「愛してるよ」とささやいてくる彼の言葉を額面通り受けとっているわけではない。あんなの嘘に決まっている。波留が逃げないように予防線を張っているか、そうでなければ「愛している」とベタな台詞《せりふ》をささやくことでセックスを盛りあげようとしているのだ。「愛してる」とささやくことで、自分のほうが興奮しているお客さんを何人も知っている。

わかっているのに、嫌な気分ではない。レンジでチンしたグラタンはやっぱりマカロニグラタンで、とてもおいしかった。出来合のホワイトソースではなく、ちゃんとベシャメルソースでつくっていた。もしかしたら本当に本気で愛されているのかもしれない、とドキドキしてしまうくらい、彼の態度は徹底しているのだった。

だが三日前、高蝶の本性が垣間見《かいまみ》えるような出来事があった。

「毎日、家にいるだけじゃ退屈だろう？」

そう言って、外に連れだされた。夜だった。いままでなかったことだったので、波留は緊張した。彼が明るいうち比較的のんびり過ごしているのは、夜の店を経営しているからのようだった。帰宅するのはいつも明け方近かった。

その店に連れていかれた。「酒を運んでくれよ」と言われた。キャバクラのような内装だったが、キャバクラでないことは一目瞭然だった。

フロアは大きくふたつに分かれていた。階段五段ほどの段差があり、下のフロアは真っ暗で、使われていないようだった。

上のフロアはテーブルも椅子もなく、中央に緑色に輝くゲームテーブルが置かれていた。見たことがないものだったし、客入り前だったのでゲームもまだ行なわれていなかったが、悪い遊びが始まるであろうことは容易に想像がついた。おそらく、ここは裏カジノだ。

内心で震えあがった。波留はギャンブルをいっさいしないが、そういう場所があるという噂は耳にしたことがある。

「心配することはない。うちはガサ入れにあったことが一度もないんだ。ただの一度もだ。もっとも、たまに場所は変わるけどね」

高蝶は意味ありげに笑っていた。なぜ笑っているのか、波留にはわからなかった。ホステス的な仕事を頼まれたわけだが、他に女の子はいないようだった。

「たまたま最近、まとめてやめられちまったんだよ」

高蝶は苦々しく吐き捨てたが、キャバクラでいじめに遭った経験のある波留は少しだけホッとした。だが、それも束《つか》の間《ま》、「これを着てくれ」と差しだされたものを見て、顔から血の気が引いていった。

バニーガールの衣装だったからだ。

嘘でしょ、と思っても、断ることはもちろんできなかった。着替えてフロアに出てからずっと、顔の火照りがおさまらなかった。

体を売る仕事をしているからといって、羞恥心をなくしたわけではなかった。波留はまわりの視線を集めるのが苦手だった。ドレスならまだマシだが、バニーはきつい。完全に見せ物だ。

デコルテも露わに強調された胸の谷間、超ハイレグな黒いレオタード、ヒップにつけられた白くて丸い尻尾……女の体をこれでもかとエロティックに誇張し、まるで男にいやらしい眼を向けられるのを求めているようだ。

違法賭博所で働かされることに加え、バニーの格好まで強要されて半ば放心状態に陥ったまま、波留は閉店まで酒を運んだ。大入りになった客は見るからに金を持っていそうな男ばかりで、ゲームテーブルで行なわれているバカラに熱狂していた。真夏の野球場で売られる生ビールのような勢いでドンペリの注文が入り、あちこちで栓が抜かれていた。

波留も客にシャンパンを勧められると断りきれず、酔ってしまった。アルコールのせいだけではなく、その場の雰囲気に悪酔いせずにはいられなかった。キラキラした空間、賭博に狂う男たち、芳醇《ほうじゅん》なシャンパンの香り、耳に入ってくるのは金儲《かねもう》けや乱痴気騒ぎの話ばかり。

富裕層にも上品な人間と下品な人間がいるらしく、その場にいるのは下品な人間ばかりだった。いくら勝ったと言ってはゲラゲラ笑ってシャンパンを飲み、いくら負けたと言ってはゲラゲラ笑ってシャンパンを飲む。バニーガールのお尻を、平気で触ってくる。胸まで揉《も》まれる。女を抱いて運気を変えたいからデリヘル嬢を手配しろとからんでくる。なんならあんたが相手してくれてもいいんだぜ、と剝きだしの札を渡してこようとする。

　世間の人々はウイルスを恐れ、頭を低くして暮らしているのに、マスクをしている人間など誰もいなかった。マスクをしないで道を歩いているだけで白眼視され、飲食店が次々と潰れていっているのは別の惑星の出来事のように感じられた。大金持ちだけが買うことのできる、秘密の特効薬でもあるのではないかと思ってしまったくらいだ。

「今日はずっと、キミに見とれっぱなしだったよ」

　閉店になると、高蝶に事務所に連れこまれた。店内は異常なほどキラキラしているのに、事務所は殺風景なところだった。高校時代、ちょっとだけファミレスでウエイトレスをしたことがあるが、そこの店長室みたいだった。

　バニーガールの格好のまま、事務所で抱かれた。久しぶりに働き、それも慣れない仕事だったせいで、波留はくたくたに疲れきっていた。疲れていると性感が高まることを、男の場合は疲れ魔羅《まら》という。女の場合はなんというのだろう。女だって疲れているときにセックスしてひどく興奮する場合があると、波留はそのとき、初めて知った。

　灰色の事務机に両手をつかされ、立ちバックで後ろから貫いてきた高蝶のものはいつもよりずっと硬く、あっという間に我を失った。体力の残りはあと少しなのに、性感だけはひりひりするほど敏感になっていた。突きあげられるたびに、獣のような声をあげてあえぎにあえぎ、数えきれないほどのオルガスムスを嚙みしめた。

「すいません。いま大丈夫ですか？」

高蝶の舎弟に電話した。自分のスマホは高蝶に取りあげられ、かわりに渡されたガラケーだった。

買い物に行きたいと伝えると、三十分後ならOKと言われ、波留は三十分待ってから地上四十階の部屋を出た。

とりたてて買いたいものがあるわけではなく、少し外の空気を吸いたかっただけだ。さすがに一日中ひとりで部屋にいては気が滅入《めい》る。ひとりでいることは得意だったはずなのに、どういうわけかいまはそれがひどく苦痛だ。

あの部屋にひとりでいると、高蝶のことばかり考えてしまうからだった。いい人なのか悪い人なのか、自分のことを愛しているのかいないのか、ぼんやり考えていると、最後に行き着くのは、決まってセックスの記憶だった。彼とのセックスを繰り返し繰り返し反芻《はんすう》してしまい、気がつけば感じる部分を指でなぞっている。ひとり虚《むな》しい絶頂に達して、深い自己嫌悪に陥る。

高蝶はいったい自分をどうしたいのだろうか。

「愛しているよ」という言葉を額面通りに受けとれないとすれば、なにか思惑があるはずだった。最初は、彼専用の性処理係にされると思っていた。実際、一日に二度も求めてくるのだから、性処理係の一面もあるに違いないが、それにしてはやさしすぎる。いまの状況は、彼のほうが波留の性処理係のようなものではないか。

裏カジノの仕事を手伝わされているということは、なにかそれ関連の危ないことをさせられるのか。三日前に初めて店に連れていかれてから、一昨日も昨日もバニーをやらされた。おそらく、今日も明日も明後日も……。

同じ裏稼業でも、ソープランドやデリヘルと、裏カジノの間には大きな隔たりがあると波留は思っている。風俗にはお目こぼしがあるというか、ある程度市民社会に馴染んでいて、すべてを浄化せよという空気にはなっていない。オリンピックの前に吉原が一斉摘発されるという噂が流れたが、結局はなにも起こらず、ゆるやかに朽ちていく方向で放置されている。

その一方で、裏カジノは完全にやくざのシノギだ。暴力団の資金源というやつに他ならない。絶対に関わるべきではない。高蝶はいままで警察に摘発されたことが一度もないと豪語していたけれど、明日もそうとは限らないし、彼の後ろにどれだけ巨大な悪の組織が控えているのか想像すると、戦慄しか覚えない。

逃げだすべきなのだろう。

いっそ殴ったり蹴ったりされたほうが、わかりやすかった。そうされたら、死にもの狂いで逃げだした。しかし、高蝶の態度があまりにもやさしいので、拍子抜けしているうちに二週間も過ぎてしまった。

このままでいいはずがなかった。

高蝶の態度がいつ豹変《ひょうへん》するかわからないし、たとえ豹変しなくても、「俺の女」なのだ。やくざの「俺の女」なんてゾッとする。

駅に向かう道を歩いていると、鼻先で甘い匂いが揺れた。

果物屋から漂ってきた桃の匂いだった。びっくりするほど大きな白桃が籠に山盛りに載せられ、店先の台に並んでいた。

桃ちゃん、どうしてるかな……。

妹のように思っていても、彼女は本当の妹ではない。だいたい、波留は桃香の詳しいプロフィールすら知らない。自分のことをペラペラとよくしゃべる子だったが、隠していることはその何十倍もありそうだ。

にもかかわらず、たった二週間会えなかっただけで、ひどく懐かしかった。桃香だけではない。檸檬も翡翠も、そして水樹も。みんなで笑いあっていた日々を思いだすと頬が緩み、それから目頭が熱くなってくる。

みんな元気でやっているだろうか。〈ヴィオラガールズ〉は相変わらず繁盛しているのか。波留が高蝶の元に留《とど》まっていれば、〈ヴィオラガールズ〉には手を出さないと約束してくれた。その条件で、波留は頭に包帯を巻いた甲村と会ったとき、〈ヴィオラガールズ〉には戻らないと告げたのだ。高蝶の女になると宣言したのだ。デリで働くのはもう疲れちゃった、と嘘までついて。

そのとき――。

信号待ちをしていた波留のすぐ右側を、女が追い越していった。斜め前の位置で足をとめた。波留との距離は五〇センチくらい。背が高くて、後ろ姿が綺麗な人だった。Tシャツにデニムという飾り気のない格好をしていても、スタイルのよさを隠しきれない。モデルさんかなと思った瞬間、えっ？　と声をあげそうになった。彼女がこちらに横顔を少し向けたからだ。

水樹だった。

口から飛びだしそうになった声をなんとかこらえたのは、水樹の横顔に尋常ならざる緊張感が漂っていたからだった。話しかけるな、というオーラがすごかった。しかも、視線を合わせてこない。気づいていないわけがないのに……つまりわざと……。

信号が青に変わり、歩行者が横断歩道を渡りはじめた。カツカツとハイヒールを鳴らして歩く水樹の背中を、波留は追った。理由はわからないが、そうすることを水樹が求めているような気がしたのだ。

歩きながら、ハッとした。水樹が声をかけてこない理由ならあるではないか、と気づいた。

波留には尾行がついている。振り返れば、高蝶の舎弟が距離をとってこちらを見張っているはずだった。

ドクンッ、ドクンッ、と高鳴る心臓の音を聞きながら、波留は水樹を追った。駅前のデパートに入っていった。オルチャンメイクの派手なポスターが並ぶ化粧品売り場を縫って、地下に向かうエスカレーターに乗った。地下は食料品売場である。満開の花畑のようなケーキコーナーにも、揚げ物の匂いが香ばしい総菜コーナーにも、水樹は興味を示さなかった。まっすぐに向かった先は、女子トイレだった。

水樹に続いて、波留も女子トイレの扉を開けた。檸檬、翡翠、そして桃香——懐かしい顔が揃っていた。

「どっ、どうして……」

狼狽《うろた》える波留の体を、水樹が触ってくる。

「ケガしてないね？　乱暴されなかったね？」

外を歩いていたときの無表情が嘘のように悲痛に顔を歪め、いまにも涙まで流しそうだった。やはり、見張りの存在を知っていたのだ。尾行している高蝶の舎弟に気づかれないように、ここに誘導したのだ。

「ごめんなさいっ！」

桃香が顔の前で両手を合わせた。

「わたしのせいで……わたしのせいで……」

なにを謝っているのだろう、と波留は思った。美人局の件なら、誤解はとけたと甲村が言っていた。なにをどう誤解されたのかよくわからなかったが、事態はもう、そんなことなどどうでもいいようなところまで進んでしまっている。

「逃げよう、波留」

水樹が言った。

「みんなで覚悟決めたの。ほとぼりが冷めるまで、東京を離れるって」

波留は一瞬、なにを言われているのかわからなかった。彼女たちは自分を助けにきてくれたのだ――そう理解するまで数秒かかった。嬉《うれ》しいという感情が素直にこみあげてきてくれないほど、波留は混乱していた。

「むっ、無理よ……」

声を震わせた。

「どうして？」

「だっ、だって、わたしが逃げたら……追ってくる……」

「捕まらないように知恵を絞れば大丈夫」

　翡翠が眼を細めて言い、

「みんながついてるから心配しないで」

　檸檬が励ますように笑いかけてくる。

「とにかく、外にクルマ待たせてあるから。すぐ着替えて」

　水樹が言い、檸檬がナイロン製のスポーツバッグを渡してきた。中には見張りをあざむくための着替えが入っているのだろう。

　波留は受けとれなかった。完全に取り乱していた。頭の中で考えをまとめる前に、口から言葉が飛びだした。

「逃げるって言ったって、相手はやくざよ。日本のどこに逃げたって……ううん、海外まで追ってくるような人たちなのよ……みっ、みんな……やくざの怖さをわかってない！」

「落ちついて」

　檸檬が腕にそっと手を添えてきた。

「みんなで波留ちゃんを守るから。心配しないで大丈夫だから。とにかく早く着替えよう」

　波留は檸檬の手を払った。慈愛に満ちた、聖母のような手を乱暴に……自分でも信じられなかった。

「わっ、わたし、逃げない……わたしが逃げなければ、全部丸く収まるの！　みんなを巻きこみたくないの！　わたしのことは放っておいて！」

水樹と檸檬が息を呑んで眼を見合わせる。翡翠も唖然《あぜん》としている。桃香はすでに泣きはじめていて、頬が濡れ光っていた。

「そっ、それにね……わたしみんなが思ってるほどひどい目に遭ってないのよ。たしかにやくざに囲われてるけど、DV受けてるわけでもないし、ごはんもちゃんと食べさせてもらってるし……」

水樹が眉根を寄せて見つめている。見張りがついた生活をしているくせに？　とその顔には書いてあった。

「お金はどうするの？」

「えっ？」

「ソープで働いてたくらいだから、お金いるんでしょ？　そういうのは、もう大丈夫なの？」

「しっ、仕事してるもん！」

「なんの？」

「それは……その……わたしを囲ってる人がお店やってて、そこで……ホステスみたいな感じ？」

　水樹はすぐには言葉を返してこなった。波留の顔をじっと見ていた。それから、檸檬や翡翠と視線を交わした。

「最後にひとつだけ教えて」

　静かに訊ねてきた。

「いまの生活、楽しい？」

　波留は首をかしげた。

「わたしたちといるより、居心地いい？」

　波留は言葉を返せなかった。大きく息を吸いこみ、なにかしゃべろうとしても、酸欠の金魚のように口がパクパク動くだけだ。

「……ごめんなさいっ！」

　悲鳴のような声をあげると、水樹と檸檬を押しのけ、波留は女子トイレを飛びだした。途中何人もの買い物客とぶつかりながらエスカレーターに飛び乗り、勢いよく駆けあがった。途中でサンダルが片方脱げてしまったけれど、かまっていられなかった。

7

「どうしてっ！　どうして波留さん、一緒に逃げてくれなかったんですか？　ねえ、どうしてですか？」

水樹は取り乱している桃香の尻を膝で蹴った。軽く蹴っただけなのに、桃香は尻尾を踏まれた猫のようにぎゃあと大げさな悲鳴をあげた。

「静かにして。いまあんたにできることは、それだけよ」

水樹は桃香を睨みつけてから、檸檬と翡翠に顔を向けた。ふたりとも押し黙っているが、考えていることは水樹と同じようだった。女子トイレに他の買い物客が入ってきたので、売場に出た。

波留の姿は見えなかった。エスカレーターで一階にのぼり、駅前とは反対にある出入り口から外に出た。

裏道に路駐していたヴェルファイアが、すっとこちらに近づいてきて前で停まった。水樹たちは乗りこんだ。「わ」ナンバーのレンタカーだ。甲村のセルシオでは六人乗れない。結局、五人で帰る羽目になってしまったが……。

甲村がクルマを発車させる。波留がいない理由を、訊ねてこなかった。かわりに、助手席に座っている桃香に言った。

「大丈夫ですか？」

桃香は両手で顔を覆い、「ひっ、ひっ」と嗚咽《おえつ》をもらしていた。

「お尻蹴られました……水樹さんに……」

水樹は無視した。檸檬と翡翠と眼を見合わせた。全員ひどく口が重くなっていたが、いつまでも黙っているわけにはいかなかった。

「あれは……」

檸檬が先に口を開いた。

「恋している眼よね？　恋してる女の……」

翡翠が大きくうなずいた。水樹にも異論はなかった。

「誰が誰に恋してるんですか？」

桃香が振り返り、助手席のヘッドレストを抱える。

「まさか波留さんがやくざに恋？　それはひどいですよ。波留さんに失礼すぎます。わたし、四カ月も波留さんと一緒に住んでたんですよ。そんな人じゃないって断言できますから。やくざに恋しちゃうような……」

だから困っているのだ！　と水樹はもう一度桃香の尻を蹴りあげたくなった。今度は思いきり、尻が腫れるくらい……。

高蝶について調べるのに、時間がかかりすぎたのだ。二週間もかかってしまった。錦糸町で裏カジノをやっているということだけを頼りに、組織との関係、資金源、人脈だけではなく、波留が囲われているはずの自宅まで特定しなければならなかった。

甲村は精力的に動いてくれたが、素人《しろうと》のやることには限界があり、最終的にはプロの探偵の手も借りた。そこまでしなければ、波留に見張りがついていることなんて絶対にわからなかっただろう。しかし、費やされた二週間という時間が、いまとなってはひどく恨めしい。

二週間もあれば、手練《てだ》れの男なら女を懐柔《かいじゅう》できる。拉致監禁まがいのことをしているのに、恋愛関係がそこにあるように女を錯覚させることが……。

高蝶という男は、そういうことに慣れていそうだった。ましてや相手は波留なのだ。完全武装の兵士に、丸裸で捕まったようなものだ。

可愛いとセクシーの共存――波留の人気の秘密を、水樹はそうとらえていた。しかし、仲よくなってくると、彼女がいまの仕事を続けていくうえで、もうひとつ強力な武器を携えていることに気づいた。

武器というか、欠落だ。彼女は極端に恋愛経験が少ないのだ。その部分にぽっかり穴が空いている。同性の眼からはひどくアンバランスに見えるけれど、男はたぶん、別の感情を揺さぶられる。

その穴を自分が埋めてやりたいと願うのである。

風俗嬢でも水商売でも、心に隙のある女ほどモテるものだが、波留の場合は隙だらけだった。よくいままで悪い男に引っかからなかったと、感心してしまうレベルと言っていい。

そんな女がやくざと二週間——絶望的な気分になってくる。

甲村によれば、高蝶は一見して極道社会の人間に見えるタイプではないらしい。高級スーツをスマートに着こなし、物腰も硬軟使い分けられるという。最悪だ。

「わたしの経験上……」

翡翠はいったん言葉を切り、ふーっと息を吐きだしてから続けた。

「裏社会のクズ男相手に、ああいう眼になった女の末路は悲惨よ」

「取り乱し方も、いつもの波留ちゃんじゃなかったし……」

檸檬がうなずく。

「もう完全にコースに乗ってる感じがした。放っておいたら、ボロボロにされるでしょうね」

「耐えられない……」

水樹はギリリッと歯噛みした。

「あの子がそんなふうにされちゃうの……わたし……絶対……」

夜の世界で生きていれば、男に騙されて手首を切っただの、ビルの屋上から飛び降りただの、精神を病んで病院送りだの、耳を塞ぎたくなるような話ばかりが耳に入ってくる。男がもっと悪党なら、借金を背負わされて辺鄙《へんぴ》な土地にある地獄のような売春小屋に売り飛ばされることもあるだろう。

口を開こうとしなくなった檸檬と翡翠は、水樹と同じことを考えているに違いなかった。

高蝶のことを調べていく中で、妙な噂をキャッチした。彼の経営している裏カジノから、最近突然、五人もの女の子がいっぺんにいなくなった――その裏カジノは違法賭博だけではなく、セックスやドラッグも提供しているとまことしやかに言われていた。それが事実であるなら、彼女たちは単なるホステスではなく、値札のついた女だった可能性が高い。

つまり、水樹たちの同業者が、突然いっぺんに飛んだわけだ。自分たちの意志で行方をくらましたのなら、それもいいだろう。だが、どうしても楽観的に考えられなかった。嫌な予感がしてならなかった。賭け事、札束、麻薬――女を罠《わな》に嵌める道具が揃いすぎている。

「この件で、いちばん責任が重いのは私ですから……」

甲村が言った。

「体を張るなら、私が……」

「あんたは黙っててっ！」

水樹は叫んだ。

「勝手に引き抜き屋をツメるわ、ボディガードのくせに波留を守れないわ、あんたはたしかに役立たずのボンクラでしょうよ。でもねえ、最初にデリに誘ったわたしに比べれば、あんたの責任なんて顕微鏡で見なくちゃわからないくらいちっちゃいから！　ミクロの世界だから！」

バッグからガラケーを取りだした。

「電話するからクルマ停めてっ！」

甲村はヴェルファイアを路肩に寄せ、エンジンを切った。水樹の剣幕に気圧《けお》されたらしく、口を開く者は誰もいない。

ガラケーは店の予約専用のものだ。〈ヴィオラガールズ〉の営業を停止して二週間が経っても、予約や問い合わせが引きも切らなかったので、久しぶりに電源を入れた。

このガラケーには、高蝶が桃香を予約しようとしたときの履歴が残っている。高蝶とのホットラインであってくれと祈りながら、水樹はかけてみた。前に一度かけたときは誰も出なかった。今度も出ないかと諦めかけた七コール目で、男の声が耳に届いた。

「……はい」

ひどく不機嫌そうだった。〈ヴィオラガールズ〉の予約専用電話からのコールとは思っていないようだ。

「高蝶さんですか？」

黙っている。

「わたし、波留の仕事仲間で水樹って言います。あなたが高蝶さんなら、折り入ってお話があるんですが」

まだ黙っている。

「仕事を探してます」

翡翠が眼を剝き、檸檬が手で口を押さえた。

「実は波留がいなくなって、店も営業しなくなったから、お金に困ってるんですよ。うちの運転手が言ってました。波留は高蝶さんにいい仕事を紹介してもらったらしいって。それが本当なら、わたしも雇ってください」

沈黙がしばらく続いた。

「画像、送れるか？」

不機嫌そうな声のまま、男が言った。

「彼女よりいい女なら、考えてもいいぜ」

「ふふっ、ご期待ください。あんなおぼこい子には負けませんから。まあ、見た目だけなら……」

ブチッと途中で電話が切られ、水樹は顔をしかめた。

「なに考えてんの？」

檸檬が唖然とした顔で訊ねてくる。

「やくざに電話して仕事って……」

「いろんなこと考えてんのよ」

水樹はニヤリと笑い、ガラケーで自撮りを始めた。


夜になった。

波留の自宅マンションで待ち合わせた水樹と檸檬と翡翠の三人は、表通りまで歩いてタクシーを拾った。

「ごめん。ちょっとつめてもらっていい？」

檸檬に言われ、水樹は「えっ？」と片眉をあげた。

タクシーの後部座席に翡翠が乗り、続いて水樹が乗った。三人目の檸檬は当然、助手席に乗りこむものだとばかり思っていた。

しかし檸檬は、「んしょ」と言いながら、水樹の倍はありそうな豊満なヒップを強引にねじこんできた。セルシオならともかく、法人タクシーのコンフォートだ。後部座席に三人はきつい。

「なんなのよ、もう……」

水樹は唇を尖らせたが、内心で苦笑していた。檸檬の気持ちもわからないではなかったからだ。ぎゅうづめになる苦しさより、お互いの体がくっついている安心感を選んだのだ。

タクシーが走りだして左に曲がると、真ん中の水樹が右に傾いた。押された翡翠は斜めになって笑っている。どうやら、彼女も檸檬の気持ちがわかっているようだった。右に曲がると、翡翠はわざと押してきた。必然的に水樹も檸檬を押す格好になり、檸檬が悲鳴をあげる。桃香のことを子供じみていると揶揄《やゆ》できないくらい、キャーキャー言いながらおしくら饅頭《まんじゅう》で盛りあがってしまう。

みんな、怖いのだ。

強がっている水樹にしても、首筋や背中に冷たい汗をかいていた。六本木の秘密クラブから吉原のソープランド、さらには自分たちでデリヘルまで起ちあげて耐性がついたつもりでも、これから向かう先はそれらとは比べものにならないほど危険に満ちた、正真正銘のアンダーグラウンドだ。

裏カジノ――やくざがやっている非合法賭博場。やくざのルーツは博徒《ばくと》である。横文字を使って洒落た言い方をしていても、裏カジノはやくざのもっともやくざらしいシノギなのである。

そこに体をひとつで乗りこんでいき、働こうとしているのだから、怖くて当たり前だった。緊張するなと言われても、無理な相談だろう。

仕事を探してます――電話でそう訴えた水樹に対し、高蝶は画像を送れと言ってきた。すぐに送ると、コールバックがあった。

「なかなかのタマだな。いいぜ。今晩からでも働かせてやる」

高蝶は裏カジノの場所と、夜九時に来いとだけ言って、電話を切った。仕事の内容も、報酬についても、なにも口にしなかった。しかし、水樹にとってもそれはどうでもいいことだった。高蝶の裏カジノが、波留がホステスとして働かされていると言っていた店であるなら。

「ひとりで乗りこむ気？」

翡翠が心配そうに眉をひそめた。

「波留と一緒に働いて、状況がわかってくれれば、あの子の洗脳をとくやり方が見つかりそうじゃない？」

「わたしも行く」

檸檬が澄ました顔で言った。

「波留ちゃんも心配だけど、水樹もね、ひとりで行かせると暴走しそうで危なっかしい」

「あっ、それいまわたしも言おうと思ってた」

翡翠が笑うと、檸檬も笑った。苦虫を嚙みつぶしたような顔をしている水樹に見せつけるように、ハイタッチを交わす。

「わたしも！　わたしも！」

桃香が手をあげた。

「みんな行くなら、わたしも一緒に……」

水樹は無視した。檸檬と翡翠も、あからさまに顔をそむける。

「どうしてわたしだけぇ……オミソなんですかぁ？」

桃香が眼尻を垂らし、

「あんたは顔バレしてるでしょ！」

水樹は声を尖らせた。

「引き抜き屋と鉢合わせになったら、どうすんのよ」

「でもぉ……でもぉ……」

桃香が子供じみた泣き真似をしたので、

「そうだ、桃香」

水樹はニッとわざとらしい笑顔をつくった。

「あんたには重要なミッションがあるじゃない」

「なんですか？」

「ユキの子守り」

桃香は棒を呑みこんだような顔になった。

「わっ、わたしだって役に立ちたいのにぃ……波留さんを助けに、みんなと一緒に乗りこみたいのにぃ……」

水樹は相手にしなかった。たとえ顔バレしていなくても、桃香は連れていかなかっただろう。意地悪で爪弾《つまはじ》きにしているわけではない。汚れ仕事を手伝わせるには、彼女はまだ穢《けが》れがなさすぎる。

檸檬と翡翠の画像を高蝶に送ると、ふたりともあっさり採用になった。檸檬も翡翠も自撮りが異常にうまかったが、人手が足りていないのかもしれなかった。となると、裏カジノから女の子がいっぺんにいなくなったという噂も、信憑性《しんぴょうせい》を帯びてくる。三人で行けることになったのは心強かったが、水樹は気持ちを引き締めた。

タクシーが錦糸町の歓楽街に入っていくと、水樹たちはおしくら饅頭で騒いでいられなくなった。同じ盛り場でも、浅草とはずいぶん雰囲気が違った。ギラギラと脂ぎっていた。浅草はダウナー系だが、ここは歌舞伎町のようなアッパー系の盛り場らしい。

裏通りでタクシーを降りた。表通りよりずっと暗かった。目指すビルの一階はラウンジのようだった。高級店なのかもしれない。夜闇に薄紫の看板を静かに光らせている外観は、妖しくもあり、格調高くもあった。

ビルには袖看板がついていた。二階から四階まではスナックの名前が賑々《にぎにぎ》しく並んでいた。一階は一店舗が独占していたが、階上はワンフロアに二、三の店名が記されている。

目指す階である五階は、見事に真っ白だった。店子《たなこ》が入っていないのではなく、看板を出せないことをやっていると宣言しているように、水樹には見えた。

「そんなに怖がらなくても大丈夫よ……」

檸檬がボソッと言った。

「すごい昔だけど、わたし、裏カジノでボーイしてる人と付き合ってたことがあるのね。いたって普通の大学生だった。ヒップホップが好きで、将来の夢はラッパー、みたいな」

裏カジノにも種類がある。古びた喫茶店に花札のテーブルゲームを入れて細々とやっているところもあれば、大勝ちした客を店の外で袋叩きにして金を取り返すボッタクリバーよりひどいところまで。高蝶の店は富裕層相手にバカラをやっているらしいから、少しはマシだろうが……。

「わたしもヒップホップ好きなんだけどさ、その元カレ、夢が叶《かな》ってラッパーになったの？」

翡翠が訊ねると、檸檬は首を横に振った。

「店が摘発されて人生台無し。大学はクビでしょう。鹿児島の実家に連れ戻されて、いまは家業を継いで芋焼酎つくってる」

「夢も希望もないわね」

水樹は溜息をついて歩きだした。ソープやデリにも摘発はあるが、裏カジノに比べれば、貧乏くじを引く確率はずっと低い。

「とにかく飲み物だけには気をつけましょう。栓を開けるところを見てないドリンクは、絶対に飲まないこと。なにが入っているかわからないから」

エレベーターで五階にあがった。増設工事されたと思しき分厚い壁と分厚い扉が待ち構えていた。まだ営業前だからか、セキュリティは立っていない。

だが、ガラケーで高蝶に電話をかけようとしたところで、向こうから扉が開いた。出てきたのは波留だった。バニーガールの格好をしていた。

「なっ、なにっ……」

驚愕《きょうがく》に眼を見開き、身構える。

水樹は無視して店内に入ろうとしたが、波留に肩をつかまれた。

「ちょっと待ってよ。なにしに来たのよ？」

「うちら、今日からここのコンパニオン」

冷たく突き放すように言った。

「嘘でしょ？　わたしのために？　どうしてわかってくれないの？　わたし、みんなを巻きこみたくないんだよ」

「それは嬉しい。でもね、こっちもあんたを見殺しにできないのよ。誰がなんと言おうとね」

水樹は波留の手を払い、店内に進んだ。檸檬と翡翠も続く。ふたりとも、波留に声をかけなかった。

8

波留の胸の中では激しい嵐が起こっていた。

昨日まで、裏カジノで働いている女は波留ひとりだけだった。なるべく早く増やすと高蝶は言っていたが、まさか〈ヴィオラガールズ〉のキャストが揃ってやってくるなんて夢にも思っていなかった。

高蝶からはなにも聞いていない。驚愕のあまり呆然としている波留を見て、悪戯《いたずら》を仕掛けた少年のように笑っていた。

「俺から手を出したわけじゃない。約束通り〈ヴィオラガールズ〉にはなにもしてない。向こうからコンタクトをとってきたんだ。仕事がしたいってね。まったく、渡りに船だったよ」

あんたを見殺しにできない――水樹たちの目的は、波留をここから逃がすことに違いなかった。その説得をするために、こんな危ない店にわざわざ自分たちから飛びこんできたのだ。

それ自体は、涙が出そうなほど嬉しかった。恋人でもなければ、友達とすら言えない関係なのに、体を張って助けてくれようとしている……。

しかし、違うのだ。水樹たちは勘違いしている。自分は助けるに値する女なんかではない――そのことを、波留自身がもう気づいていた。昼間、デパ地下の女子トイレでなぜあれほど取り乱し、彼女たちの厚意を踏みにじってしまったのか、部屋に戻ってからずっと考えていた。

怖かったのだ。

やくざに追われることが怖かったのではない。

高蝶と離れることが怖かった。

それを認めるのは、血を吐きそうになるほど苦しい作業だった。醜態をさらしている自分の、もっとも醜い部分だけを何時間も凝視しなければ、気づくことができなかった。

わたしは高蝶に恋をしている……。

そんなはずがなかった。相手はやくざだし、暴力で脅されて囲われたわけだし、自由に外に出られないし、たった二週間の関係だし……いくら否定しようとしても、彼と二度と会えなくなると思うと、心が震える。寒気が襲いかかってきて、いても立ってもいられなくなる。

会えなくなれば、セックスができなくなるからだ。一日二回与えられる、あの狂おしい絶頂がなくなれば、自分の生活は灰色に染まると思った。光を失って真っ暗闇になってしまうかもしれない。

高蝶のセックスは麻薬のようだった。麻薬なんてやったことがないが、禁断症状どころか、失うことを想像しただけで深く絶望し、泣きそうになってしまうのだから、麻薬以上かもしれない。

普通の人にしてみれば、なんてことはないのかもしれなかった。男と女が本気で愛しあい、一心不乱にお互いを求めあえば、ああいうセックスになるのかもしれない。

だが、波留は金を払って女を買う男とのセックスしか知らなかった。先生と付き合っていたときは、こちらの体がまだ未成熟だったし、先生も性的に強いほうではなかったから、セックスの本質というか、悦びを覚えたのはソープで働きはじめてからなのだ。

その波留のセックス感を、高蝶は根底からひっくり返した。そんなものは偽物だと、全否定してきた。ソープの客が見せるはずのない、女に対する細やかな気遣いや甘い言葉を、この体に染みこませた。いや、体を経由して、心まで思いを届かせてきた。これが本物のセックスだと、愛しあうことなのだと、教えこもうとしているようだった。射精だの絶頂だのは単なる体の反応であり、本当に大切なのは心が満たされることなのだと、高蝶に抱かれるたびに思った。

失うわけにいかなかった。

別の恋人をつくればいいじゃないか、と言われるかもしれない。やくざではなく、もっとまっとうな男と真剣に愛しあえば、高蝶に抱かれるのと同じか、それ以上の満足感を得られるはずだと。

「わたし……ソープ嬢なんだけどなっ！」

涙で濡らした枕を、壁に投げつけてしまった。激しい憤りと強い哀《かな》しみが交互に押し寄せてきて、錯乱してしまいそうだった。

自分こそ、まっとうな女ではないのだ。そんなことはないと他人に言われたところで、なんの慰めにもならない。体を売って稼いでいる女は、まっとうではない。やくざくらいしか相手にしてくれない。やくざから逃げても、別のやくざに救いを求めてしまいそうな気がしてならない。

体を売って金を稼ごうと決めたとき、波留は幸福な花嫁になることを諦めた。人並みの恋愛だってそうだ。女の人生のハイライトであるはずのそれらに背を向け、短い花の時間を切り売りしてでも、成し遂げなければならないことがあった。自分のエゴで先生を死に追いやってしまった以上、残された家族まで路頭に迷わせるわけにはいかなかった。

ソープで嫌なことがあると、罰を受けているのだと自分に言い聞かせた。きつい罰を受けることで、罪が洗われると思いこもうとした。いい気になっていたのかもしれない。

たいした罰を受けているわけでもないのに……。

暴言を吐かれたとか、口臭のきつい相手に唾液を飲まされたとか、乱暴な指入れで膣《ちつ》から血が出たとか、そんなことがいったいなんだというのだろう。その程度のことで許されるくらい、自分の罪は軽かったのか。

死んでしまった人は帰ってこないし、不倫がバレた時点で先生の奥さんを深く傷つけていた。先生の息子が成長して父親の真実に触れれば、彼のこともまた深く傷つけることになる。

きっと……。

これこそが本当の罰なのだろう。

セックスがしたくてやくざと別れられない、愚かな女として自分は朽ちていくのだ。泥船に乗っているとわかっていながら逃げようとせず、助けてくれようとしている仲間の手まで払って、どこまでも堕ちていくのだ。

自分の運命は、もうそれでよかった。

もともと教師と不倫をするような愚かな女であり、吉原でちょっと売れたくらいでいい気になっていた自分には、お似合いの末路かもしれない。

しかし……。

水樹や檸檬や翡翠まで巻きこむわけにはいかなかった。この裏カジノは、とんでもないところだった。バニーガールの格好をした女に求められるのは、酒を運ぶことだけではなかったのだ。

今日、店に来てびっくりした。もともとキャバクラだったらしき店内は、ふたつのフロアに分かれている。客が賭博に興じているのが上のフロア。下のフロアはいままで照明が消され、使われていなかった。

そこにベッドが運びこまれていた。全部で五つあった。内装工事をしたらしく、ベッドとベッドの間がカーテンで仕切られていた。白く透けた生地だった。上のフロアから、五つのベッドをいっぺんに見渡すことができた。

「いままでいたバニーの子らには……」

高蝶が後ろから肩を抱いた。

「ラブホテルで客をとらせてたんだ。カードを絞って熱くなると、女が欲しくなるものだからね。酔っ払ってればなおさらだ。よく売れていたんだが、いちいちラブホテルに行くのは面倒くさいという苦情も多かった。で、どうせスペースが空いてるならと、ベッドを運びこんだんだ。悪くないだろう？　カーテンが透けてるのは、俺の趣味だ」

波留の体は激しく震えだしていた。高蝶がいよいよやくざの本性を露わにしたのだ。「俺の女」なのだから、俺の店で客をとれ、というわけだ。

高蝶の元に留まる決意をしたとはいえ、先生の家族の元に届けるお金のことを忘れるわけにはいかなかった。目標である三千万円のうち、すでに二千万円ちょっとは送金済みだった。あと一千万円――借金があるということにして、高蝶にそれと

なく相談してみると、

「ちゃんと考えてるさ」

高蝶は波留の髪をやさしく撫でた。

「ソープ嬢なんかやってたくらいだから、金が必要なんだろう？　わかってる。ちゃんと稼がせてやるから」

自分で体を売って稼げ、ということらしい。やくざのくせに、「俺の女」にするくせに、お金は用立ててくれないのか……。

百歩譲って、ラブホテルで一対一なら、まだいい。高蝶の顔を潰さないように、一生懸命働いてみせる。

しかし、こんなところでは、なにもかも店中の客に見られてしまうではないか。波留はいまだに、バニーガールの格好をしているだけで恥ずかしくてしようがないのに……。

「やってくれるね？」

双肩にあった高蝶の両手が、二の腕にすべってきた。波留の震えをなだめるように、上下にゆっくりと動いた。

「〈ヴィオラガールズ〉ほどではないが、報酬は出すよ。ここには貧乏人なんて来ないから、サービス次第でチップだってはずんでくれるはずだ」

「わたしが……」

　上ずった声で訊ねた。

「わたしがお客さまとしているとき、高蝶さんはどこにいるんですか？　事務所ですか？」

「いや……」

　高蝶は軽やかに首を振った。

「ここで見てる」

「平気なんですか？　わたしが他の男に抱かれてるのを見て……嫉妬とか……嫌な気持ちになるとか……」

　高蝶は波留の二の腕をさすりながら、顔をのぞきこんできた。もう一度、軽やかに首を横に振った。

「そういう愛し方もあるさ」

　制服というのは不思議なものだ。

　同じ格好をしているのに、没個性的にはならず、逆に個性が際立つ。もちろん、着ている人間が個性的であれば、の話だが。

　波留は酒を運びながら、フロアを行き交う自分以外のバニーガールが気になってしかたなかった。

檸檬はバストとヒップの丸みがすごい。普段は癒やし系なのに、黒いレオタードと網タイツによって、女の波留でもドキドキしてしまうくらいグラマーさが強調されている。

翡翠はギャップが激しい。顔立ちが知的で雰囲気がアンニュイだから、バニーガールとはもっとも遠いキャラなのに、それがかえってエロティックというか、なんとも言えない色気になっている。正直言って、こんなに色っぽい人だったんだ、と波留は眼を見張ってしまった。

だがやはり、いちばん眼を惹くのは水樹だった。

細身の体に黒いレオタードがよく似合い、ハイヒールを鳴らしてモンローウォークのように歩く姿が誰よりも様になっていた。長い黒髪に飾られた小顔がとにかく美しいし、ボディラインはしなやかだ。高めの女というのは、彼女のためにあるような言葉だと思う。頭にウサギの長い耳をつけ、お尻では白くて丸い尻尾が揺れているにもかかわらず、クールビューティの凜々《りり》しさが損なわれていないことに圧倒されてしまう。

波留は水樹を眼で追っていた。

見とれていたわけではなかった。

水樹がトイレに向かうと、すかさず追いかけた。鏡の前で、個室から出てくるのを待った。出てきた水樹は、波留がそこにいることに気づいても、驚いた顔をしなかった。化粧ポーチを出して、淡々と化粧を直しはじめる。

「もう帰って」

波留は後ろに立って、鏡越しに水樹を見た。自分にできる全力を眼力に込めた。

「まだ宵の口じゃない」

水樹は眉を描きながら答えた。

「これからなにが始まるか、想像がつくでしょ?」

「下のフロアのベッドのことかしら?」

波留はうなずいた。

「ハッ、さすがに最初見たときはビビッたけどね。あそこで客をとらされると思うと、吐きそうになった」

「あんなの嫌でしょ?」

「仕事だからしかたがないわね」

「やるつもりなの?　あんなところでエッチするの?　お店中の人に見られちゃうのよ」

客の見せ物になるだけではない。自分たちも見せあうことになるのだ。ベッドとベッドの間には、透けたカーテンしかない。

「あのね」

水樹は化粧ポーチのファスナーを閉じると、挑むように波留を見た。

「わたしたちは覚悟決めてここに来てるのよ。あんたみたいに、やくざにちょっと可愛がられただけで、へなへなーってなっちゃう女と違うの」

波留の顔は熱くなった。言い訳がしたかった。同じ仕事に身をやつしている女同士だから、わかってもらえるかもしれないという期待が少しだけあった。しかし、水樹の澄んだ瞳に浮かんでいるのは、軽蔑だけだった。

「どいて」

肩を押され、波留はよろめいた。こちらを一瞥もせずに、水樹は女子トイレから出ていった。

波留は肩を震わせ、唇を嚙みしめた。水樹に軽蔑されてしまい、気分はどこまでも落ちていった。仲間に軽蔑されるのはこんなにもつらいのか、と思った。

しかし、ぼんやりしている場合ではなかった。檸檬と翡翠にも同じことを伝えた。ここにいてはいけないと訴えた。ふたりとも、波留の言葉に耳を傾けてくれなかった。

「わたしたちだけじゃ帰れないわよ、波留ちゃん」

檸檬は哀しげに眼を細め、

「あなたが一緒なら、すぐにでも帰るけどね」

翡翠は余裕たっぷりに笑ってみせた。

波留は途方に暮れるしかなかった。


肩を落としてフロアに戻った波留は、高蝶に手招きで呼ばれた。

「さすがにみんな度肝を抜かれたみたいだな……」

下のフロアを悠然と眺めながら言った。いつもは使われていないそこに並んだベッドを見て、驚かなかった客はいなかっただろう。ラブホテルまで行くのが面倒だと言ってきた者でさえ、透けたカーテンの中で女を抱きたいとは思っていなかったに違いない。五つあるベッドは、まだ誰も使っていなかった。

「どいつもこいつも度肝を抜かれすぎて、尻込みしているらしい。どうだ、俺たちで手本を見せてやろうか」

高蝶に肩を抱かれ、波留は気が遠くなりそうになった。水樹たちのセックスを見たくはなかったが、見られるのはその何百倍も嫌だった。

しかし、きっとこれも罰なのだろうと、心に冷たい空気が吹き抜けていく。波留が逃げることを拒んだせいで、あの三人はこの店にやってきた。すっかり巻きこんでしまった。自分が真っ先に恥をかかされたところで、文句など言えるはずがない。

時刻は午前二時を過ぎていた。

負けを取り戻そうとゲームテーブルに齧《かじ》りついている者もいるが、それは少数派で、この時間になると大方の客がひと息ついてシャンパンで喉を潤したり、もっと強い酒を飲みながらくつろいでいた。いつもなら、店を出ていく客が目立ってくる時間帯である。

波留は高蝶に手を引かれ、いちばん手前のベッドに向かった。カーテンの中に入った瞬間、ご丁寧にダウンライトの光が落ちてきた。人感センサーがついているらしい。それほど強い光ではなかったが、まわりが薄暗いのでひどく目立つ。上のフロアでどよめきが起こっているのが伝わってくる。

カーテンが透けた白なのに対し、ベッドを覆っているシーツは黒いシルク製だった。きっとこれも高蝶の趣味なのだろう。シーツが黒ければ、女の肌はより白く映える。

高蝶にうながされ、ベッドに並んで腰をおろした。上のフロアから、好奇に血走った眼が、こちらに向けられていた。いきなり脱がされ、恥ずかしい格好をさせられるのだろうと覚悟していたが、高蝶は腰をそっと抱いてくると、キスをしてきた。舌と舌をからめあうセックスの前戯的なものではなく、唇と唇をチュッと軽く触れさせただけだ。

ティーンエイジャーが夏の高原で交わすようなキスだったので、波留は逆に戸惑った。高蝶は同じキスを繰り返しながら、こちらを見つめてきた。眉間に皺を寄せた、真剣な面持ちをしていた。

「おまえの仲間、いい女ばっかりだな」

耳元でささやかれ、耳が熱くなった。高蝶は嫉妬をしないらしいが、波留はそうではなかった。

「まったく、〈ヴィオラ〉っていうのはたいしたもんだ。みんな、美人でそそる。むしゃぶりつきたくなるような女もいれば、後ろから思いきり突きあげたくなるような女もいる……」

高蝶はささやきながら、波留の首筋を撫でてきた。バニーのレオタードはチューブトップだから、肩から鎖骨、乳房のすぐ上まで素肌が剝きだしだった。そこにも、手指がやさしく這ってくる。

「でも、いちばんはおまえだ。おまえがいちばんいい女で、いちばんそそる。可愛がってやりたくなる。毎日可愛がってるのに、まだ足りない。おまえをずっと抱いていたい……」

波留は胸が熱くなるのをどうすることもできなかった。お客さんに〈ヴィオラ〉

のナンバーワンと言われても、それほど嬉しくなかった。〈ヴィオラ〉は吉原でいちばんだから、吉原一のソープ嬢だねと讃《たた》えられても、これほどの歓喜が胸いっぱいにひろがっていったことはない。

自分から高蝶の首に両手をまわし、キスをした。口を開け、舌を差しだすと、高蝶は応えてくれた。波留の舌をそっと吸い、自分の舌をからめてくる。甘いキスだったが、波留がもっともっととせがむので、次第に深まっていく。

人前でキスなんてしたことはなかった。先生と野外でキスしたときは、物陰に隠れてこっそりやった。ドキドキの体験だった。同じ自分が、人前でキスどころか、それ以上のことまでしようとしていた。肩に触れていた高蝶の手指は、レオタードの上から胸のふくらみをまさぐりはじめた。

一瞬にして、全身が熱くなった。

高蝶が与えてくれるオルガスムスを体が思いだしたのだ。頭の中が真っ白になるあの瞬間を反芻すると、下半身のいちばん深いところで蜜がはじけた。抱擁を強めた。高蝶の舌を吸いたて、音をたてて唾液を啜った。どう見ても、リードしているのは波留だった。

水樹に見られたら、深く軽蔑されるに違いない。それでも、高蝶のタキシードの上着を脱がし、シャツの上から乳首をくすぐる。バニーの衣装にいやらしく飾られた体をよじらせて、欲望の海に漕《こ》ぎだしていく。

なにもかもどうだってよくなってくると同時に、軽蔑したいならすればいいという、自虐的な欲望がこみあげてきた。

見下げ果てた女だと思われるなら、そのほうが気が楽だった。こんな女に助ける価値なんてありはしないと、踵《きびす》を返してほしかった。水樹にも、檸檬にも、翡翠にも……。

「そんなに焦るなよ」

高蝶がレオタードの胸の部分をずりさげ、乳房を露わにした。恥ずかしさと心細さに身をすくめたが、触れられる前から先端は硬く尖っていた。指でつままれると、火を放たれたように熱くなった。

それでもまだ声をこらえている自分が、許せなかった。軽蔑されると決めたのなら、とことん見下げ果てた女を演じるべきだった。軽蔑されることで、向こうから縁を切ってほしかった。

立ちあがり、レオタードを脱いだ。丸く張りつめた胸のふくらみが揺れ、両脚の間が急に涼しくなった。波留は網タイツの下に、ショーツを着けていなかった。どんなハイレグを穿《は》いても、レオタードからはみ出してしまいそうだったからだ。

「大胆だな……」

高蝶が淫靡《いんび》な笑みをもらして眼を細め、手を取ってくる。ベッドにあお向けにされ、横側から身を寄せられる。

顔と顔が接近し、唇と唇が自然と重なりあった。唾液が糸を引く深いキスを交わしながら、乳房を揉まれた。うっとりするような手指の動きに、口から唾液があふれた。悪くなかったが、できることなら早くクンニをしてほしかった。女にとっていちばん恥ずかしい格好に押さえこまれ、いつも通りの執拗なやり方で声をこらえきれないくらい狂わせてほしい……。

そのとき、急に隣が明るくなった。波留たちに釣られ、他の客がやってきたようだった。高蝶の思惑通りと言っていいが、五十がらみの中年男に肩を抱かれてカーテンの中に入ってきたバニーガールは、波留にとってもっとも隣りあわせたくない女だった。

水樹である。

彼女の相手はひどく興奮しているようで、鼻息が荒かった。いきなり水樹のレオタードを脱がし、網タイツを脚から抜いた。

見てはいけない、見てはいけない……波留は胸底で呪文のように繰り返した。しかし、視線は吸い寄せられていく。見てはいけないと自分に言い聞かせるほど、反対の気持ちに歯止めがかからなくなる。

水樹はあお向けに寝かされ、両脚をM字に割りひろげられた。視線が股間に釘《くぎ》づけになってしまったのは、そこだけが自分で見慣れているはずの女の裸と違ったからだった。

陰毛がなかった。こんもりと盛りあがった小さい丘はつるんとして、白く輝いていた。その下に、あまりにも無防備な状態で、桃色の花が咲いていた。

「ハハッ、パイパンだ」

高蝶が隣に聞こえるように言うと、水樹の顔は恥辱に歪んだ。相手の男はその表情の変化に興奮したらしく、水樹の上体を起こし、後ろにまわった。少女におしっこをさせるときの格好をとらせ、水樹の恥ずかしい部分をこちらに見せつけてきた。

水樹が心の中であげた悲鳴が聞こえるようだった。

波留の心臓は胸を突き破りそうな勢いで暴れていた。見てはいけなかった。一時でも仲間意識をもっていた女に対し、それが最低限の礼儀だと思った。実際、水樹はつらそうに眉根を寄せ、唇を噛みしめている。女子トイレで啖呵《たんか》を切ってきたときの強気な態度が嘘のように消え、ただ羞恥と屈辱にぶるぶると震えているばかりだ。

それでも波留の視線は、彼女の股間から離れられない。綺麗な花だった。アーモンドピンクの花びらは色素沈着がまったくなく、形崩れもしていなかった。きっちりと左右対称で、行儀よく口を閉じていた。陰毛がないせいもあり、淫靡な感じがまるでしない。〈ヴィオラガールズ〉が誇るクールビューティは、こんなところまで美しく、品格があり、手入れが行き届いているのかと感動さえしてしまいそうだった。

「よし、こっちもお返しだ」

高蝶が波留の上体を起こし、後ろにまわって両脚をひろげてきた。水樹と同じ格好にされた。今度は波留が、眉根を寄せて唇を嚙みしめる番だった。

波留はまだ、網タイツを穿いたままだった。なんの救いにもならなかった。ショーツは着けていないし、陰毛はナチュラル。毛深いほうではないのだが、水樹に比べれば獣じみているに違いない。

見ないで……そう思っても、水樹は波留の股間を見ていた。おぞましげに顔をそむけながらも、横眼でしっかりこちらを見ている。水樹の視線を感じるほどに、あそこがちりちりと焦げていくようだ。

「あああっ！」

声をあげたのは、波留ではなかった。水樹の後ろにいる男が、水樹の花をいじりはじめたからだった。声だけではなく、くちゃくちゃという卑猥な音まで聞こえてきたので、波留は自分の耳を疑った。

男は花をいじる前に自分の指を舐めていたが、それだけでこんなにすぐに音がたつわけがない。あらかじめ、潤滑ゼリーを仕込んでおいたのかもしれない。ソープ嬢なら、誰でも知っているテクニックだ。

しかし、水樹の顔は生々しいピンク色に染まり、眉間に刻まれた縦皺は深まっていくばかりだった。ハアハアと息をはずませては、しなやかにくびれた腰をくねらせている。

どう見ても、欲情していた。声だってそうだった。必死に口を閉じようとしているのに、もれだしている。水樹は話すときの声が低いほうで、それがクールな美貌をひときわエレガントに際立たせているのだが、まるで別人のような、いつもより二オクターブも高い声をか細く震わせている。

それにしても、なぜ欲情しているのか。まさかこの異常なシチュエーションに刺激を感じるような、変態性欲者だったのか。

「こっちも負けちゃいられないな」

後ろから聞こえてくる高蝶の声は、興奮で上ずっていた。なにを見て興奮しているのか、ジェラシーの炎が燃えあがりそうだったが、そんな暇はなかった。網タイツをビリッと破かれた。股間のところだった。剝きだしになった波留の花に、唾液をまとった高蝶の指が襲いかかってくる。

クンニリングスは舌だけで行なうものではないから、高蝶は指使いもうまかった。花びらの合わせ目を、そっとなぞられた。触るか触らないかぎりぎりのタッチで、何度も何度も、下から上に、下から上に……。

指のすべりが次第によくなってきたのは、濡らしているからに違いなかった。クリはまだ包皮に埋まっているはずだし、包皮の上からも触られていない。なのに熱い蜜が漏れだしてしまう。もちろんゼリーなんて入れてない。水樹のことを言えない。自分だって花びらを開かれた途端、蜜がねっとりとあふれてアヌスまで垂れてきた。

「おっ、お願いします……」

高蝶にだけ聞こえるように、声を絞った。

「うっ、上を向かせてください……」

これ以上、水樹と痴態を見せあっていることに、耐えられなかった。見てはいけないと思っても見てしまうし、水樹からの視線も感じる。いくら覚悟を決めたところで、この状況が続くのはつらすぎる。

必死の哀願を、高蝶はきっぱりと無視した。窪《くぼ》みから蜜をすくって指を濡らすと、クリトリスのまわりをなぞってきた。それもまた、触るか触らないかのいやらしいやり方だった。

水樹の相手はすでに、彼女の中に指を入れていたので、水樹はか細い声をもらしながら、控えめなサイズの胸のふくらみが激しく上下に揺れるくらい身をくねらせていた。

波留はまだ声をこらえていたが、水樹と同じくらい腰が動いていた。水樹は刺激に反応しているだけだが、波留は刺激を求めていた。ふしだらな自分に絶望せずにはいられなかった。

高蝶はなかなか本気で指を使ってこなかった。いつも通りと言えばいつも通りなのだが、いまばかりはそれがつらくて涙が出そうになる。早く狂わせてほしいと願っているのに、指は肉芽のまわりをゆっくりと旋回するばかりだった。包皮の中でジンジン疼いているクリトリスが、早く触ってと悲鳴をあげている。

隣で水樹が四つん這いにされた。

バックスタイルとは恐るべき体位だと、波留は衝撃を受けてしまった。水樹ほど凜としたクールビューティが、ベッドに両手両脚をついた途端にエロティックなオブジェになった。男の欲望を受けとめる、慰みものにしか見えなくなった。この瞬間のために――男を興奮の極地にいざなうためにこそ、彼女はあれほど美しかったのかもしれない。男目線で言えば、そうとしか言いようがない。どういうわけか、涙が出てきそうになった。

「あううっ！」

後ろから貫かれた水樹は、したたかに腰を反らせた。水樹の相手の男は、顔を真っ赤にして腰を振りたてた。五十がらみの中年男なので、顔は真っ赤でも首から下は生《なま》っ白《ちろ》く、腹まわりにだらしない脂肪をつけていた。はっきり言って醜かった。

それでも、ピストン運動を送りこまれている水樹は、あられもない声をあげて燃えあがっていく。牝犬《めすいぬ》の格好でストレートの長い黒髪を波打たせ、細身の体をくねらせて高みを目指す。

「彼女、すぐイキそうだな」

高蝶が耳元でささやいた。声が興奮しきっていた。水樹が絶頂に達するまで、高みの見物を決めこむつもりのようだった。

「おまえも一緒にイッとくか？」

クリトリスの包皮を剝かれた。ゾクッとしたのも束の間、剝き身に指が襲いかかってくる。ねちっこく撫で転がされれば、正気ではいられない。水樹に負けないほど声をあげ、望み通りに狂っていく。恥も外聞も投げ捨てて、ただひたすらに快楽を求めて踊りつづける。

自分たちはいったいなんなのだろう？　と思った。

二十代前半で上場企業の役員以上も稼いでいることに、誇りをもっていないわけではなかった。期間限定とはいえ、誰が聞いても驚くような額をこの体で稼ぎだしている。

しかし、その実態はこれなのだ。ナンバーワン、ナンバーツー、といい気になっていたって、ひと皮剝けばこの有様だ。お金、あるいは権力のある男に、虫けら以下の扱いを受けている。虫けらにはあるはずのない人間性をぐちゃぐちゃにされ、恥という恥をかかされている。

最低だった。

生きている価値なんてないと思った。

びしょ濡れの穴に、高蝶の指が入ってきた。やさしく、やさしく、掻き混ぜられた。波留は喉を突きだしてのけぞり、自分でも耳を塞ぎたくなるほどいやらしい声をあげて、ガクガクと腰を震わせた。

「向こうの彼女と呼吸を合わせるんだ。そうすれば一緒にイケる」

高蝶が耳元でささやき、ククッと喉を鳴らして笑う。笑いものにされる屈辱に打ちのめされることもできないくらい、波留は快楽に翻弄されていた。翻弄されながら、水樹のことをずっと見ていた。水樹もそうだった。眼だけは絶対に合わせないようにしていたが、お互いに意識していることは皮膚感覚でわかった。

自分たちは、吉原が誇る〈ヴィオラ〉のソープ嬢だったのだ。呼吸を合わせることなんて、造作もないことだった。いや、言われる前から合っていた。そうやって、男たちを悦ばせようと思ったわけでない。寄る辺ない女同士、自然と呼吸が合ってしまっただけだ。

波留には、水樹のあえぎ声が断末魔の悲鳴に聞こえていた。水樹もきっと、そう思っているに違いなかった。

「はあううーっ！」

水樹がイッた。

波留も続いた。水樹に負けないくらいあられもない声をあげて、体中を恥ずかしいほど痙攣させた。

これほど敗北感にまみれた絶頂は初めてだった。波留は涙がとまらなかった。喜悦の涙ではなかった。水樹も泣きじゃくっていた。そんな女たちの姿を、男たちは満足げに眺めていた。高蝶や水樹の相手だけではない。上のフロアからも、無数の視線がこちらに向かってきていた。

どれくらい時間が経ったのだろう。

枕元に一万円札が十枚ほど散らばっていた。客がくれたチップだった。ひとりがくれたわけではなく、精子を吐きだしてすっきりした客が、「よかったよ」と言って一枚か二枚置いていき、それが繰り返された結果だった。

高蝶が去っていくと、波留の前には行列ができた。次々に男がやってきて、むしゃぶりつかれた。普段の仕事とはまるで違い、いきなり貫かれた。口腔《こうこう》奉仕を求められることもあったが、それもごく短時間で、こちらが腕を見せる前に結合になった。

風俗の世界には「一発屋」とか「ちょんの間」などと呼ばれる、本番行為だけを十五分程度ですませるカテゴリーがあるらしい。高級ソープが風俗カーストのトップに君臨しているとすれば、最下層の遊びと言われているが、まるでそんな感じだった。

何人を相手にしたのか、覚えていなかった。

たぶん七人か八人だろうが、なにもかも嵐のように過ぎ去っていった。言葉も交わさず貫かれ、ピストン運動を送りこまれているところを至近から見物され、相手が果てれば見物していた男がすぐさま挑みかかってくるので、ほとんど輪姦《りんかん》のようなものだった。

客がいなくなっても、ベッドから起きあがれなかった。隣の水樹も同じような状態で、うつ伏せに倒れていた。檸檬や翡翠も、仕事をさせられていた。水樹のようにすぐ隣ではなかったから様子はうかがえなかったが、声は聞こえてきた。聞きたくもない声だった。水樹もそうだったが、女はセックスのとき、普段とはまるで違う種類の声を出す。そんなつもりはなくても、どこか男に媚《こ》びたような甘い声を……自分もそうだったのだろうと思うと、死にたくなった。いっそ殺してくれないかと、本気で思ってしまった。

「わかったでしょう?」

水樹が顔を伏せたまま言った。

「女にこんなことさせる男が、本気であなたを愛しているわけがない！　あなたがいましているのは、恋なんかじゃない！　気づいてよ……波留！」

水樹が顔をあげ、ざんばらに乱れた長い黒髪をかきあげた。眼は波留に向けられていたが、虚空を見ているようだった。

9

甲村はユキを抱っこしていた。

先ほどまでギャン泣きしていたのだが、やさしく揺らしているうちになんとか機嫌を直してくれ、いまはすやすやと寝息を立てている。子供をもたない甲村には慣れない作業だったが、意外なほど楽しかった。

　ユキは二歳にしては体が小さいから、それほど重くないし、抱き心地が悪くない。信じられないくらいに柔らかく、抱っこしているとぴったりとこちらに吸いついてくるような感覚がある。

　起こさないように注意しながら寝室に運び、床に敷かれた布団の上にユキを横たえた。いい夢を見るように祈りながら、リビングに戻った。ソファに腰をおろすと、キッチンで洗い物をしていた桃香がやってきて、隣に座った。

「飲みますか？」

　右手に缶酎ハイ、左手に缶ビールを持ち、差しだしてきた。

「ああ、いただこうか……」

　甲村は缶ビールを選び、プルタブを引いて乾杯した。缶酎ハイをひと口飲んだ桃香は、チッと舌打ちした。

「甲村さんもビール派なんですね。波留さんと一緒。なんかムカつく」

　桃香の機嫌は悪かった。このところずっとそうなので、甲村は気にせず缶ビールを飲んだ。

〈ヴィオラガールズ〉の待機室だった波留の自宅に通いつめるようになって、もう二週間が経つ。デリは営業していないので、ボディガードの仕事があるわけではない。それでも足が向いてしまうのは、ひとり取り残され、荒《すさ》んだ眼をしている桃香が心配だったからだ。

「水樹さんって、絶対わたしのこと嫌いですよね？」

酒を飲むと、桃香はかならず同じ愚痴を口にした。それを言いたいがために、酒を飲んでいるのかもしれなかった。

「わたしがなんか言うと、うるさい、黙ってろ、って頭ごなしに怒るし、機嫌が悪いとお尻に膝蹴りだし、わたしだって役に立ちたいのにオミソにするし……だいたい、ユキちゃんは自分の子供じゃないですか。なんでわたしが面倒見なくちゃいけないんですか？」

「役割だよ、役割」

甲村は言った。

「子供を放置するわけにいかないから、しかたがないじゃないか」

「でもぉ……」

桃香は天井を向いて缶酎ハイをぐびぐびと飲んだ。

「水樹さん、日に日にやつれていって、完全にやばいですよ。明け方ここに戻ってきても、自分の家に帰れないですからね。ベッドに倒れて、死んだみたいに眠ってて……食欲も全然ないみたいで、なにつくってもちょっとしか食べないし……やくざの裏カジノで、いったいなにやらされてるんでしょうか？」

「さあな」

甲村は首をかしげた。

「彼女はプロ意識が高いから、なんでも一生懸命やってるんだろう」

「そりゃあね、水樹さんに比べれば、わたしはプロ意識が低いかもしれませんよ。指名がとれなくて一カ月でクビの女ですよ。でも若いから体力あるし、きついなら替わってって言えばいいのに……」

「責任を感じているのさ」

「波留さんに？」

「ああ」

「だったら、首に縄つけてでも引っぱってきちゃえばいいのに。三人がかりで半月近くもなんの進展もなしって、なにやってるんだろう？」

それは甲村も気になっていた。水樹に嫌われているのは桃香だけではないので、甲村はなるべく水樹と顔を合わせないよう、彼女が出勤したのを見計らい、夜になってからここに来るようにしている。

それでも、今日は玄関でばったり会ってしまった。桃香が言う通り、ひどくやつれていた。化粧をしているのに顔色は青ざめ、眼の焦点が合っていなかった。大丈夫か、と気安く声をかけられないくらい、見るからに大丈夫ではなかった。相手はやくざで、彼女たちが乗りこんでいるのは摘発のリスクが高い裏カジノ。時間をかけるとろくなことにならないと進言したかったが、とても言いだせる雰囲気ではなかった。

なんとかしなければならない。

波留はもちろん、水樹も檸檬も翡翠も、〈ヴィオラ〉の子なのだ。店長の蒔田が見いだし、店をあげて磨きあげた、自分たちの誇りだった。日陰の仕事をしていても、不幸な道行きを辿《たど》ってほしくない。

甲村は三十歳の手前から、〈ヴィオラ〉で十五年ほど働いた。それまでは、ひどい生活を送っていた。高校卒業後、豪雪地帯の故郷から東京に出てきたのは、映画俳優になりたいという夢を抱いていたからだ。人相の悪さを逆手にとり、悪役として名を馳《は》せてやろうと鼻息が荒かったが、いきなり映画になど出られるはずもなく、所属した小劇団の粘ついた人間関係に耐えられなくて、二十代半ばで挫折を味わった。

それからは、生きる目的を見いだせないままいくつかの職場を転々とし、やがて、巣鴨《すがも》のファッションヘルスで雇われ店長になった。肩書きは立派でもいわゆるワンオペであり、店であるマンションに住みこみ、一日に二十時間も働かされる過酷な労働環境だった。

睡眠もろくにとれず、コンビニ食ばかりが続いていると、人間は人間性を失っていくものらしい。店の女の子が客にサービスしているのをのぞきながら、自慰に耽《ふけ》るのが日課だった。それも、一日に四度も五度も……女の子を口説けば、あるいは金を渡して頭をさげれば、抱くことだってできたかもしれないのに、そんな気にはなれなかった。甲村が求めていたのは恋愛でもなければセックスでもなく、ただの刹那的な現実逃避だった。

ある日、そんな生活がつくづく嫌になり、売上をもって飛ぼうとした。前の店長も飛んでいたし、かといって山に埋められたとか海に沈められたという話も聞かなかったので、大丈夫だろうと思った。

七十万ほどの売上を懐に入れ、東京を離れることにした。その前に、景気づけに吉原で女を買おうと思った。窓を全部潰した真っ暗なマンションの一室で、昼も夜もなく他人の射精のために働いていたことで失ってしまった人間性を、セックスをすることで取り戻したかったのかもしれない。

雨上がりの夕刻だった。当時〈ヴィオラ〉の前の道は舗装が悪く、吉原の勝手がわからずキョロキョロしながら歩いていると、水たまりに足をとられた。泥を派手に跳ねさせて、〈ヴィオラ〉のスタンド看板にかかった。

すぐに店から人が飛びだしてきた。それが蒔田だった。晩年はゆるキャラみたいになってしまったが、当時はもっと迫力があった。凄《すご》むと眼光の鋭さが尋常じゃなかった。彼がかつて広域暴力団の三次団体に所属していたという過去を知ったのは、もう少しあとの話だ。

「きれいにしろ」

険しい表情で雑巾を渡してきた。

「店の看板に泥を塗るのは、喧嘩《けんか》売ってるのと同じだぜ」

甲村は雑巾を受けとって看板を拭いた。ソープボーイというのは、細かいことにうるさいものだと半ば呆れていた。

「同業者か？」

蒔田が訊ねてきた。

「シャボンの匂いがするぞ」

風俗店で使われる業務用の液体ソープやローションは、独特の匂いがする。自分では気がつかなかったが、店に住みこんでいたのだから、服や体に匂いが染みこんでいてもおかしくなかった。

「どこのソープだい？」

「いえ……自分はハコのヘルスで働いてます」

「ふーん」

蒔田は片眉をあげて、意味ありげに笑った。

「おまえ、なんか悪いことしようとしてるだろ？　チンケな悪事なら、やめておいたほうがいい。後悔するぞ。人が転落していくきっかけは、いつだってチンケな悪事に決まってるんだ」

甲村はしらけた顔を蒔田に向けた。苦笑しようとしたが、頬がひきつってうまく笑えなかった。

「どうしてそう思うんですか？　俺が悪いことしようとしてるって」

「見りゃわかるさ。そんなやつを腐るほど見てきたからな」

そのとき、店から女の子が出てきた。モデルのように背が高く、びっくりするほどの美人だったが、「お疲れさまでしたーっ！」とはじけるような笑顔を浮かべて蒔田に挨拶したのには、もっと驚かされた。

店に出入りする風俗嬢は普通、伏し目がちでこそこそと歩いている。挨拶の言葉も、口の中でもごもご言うくらいのものだ。なのにその彼女は潑剌《はつらつ》として、「お疲れさま」と返す蒔田も、こちらを睨みつけてきたときの険しい表情とは百八十度反対の、柔和な笑みを浮かべていた。

甲村は蒔田に雑巾を返し、その場を立ち去った。毒気を抜かれてしまい、吉原で女は買わなかった。千束通りにある蕎麦《そば》屋で冷酒を三杯飲み、巣鴨の店に戻った。

金は金庫に返したが、仕事をする気にはどうしてもなれず、池袋《いけぶくろ》のサウナに向かった。
二、三日考えてから、〈ヴィオラ〉に面接に行った。蒔田は当時から店長だった。甲村の顔を見て、「チンケな悪事はやめておいたか？」と笑った。
後ろめたい仕事をしているにもかかわらず、女の子があれほど明るくいられる秘密を知りたくて、甲村は〈ヴィオラ〉で働きはじめた。もしかすると彼女だけが特別なのかもしれないと思っていたが、そんなことはなかった。〈ヴィオラ〉の女の子たちは、例外なく明るく輝いていた。

ナンバーワンとかツーになると、宝石さながらだった。吉原一の超高級店、日本三大ソープ、という触れこみからは考えられないほど建物は老朽化し、個室も粗末なものだったが、古ぼけた宝石箱に拳大のダイヤやその原石がゴロゴロ転がっている感じだった。

徐々に秘密がわかってきた。女の子たちが宝石のように輝いているのは、店が女の子を宝石として扱うからだった。甲村がヘルスで働いていたときはタメ口で話していたが、〈ヴィオラ〉では女の子に敬語を使わない黒服はいなかった。みんなで女の子を磨いていた。

あるとき、蒔田に言われた。

「女の子を磨きあげるつもりで、床を磨き、浴槽を磨き、便器を磨け」

新入りの甲村はまだ、直接キャストと関わりあうような仕事はさせてもらえず、担当はもっぱら掃除だった。愚直に蒔田の言葉に従っていると、ひとり、ふたり、と女の子のほうから笑いかけてくれるようになった。

気持ちは伝わるのかもしれないと思った。ゴミ捨てでも、リネンの洗濯でも、グラスを洗うのでも、とにかく女の子を磨きあげるつもりでやった。やがて、それが生き甲斐《がい》になった。世間から後ろ指を差される仕事をしていても、店の中では宝石のように輝いている彼女たちは、黒服全員の誇りだった。

「女の子たちを頼むぞ」

あるとき、蒔田に言われた。

「どこに出しても恥ずかしくない、日本一のソープ嬢たちだ。最後までしっかり面倒見てやってくれ」

新型ウイルスの影響で、店の売上は半減していた。蒔田は休業を考えていたようだが、金の亡者であるオーナーはそれを許そうとしなかった。なにか大きな決断をしようとしていることは、甲村にも伝わってきた。

とはいえ、まさか自殺するとは思わなかった。納骨の知らせを受けたときの家族とのやりとりで、蒔田が末期癌《がん》に冒されていたことを知った。治療も拒んでいたらしい。

どうせ死ぬならと、オーナーへのあてつけで首を括《くく》ったのだ。あるいは、死に場所は手塩にかけた店しかないと思っていたのだろうか。いずれにしろ、美しくない最期だった。尊敬もできなければ、涙も流せなかった。

それでも……。

黒服稼業を一から叩きこんでくれた恩人の言葉を、無下にするわけにはいかなかった。蒔田が死ぬと、甲村は店の後始末を他の黒服に任せ、キャストたちに寄り添った。身の振り方の相談に乗り、金が必要なら用立ててやり、〈ヴィオラガールズ〉に集った者以外は、ほぼなんとかできた。

女の子たちを頼むぞ——そう遺言を残されながら、自分のしくじりで彼女たちを窮地に追いこんでしまったのは、痛恨の極みだった。あのとき引き抜き屋を殴ったことが、悔やんでも悔やみきれなかった。

水樹がなんと言おうと、彼女たちだけに責任を押しつけるわけにはいかない。状況次第では……甲村はギリッと歯嚙みした。高蝶と刺し違える覚悟を決めなければならないと考えはじめていた。

「あのね、甲村さん。わたしもう、恋はしないって決めたんです……」

ソファの上であぐらをかいている桃香は、ゆらゆらと体を揺らしながら言った。すっかり酔っているようだった。

「思いきってソープ嬢になることを決めたのは、それが理由なんです。ソープ嬢は恋とは無縁でしょう？　セックスがお仕事なんだから……」

甲村は適当にうなずいていたが、右から左に聞き流していた。桃香は酔うと面倒くさくなるタイプだった。いや、酔わなくても面倒くさい。

甲村は彼女と食事をしたことがあった。十五年間ソープランドの黒服をやってきて、一緒に食事をしたのは彼女だけだ。〈ヴィオラ〉では黒服とキャストのプライヴェートでの接触が禁じられている。店内でも必要以上の会話は禁止だ。仲よくなってしまえば贔屓《ひいき》してしまう可能性があるし、そういう空気に女の子はとても敏感だからである。

桃香が仮住まいしていたウィークリーマンションは、甲村の自宅マンションのすぐ近くにあった。非番だった昼間、食事をしようと外に出ると、桃香が路上で男と口論をしていた。男が桃香から財布を取りあげたので、甲村はあわてて近づいていった。男は闇金の集金だった。なかなか回収できず、堪忍袋の緒が切れている感じだった。桃香は財布の中の札をすべて抜かれ、小銭まで奪われた。彼女が入店して、わりとすぐの話だ。

「わたしもう、ごはんも食べられません……」

桃香は涙眼を向けてきた。

「今日と明日は出勤じゃないし、ってことは日当が入らないし……絶食ダイエットしろってことですかね？」

「店に行って、店長に前借りを頼んでみたらどうですか？」

「とっくに頼みましたよ。でも、ダメだって。おまえは信用ならないからって。ひどいと思いません？」

「それは……ひどいかもしれませんねえ……」

甲村は内心で首をかしげていた。食うや食わずのキャストに前借りをさせないほど、蒔田は非情な人間ではなかったはずだ。大きい額ならともかく、五千円や一万なら、いつだってポケットマネーで用立てていた。

「ひどいと思うなら、甲村さん、千円貸してくれませんか？」

桃香は拝むように両手を顔の前で合わせた。

「わたし料理うまいんで、千円分の食材があれば、二日くらい余裕でしのげますから」

「黒服とキャストは、金のやりとりをしちゃいけないことになってるんです」

「たった千円ですよ！　千円！」

「そう言われても、ルールですから……」

　桃香は泣きだした。泣きながら上目遣いを向けてきた。

「じゃあ、ごはんご馳走《ちそう》してくれませんか？　わたし昨日の夜からなんにも食べてないから、もうお腹ぺこぺこで……贅沢は言いません。立ち食い蕎麦でいいです」

　なかなか見上げた根性だと、甲村は感心した。諭すのも面倒くさくなり、近所の食堂でサバ味噌《みそ》定食を一緒に食べた。それもまたルール違反だったが、若い彼女に食事を我慢させるのはあまりにも気の毒だった。桃香がトイレに立った隙に、ハンドバッグに千円札を一枚入れておいた。それがなければ、トイチやトサンの闇金にまた電話をするだけだろうと思った。

　彼女が店をクビになったのは、指名がとれなかったからではない。実際には五本の指名があり、店側が断ったのだ。新人で五本の指名数は、まずまず上々のすべりだしと言ってよかった。しかし、蒔田は早々に彼女をやめさせることに決めてしまった。

　アンケートで、客にチップを要求していることが判明したからだ。千円程度の少額らしいが、それが蒔田の逆鱗《げきりん》に触れた。

「残念ですね。あれだけの器量だから、波留さんの次のナンバーワンになれる逸材だと思っていたんですが……」

甲村が溜息まじりに言うと、

「どこが逸材なんだ！　あの子は仕事をナメてる！　十万円も払っていただいているお客さまに、千円二千円せびるなんて、みっともない真似をして！」

蒔田は頭から湯気を立てそうな勢いで返してきた。キャストを大事に扱うことでは人後《じんご》に落ちない蒔田だったが、好き嫌いははっきりしていた。容姿は抜群でも、桃香の幼稚なところがどうにも許せなかったらしい。

女の子たちを頼むぞ——蒔田の遺言に、桃香は含まれていなかったはずだ。しかし、甲村は彼女のことが嫌いになれなかった。クビになったときもＬＩＮＥを交換し、困ったことがあればなんでも言ってくるように伝えた。人間、誰だって最初から大人だったわけではない。

高級ソープに来る客は、若い女が好きなものだ。若い女のなめらかで張りのある肌は、ただ触れているだけで男を癒すなにかがある。

だが同時に、礼儀正しさや淑やかさなど、洗練された大人の振る舞いを求めるのも、高級ソープの客だった。そもそもそこに無理があり、矛盾する要求に応えているキャストのほうが非凡なのである。

「わたしって、本当に男運悪いんですよ。なんでだろう？　もう嫌になっちゃうくらい……」

桃香は缶酎ハイを飲みながらブツブツ言っていたが、唐突に言葉を切ると、甲村の顔をまじまじと眺めてきた。

「甲村さんって、ホントやさしいですよね。こういう話すると、みんなドン引きするのに……波留さんなんて急に怒りだして、わたしのこと殴ろうとしたんですよ……」

「話を聞くくらい、なんでもないさ」

甲村は笑いかけた。申し訳ないが、そのやさしさには理由があった。桃香を手懐《てなず》けたかった。彼女は子供っぽいぶんだけ、変化が読みとりやすい。動揺や困惑が、すぐに顔に出る。

水樹が動くとき、かならず桃香になにか告げるはずだった。ユキの子守りを任せている以上、黙って事に及ぶことは考えにくい。

その兆候を見逃してはならなかった。

水樹が腹を括ったそのときが、甲村も高蝶と刺し違える覚悟を決めるときになるだろう。

10

波留は店の更衣室に入った。

先客がいた。水樹、檸檬、翡翠——更衣室は四畳半ほどで、ロッカーもつめこまれているから、背の高い大人の女が四人揃うと狭苦しい。ただ、着替えはすでに終えていて、化粧ポーチを取りにきただけだから、さっさと出ていこうと思った。ロッカーの前には水樹が立っていた。どいてくれるよう目顔でうながしても、動かない。

睨みあいになった。この二週間、日を追うごとに彼女たちとは険悪なムードになっていった。セックスを見せあった直後は、気まずくて誰とも眼を合わせられなかった。向こうもそうだった。醜態をさらした相手に対して、お互いに弱気になっていた。それがいまや、開き直って睨みあいだ。

ひどいやり方で体を売らされ、彼女たちは傷ついているはずだった。自分もそうだからよくわかる。体を売る仕事とはいえ、波留はいつだって一生懸命サービスに取り組んできたし、それなりの職業意識ももっていた。

しかし、プロとしての雰囲気づくりやテクニックなどまるで及ばないところで、次から次に男たちがやってきて、体の上を通りすぎていく。まるで輪姦だったし、輪姦されているところを見せ物にもされていた。僻地《へきち》の売春小屋でも、ここまでひどい目には遭わないのではないか。

すぐに逃げだすだろうと思ったのに、水樹たちは逃げなかった。意地になっているようだった。波留もそうだった。体がきつくて休みたくても、彼女たちが出勤している以上、休むわけにはいかなかった。

「わたしたち、もう完全にキレたから……」

水樹が低い声で言った。

「最初はあんたを説得して、一緒に逃げだすつもりだったけどね……それじゃあ、もうおさまらない。あの高蝶って男、絶対に許さない……」

クールな切れ長の眼に、憎悪だけを浮かべて続ける。

「あんなことさせられてるお返しに、この店潰してやることにした。そうすれば、高蝶は逮捕されて、あんたも自由になるだろうしね。一石二鳥ってわけ」

「潰すって……どうやって……」

不安げに眉をひそめた波留の前に、翡翠がスマホを突きだしてきた。動画を見せられた。映っていたのは、このビルの前の路上だった。一階に入ったラウンジの、薄紫の看板が見える。

カメラがビルに入っていく。画像が粗く、フレームがひっきりなしに前後左右にブレる。盗撮している、とすぐにわかった。画面は暗くなったり明るくなったりしながら、店内に入っていった。バカラに興じる客、チップと交換される札束、フロアに並んだ五つのベッド——人影はなく、白く透けたカーテンが垂れているだけだったが、異常な空間であることは誰にでもわかる。

それらがフラッシュカットのように続いてから、カメラはさらに店の奥に進んだ。辿りついた場所は、この更衣室だった。少しだけ開いたドアの隙間から、中をのぞきこむようにしてカメラが状況を記録している。

薄暗く狭い空間に、裸の女が三人、全裸でしゃがみこんでいた。手脚を拘束され、体のあちこちに赤黒い痣《あざ》ができている。顔はもっとひどかった。思わず眼をそむけてしまったほど、傷ついていたり、腫れあがっていたり……。

フェイク動画だ！　と波留は胸底で叫んだ。

裸の女は水樹と檸檬と翡翠だろう。暴行を受けたような傷メイクで元の顔がわからないようにしているが、波留は毎日、彼女たちと裸を見せあっている。水樹の小さなお尻も、檸檬の大きなお尻も、翡翠の形のいい乳房も、記憶に残っている。

しかし、現実の彼女たちは、ケガなんてしていないし、監禁だってされていない。これはそういう物語をでっちあげるために悪意をもってつくられた、偽物のドキュメンタリーだ。

「わたし、コスプレやってるからこういうの得意なのよ」

翡翠は不敵に笑っている。

「ちなみに、撮影したのこの更衣室じゃないから。あなたの家の納戸。わからないでしょ？」

「どうして……こんな……」

「SNSで拡散するの」

水樹が言った。

「警察に密告しようと思ってたんだけど、電話したくらいじゃなかなか摘発されないみたい。摘発に入ろうとしたら、店はもぬけの殻とかね……おかしいと思ったのよ。こんなに大々的に裏カジノやってるのに、見張りやセキュリティが極端に少ないんだもん。ガサ入れがあるときは、あらかじめわかるからでしょう。警察の中に高蝶の犬がいるってわけ。だったら、ちょっとやそっとじゃスルーできないくらい、SNSを炎上させてやるしかないじゃない？　これ見た人が警察にガンガン鬼電したら、裏カジノの摘発どころか、人命救助に動かないわけにはいかないもの……」

「こんなことしたって……」

波留は唇を嚙みしめた。

「わたしの気持ちは変わらない」

「そう言うと思った」

水樹は鼻で笑ったが、

「しっかりしてよ、波留ちゃん！」

檸檬が涙眼で双肩を揺すってきた。

「あの男はもうすぐ逮捕される。ここに警察が来れば、違法賭博や管理売春が明るみに出るのよ。しばらく刑務所の中なのよ」

「離れてみれば気づくはずよ……」

翡翠が諭すように言った。

「騙されていただけだって、絶対に気づくから」

波留は言葉を返せなかった。眼を見開いていたが、檸檬のことも翡翠のことも見ていなかった。ただ怯《おび》えていた。高蝶が逮捕され、自分ひとりが取り残されてしまうことに……。

なるほど、高蝶はひどい男だった。まともな人間が愛する女に売春なんてさせるわけがないし、ましてやその様子をショーのように見せびらかすわけがない。

だが、高蝶は言ってくれた。「おまえがいちばんいい女で、いちばんそそる」。言われてからずっと、その言葉は波留の胸のいちばん深いところで光り輝き、つらい毎日を慰めてくれるオアシスになっていた。

波留は自分の指名客が、水樹を抱いていることを知っていた。檸檬や翡翠に入った人だっているだろう。お金を払って遊んでいるのだし、浮気は男の性《さが》なのかもしれない。同じ店に違うタイプの素敵な子がいれば、抱いてみたくなる気持ちもわからないではない。

しかし、高蝶は水樹を抱いていなかった。檸檬や翡翠もだ。「おまえがいちばんいい女で、いちばんそそる」。その言葉を証明するように、他の女には手を出さず、毎日部屋に帰ってからボロボロになった波留を抱きしめてくれた。

「しんどい思いをさせて悪いな。俺はこういう男なんだ。でも、おまえに対する愛だけは嘘じゃない……」

波留はどれだけ疲れ果てていても、セックスのことなんか考えたくないほど打ちのめされていても、高蝶の抱擁に応えた。彼のものをしゃぶりまわし、彼の上に乗って半狂乱で腰を振りたてた。あっという間にイッた。続けざまに、何度も何度も……。

高蝶はひどい男だった。それは水樹たちの言う通りなのだろう。

それでも波留は、彼を愛することをやめられそうになかった。どれだけ正論で諭されても、感情が彼との別れを拒絶する。

その日の夜、高蝶は店が終わっても一緒に帰ってこなかった。兄貴分のような人と話があるとかで、どこかへ飲みに行った。

先に帰宅した波留は、シャワーを浴びてひと息つき、一時間ほど待っていたが、店が終わった時点で明け方近かったので、窓の外からまぶしい朝陽《あさひ》が差しこんできた。

疲労回復のためには、眠りにつくべきなのだろう。しかし、体はぐったりしていても、神経がひりひりして寝つけそうになかった。セックスがしたいわけではなかった。ただ高蝶に側《そば》にいてほしい。抱きあって眠るだけでいい。彼の分厚い胸板に触れ、その匂いを嗅ぎ、できることなら「しんどい思いをさせて悪いな」とささやいてほしい。

そうすれば波留は、ご主人さまの前でちぎれんばかりに尻尾を振る従順な犬のような気持ちで、安らかな眠りにつける。明日もまた頑張れる。このしんどさが男にわかるわけがない、と拗《す》ねたりしないですむ。

あっさり眠れない理由は、神経がひりひりしているからだけではなかった。高蝶に話すべきかどうか、悩んでいた。もちろん、水樹たちが立てている恐ろしい計画のことだ。

高蝶に言えば、水樹たちを裏切ることになる。それでも、高蝶が逮捕されないためには、話すしかない。

試されているのかもしれない、と思った。水樹たちが本気で裏カジノを潰し、高蝶を刑務所に入れたいなら、波留になにも言わず計画を実行すればいいだけだった。なのにわざわざ言ってきたということは、波留が高蝶に話してしまうことを覚悟の上なのではないか。波留が裏切り、もっと明確に高蝶の側に立てば、諦めがつくとでも思っているのかもしれない。

波留の立場ははっきりしていた。高蝶から離れたくなかった。とはいえ、あまりに無防備に水樹たちの計画を高蝶に話せば、あの三人の身になにが起こるかわからない。それは避けたい。どうすればいいだろう？

ソファから立ちあがった。冷蔵庫を開けて缶ビールを取ろうとした。取らずに扉を閉めた。一緒に飲んだならともかく、酒くさい息をして高蝶を迎えたくなかった。

酒くさい息……。

不意に記憶が蘇《よみがえ》ってきて、頬が緩んだ。隅田公園を走っているときリサに会い、言われたのだ。「あんたすげえ酒くさいよ」。恥ずかしかったが、反省はしなかった。そのとき体に残っていたアルコールは、キラキラした素晴らしい思い出とセットになっていたからだ。

なのにいまは、男に酒くさいと言われたくないと思って飲むのを我慢している。自分の変貌ぶりがおかしくて、苦笑がもれた。

「……そうだ」

近々リサの試合があるはずだが、正確な日時を調べていなかった。スマホでググッてみると、なんと今夜が試合当日で、CSで生中継されるらしい。ツイていると思った。波留の自宅ではCSなんて入らない。

テレビの電源を入れ、録画予約した。相手はムエタイのチャンピオンらしい。勝てるだろうか。リサの放っている殺気は本物だったし、髪型までコーンロウにして気合い充分だった。しかし、相手だって本場のチャンピオン。簡単には倒せないだろう。逆に倒されることだって考えられる。

無性に体を動かしたくなった。リビングの空いたスペースで軽くフットワークしてみると、体が異常に重かった。パンチを出す前にはっきりとそれがわかり、ジャブを二発放ってダッキングすると、そのままへたりこみそうになった。

疲れているのだ。今日は十人もの客をとらされた。疲れていないわけがないが、それよりも体の重さが気になった。高蝶に囲われて一カ月ほどで、たぶん二、三キロは体重が増えている。

ロードワークに出たい、と思った。

前に高蝶にちょっと頼んでみたところ、「女が体を鍛える必要はない」とにべもなかった。こっそりやろうにも、ここにはスポーツウエアもスニーカーもない。高蝶はよく服を買ってくれるが、それらはすべてフェミニンなものばかりで、部屋着に至っては外に出ることが不可能なほどセクシーだった。波留はいま、太腿がほとんどすべて剝きだしになった、黒く透けたベビードールを着ている。

ジャブを打った。腕をしならせるようなフリッカー。デトロイトスタイルに構えても、サークリングするスペースがない。テーブルやソファを壁側に寄せてしまうと、六畳ほどのスペースができた。

バックステップでサークリングし、ジャブを連打する。フリッカー、フリッカー、距離を測って打ちおろしのチョッピングライト。汗が出てくる。

リビングの一角には大きな姿見があり、フットワークで近づいていくとそこに映っている自分が見えた。さぞや滑稽な姿をしているのだろうと思った。黒いベビードールはオールインタイプで、乳首が浮いて色までわかるし、腰についたスカート状の布がめくれると、股間の翳《かげ》りが透けている。

そんな男を挑発するためだけにデザインされたようなものを着て、拳を振りまわしているなんて――意外にも悪くなかった。デトロイトスタイルからアップライトに構えを変えた。背中を丸めて鋭くジャブを放つ。ワンツー、ダッキングして左のボディアッパー、右フック、左フック、ワンツースリーフォー。汗が噴きだし、首筋をしたたっていく。

　悪くないどころか、鏡に映った自分に見とれてしまった。髪をひとつにまとめると、もっとよくなった。考えてみれば、女子プロボクサーが試合をするときと、肌の露出が似たようなものなのだ。乳首が浮いたり陰毛が透けているわけはないが、そこは脳内で都合よく変換だ。殴りあいはしたくなくても、試合用のコスチュームに身を包み、リングだけを照らすまぶしいライトを浴びてみたい気がしてきた。バニーガールとは全然違う、戦うための格好で……。

　夢中になってシャドーをした。見えないリサが相手だった。彼女は強かった。太い腕から繰りだされるパンチは殺人的だったし、ディフェンスのスピーディさにはもっと仰天させられた。ノーガードで顔を突きだされても、パンチが当たる気がしなかった。上半身が柔らかく、使い方がうまい。それ以上に、フットワークがいい気がする。辰吉丈一郎の真似をしているだけの自分は、ダンスと蔑《さげす》まれてもしかたがないと思った。リサのフットワークは相手を倒すという目的に忠実で、確実にこちらを追いつめてきた。

　扉が開く気配がしたので、波留はシャドーをやめた。

　高蝶が帰ってきた。リビングに顔を出した彼は、珍しく不機嫌そうだった。テーブルやソファが移動しているの見て、ますます険しい眼つきになった。

「なにやってる?」

「あっ……えーっと……ちょっと運動を……」

答えた波留は、顔中から汗をしたたらせていた。足元のフローリングに汗の粒が落ちていく勢いだったし、全身が朝陽を浴びて光っていた。

「運動? あれだけオマンコして、まだ体力が余ってるのか……」

高蝶は呆れたように苦笑した。釣られて波留も笑った。

「使う体力が違うというか……日課だったんです。ロードワークが。だからできれば、再開させてもらえると、嬉しいんですけど……」

「ロードワークが日課ね……」

高蝶は笑いながら、一歩、二歩、と近づいてきた。抱擁されるのだろうと思った。運動なら俺がベッドでさせてやると、いつものように抱いてもらえるのだろうと……。

次の瞬間、バーンと音がして首が右に九十度ねじれた。頬を張られたのだと理解するまで、一、二秒かかった。

「女が体鍛えてどうするんだって、口が酸っぱくなるほど言っただろう」

バーン、バーン、と平手で打たれる。顔をガードすると頭を叩かれ、頭を腕で抱えると、腹に拳がめりこんだ。息がとまった。

「虫みたいな腹筋してる女と、誰がオマンコしたいって思うんだ。馬鹿なのか、おまえは」

再び顔に平手が飛んできた。腹を押さえていた波留はガードできず、容赦ないビンタをモロに受けた。もう立っていることはできなかった。床に膝をつくと、顔面に蹴りがきた。頭の中で火花が散るような強い衝撃を受け、床に転がった。そこまでするのかと思った。そこまでする男の顔を見たくて、顔をあげた。挑むような表情をしていたのかもしれない。眼が合った瞬間、

「なんだ、その眼はっ！」

高蝶は怒声をあげて近づいてきた。また蹴られた。肩、腹、太腿、背中……ボコボコにされた。ボコボコにされるというのは、こういうことを言うのだと思った。ひどいショック状態だった。痛みが感じられないくらいだったが、それでも恐怖は感じていた。リサとリングで対峙《たいじ》したときとは意味が違った。リサのパンチは、相手を倒すための純粋な暴力だった。高蝶の暴力には、もっと邪悪なものがこびりついていた。

「まったく、可愛いお顔が台無しじゃねえか……」

髪をつかんで立ちあがらされた。シャドーのために、一本にまとめたところをつ

かまれていた。

「避けるなよ」

高蝶は至近距離から波留を睨みつけ、ビンタしてきた。威力は先ほどの半分ほどに加減されていたが、顔を叩かれるのには本能的な恐怖がある。手のひらが飛んでくるのが見えて反射的に手でガードしようとすると、

「避けるんじゃねえっ！」

鼓膜が震えるほど怒鳴られた。

「おまえは俺の女だろう？」

ビシッ。

「だったら、俺の言うことを黙って聞いてればいいんだ」

ビシッ。

「なにがロードワークだ。おまえの仕事はオマンコだろ。走る気力もなくなるくらい、毎日頑張ってオマンコしろ……返事はっ！」

「はいっ！」

波留は声を張って返事をした。しなければビンタされるからだ。

「わかったんだな？」

「はいっ！」

口のまわりがヌルヌルした。鼻血を大量に流していた。

「なにがわかったか言ってみろ」

「頑張って……セッ、セックスします」

「オマンコだろ？」

「オマンコ頑張りますっ！」

「ロードワークは？」

「二度と言いませんっ！」

「よし。じゃあ、氷で顔冷やせ。夜になったら店に出られるようにな」

「はいっ！」

髪から手を離され、波留は床に崩れ落ちた。体中が恐怖にわなわなと震えていた。髪から手を離されても、心臓は鷲《わし》づかみにされたままだった。

高蝶の暴力は、彼のセックスとよく似ていると思った。ボクサーのように相手を倒そうとするのではなく、相手を支配しようとする。二度と逆らえないように恐怖を植えつけて、相手の上に君臨しようとする……。

夕方になっても波留の双頬《そうきょう》は腫れが引かなかった。

「まったく、しょうがねえなあ。その顔じゃ、さすがに無理か……」

波留の顔を見て、高蝶は苦く笑った。

「今日は特別に休んでいいが、顔をちゃんと冷やしつづけるんだぜ。明日からは店に出てくれよな」

部屋を出ていく高蝶の背中を、波留は呆然と見送った。氷枕などなかったから、ビニール袋に氷水を入れ、頬を冷やしていた。ひどく眠かったが、寝てしまうとビニール袋を支えられなくなるのでソファに座っていた。指が冷たくてしようがなかった。ビニール袋にタオルを巻いて、なんとかしのいだ。

放心状態だった。胸の中のどこを探しても、心が見つからないのではないかと思った。日が暮れてリビングが真っ暗になっても、照明をつける気力もないままソファに座りつづけた。

鳥のさえずりが聞こえた。壁時計の時報だった。午後七時。なにか予定があった気がした。リサの試合だ。

テレビをつけた。録画予約をしてあったので、チャンネルは合っていた。リングが設置された会場はそれほど広くなく、ソーシャルディスタンスを守るために客席もまばらだった。

控え室の様子が映った。リサはシャドーをしていた。白いスポーツブラと真っ赤なサテンのトランクス――カッコいい。顔はほのかに上気し、汗ばんでいた。戦う準備は万端なようだった。

チャンピオンの控え室も映った。静かにベンチに座っていたが、褐色の肌といい、昏《くら》く沈んだ瞳といい、雰囲気があった。座っているだけでチャンピオンの風格が漂っていた。

長いCMを挟んで、選手入場になった。青コーナーから挑戦者が出てきた。リサはゆっくりとリングに近づいていきながら、右フック、左フック、と太い腕を唸《うな》らせた。パンチで倒してやると言わんばかりだった。キックボクシングだから、キックもあれば膝蹴りもある。だが、リサは相手より背が低いので、パンチ主体の戦術をとるつもりなのだろう。

リング上で相対すると、思った以上に身長差があった。チャンピオンのほうが頭ひとつ大きかった。手脚も長い。彼女ほど細身ではないけれど、波留はなんとなく自分と似た体型だと思った。

ゴングが鳴った。リサは足を後ろに跳ねあげてコーナーからまっすぐに飛びだしたが、チャンピオンは軽やかなバックステップで距離をとった。そういう戦法のようだった。リーチも脚の長さも勝っているから当然だ。ジャブを放ち、ローキックを打ってくる。どちらも当たった。こんなに間合いが遠いのに、と波留は啞然とした。

リサも内心でびっくりしたのかもしれない。距離をとられたら勝ち目はないとばかりに、すかさず前に出た。ジャブで突き離された。波留のパンチをことごとくかわしたダッキングやウィービングも、チャンピオンには通用しなかった。決して強いパンチではないのだが、左をコツコツとあててきた。それを気にしていると、ローキックが飛んでくる。太腿に当たっていい音がする。テレビを観《み》ている波留にまで、痛みが伝わってきそうだった。

第一ラウンドは、チャンピオンの距離のまま終わった。リサはなにもできなかった。顔面でジャブを受けつづけ、ローキックで太腿を赤く染められただけだった。

第二ラウンドも似たような展開が続いたが、チャンピオンのローキックが冴《さ》えはじめた。空気を切り裂く音まで聞こえそうなほど鋭い蹴りが、リサの太腿に襲いかかっていった。なんとか懐にもぐりこんでも、身長差を活《い》かした首相撲《くびずもう》からの膝蹴りが待っている。

だが、チャンピオンの本当の狙いは、まだ一度も見せていないハイキックのような気がした。リサがハイキックでチャンピオンを倒すところは想像できなかったが、逆はリアルに想像できた。側頭部に蹴りが入ってしまえば、一発で倒される。リサもわかっているから間合いをつめようとしているのだが、射程距離が長いジャブとローキックに邪魔されてパンチが届かない。

悔しかった。あんなに強いリサが、一方的に翻弄されていた。第三ラウンドになると、闇雲に乱打戦にもちこもうとしてワンツーをもらった。右ストレートは倒されるパンチだ。相打ち覚悟で飛びこんでいっても、リサの拳は虚しく空を切り、チャンピオンの冷静な右ストレートだけがもう一発入る。リサの顔が後ろに吹っ飛び、戻したところに狙いすましたハイキック——もうダメだ、と波留は泣きそうになった。リサは間一髪のところで、手をあげてガードした。バックステップで距離をとり、ニヤッと笑った。

それだけはもらわない、と宣言したように波留には見えたが、ムエタイの選手は本当に効いたときにこそ笑う、という説を聞いたことがある。リサはタイ人ではないけれど、子供のころからキックボクシングを習っていたらしいから、そういう所作が染みついているのかもしれない。

効いたとすればガードの上からのハイキックか、その前の右ストレート？　いずれにせよ、リサはもうふらふらだった。左右の瞼が腫れあがり、視界さえ万全でないように見える。

それでも前に出る。ジャブをもらう。ワンツーが入る。さがらせられてしまう。バックステップでパンチが届かないところまで逃げて、重い足取りでフットワークをしながら呼吸を整える。

誰の眼にも、敗色濃厚に見えたはずだ。チャンピオンも攻め時と判断したのだろう、前に出てきた。いつの間にか、チャンピオンが追いかけて、リサが逃げる展開になっていた。スタイルを変えさせられてしまっては、勝機などつかめるわけがなかった。

ところが、第三ラウンドの終了間近、奇跡が起こった。

残り十秒を知らせる拍子木《ひょうしぎ》の音がカンカンと鳴り、チャンピオンのジャブに押されたリサは後ろに逃げた。そこまではいままで通りの展開だったが、トドメを刺そうとしたチャンピオンがすさまじい形相で追いかけてくると、リサは突然、前に向かって突進した。バウンドするゴムボールのように高く飛びあがり、その膝が、チャンピオンの顔面を下から撃ち抜いた。

「飛び膝がヒーット！　飛び膝がヒーット！　沢渡リサの真空飛び膝蹴りが、チャンピオンの顎をとらえたーっ！」

実況しているアナウンサーが興奮のままに絶叫する。

いままでほとんど足技を使っていなかったから、チャンピオンも油断していたに違いない。教科書通りと言っていいほどきれいに決まった。立ったまま意識を失ったであろう褐色のタイ人は、枯れ木のようにリングに倒れた。カウンターだった。起きあがれるはずもなく、レフリーはカウントを数えずに腕を交差させて試合をとめた。

「やった……やったあ……」

テレビ画面の中で、リサが歓喜に震えながら両手を天に突きあげる。波留も反射的に、立ちあがって同じポーズをとってしまう。頬を冷やしていたビニール袋は、とっくに床に落ちていた。

すべては伏線だったのだろうか。いかにもパンチで倒してやるぞという顔でリングインし、ゴングが鳴っても足技を使う素振りすら見せなかったのは、最後に一撃必殺の飛び膝蹴りを決めるためだったのか。

なんとなく、違う気がした。リサはおそらく、本気でパンチで仕留めようと思っていたはずだ。それが彼女のスタイルだからだ。しかし、通用しなかった。一方的にやられてしまって、息も絶えだえだった。

あの飛び膝蹴りは、一か八かで咄嗟《とっさ》に放った技だったのではないだろうか。チャンピオンは強かった。フィジカルもテクニックも戦術も、すべての面でリサを上まわっていたように見えた。

だが、それでもなお、一方的に殴られたままでは、終われなかったのだ。殴られたら殴り返すのが、リサの流儀だからだ。スタイルを変えても、通さなければならない意地があった。

波留は涙がとまらなかった。
いつまでも、とまらなかった。

第四章　真夜中の恋人たち

1

水樹は店に向かいながらふたつのことを考えていた。

ひとつ、作戦をいつ決行するか。

ひとつ、波留は自分たちを裏切らないか。

裏カジノで働きはじめて、今日で二週間。そろそろ限界だった。心身の疲労に、魂さえも蝕《むしば》まれそうだった。

先ほど、駄々をこねているユキに手をあげそうになった。桃香にとめられたが、手をあげそうになった自分にショックを受けた。水樹の母も水樹のことをよく殴った。家計を助けるための酒場勤め――ストレスが溜《た》まり、八つ当たりをされていると子供ながらに感じとれた。

母のようにはなりたくなかったし、ならないようにしてきたつもりだったが、いよいよ自分を保てなくなってきているのだろう。あと数日のうちには決着をつけなくてはならなかった。翡翠がつくったフェイク動画をSNSに拡散する準備は、もうできている。

問題は、波留がどう動くかだった。計画を打ち明けたのは、完全に賭けだった。高蝶に密告される可能性は、少なくない気がした。実際、「わたしの気持ちは変わらない」と啖呵《たんか》を切ってきた。

それでも、不思議とこちらの意見は一致したのだ。檸檬も翡翠も、波留を信じると言いきった。信じるに足りるなにかがあったわけではない。信じなければ意味がない、とふたりの顔には書いてあった。

水樹も波留のことをとことん信じることにした。こんな気持ちは初めてだった。いまの世の中、相手を出し抜くことを考えている連中ばかりが幅を利かせている。出し抜かれないように狡猾《こうかつ》に振る舞うことが讃《たた》えられ、出し抜かれたほうが馬鹿にされる。サバイバルの戦術としては間違っていないのかもしれない。しかし、それだけでいいとも思えない。友情とか連帯とか自己犠牲の話をしているわけではない。

いまの波留は、かつての水樹だった。ダメな男に引っかかり、まわりが見えなくなった経験があるのは、波留だけではないのだ。この先、再び恋の罠《わな》にかからないという保証だってどこにもない。いまの波留は、未来の自分かもしれない。

恋なんてなければ、人生は楽なものだ。水樹は十八歳のとき、六本木の秘密クラブで女王様としてデビューした。天性の素質があるとよく言われた。容姿的にもそうだが、性格的にもたしかに向いているかもしれないと思った。水樹は男勝りで、男嫌いだった。いつだってこの男性中心社会を呪い、女ばかりが虐《しいた》げられていることに苛立《いらだ》っていた。

しかし、それはキャラクターであって、性癖ではなかった。社会的地位の高い男をひざまずかせれば気分がよかったし、いじめて泣かせるのは面白かったが、興奮していたのかと問われると首をかしげざるを得ない。

セックスは普通なのがよかった。欲しいのはいつだって、甘くてロマンチックで胸がキュンキュンのメイクラブ。オルガスムスを嚙《か》みしめながら、自分のことを可《か》愛《わい》い女だと思いたい。ボンデージファッションで仁王立ちになっているのではなく、男の腕の中で金魚のように泳ぎたい。

元夫の光敏がろくな男じゃないことくらい、出会った瞬間からわかっていた。金にも女にもだらしなかったし、救いがたい嘘《うそ》つきだった。それでも、恋に落ちてしまえばあばたもえくぼで、みずから望んで彼の子供を身籠もった。別れたあとに残ったのは、痛恨と自己嫌悪。そして、子供に対する重い責任。

波留のことをどうこう言える立場ではなかった。男でしくじっているのは、水樹も一緒なのだ。檸檬や翡翠もきっと、同じような気持ちを抱いているのではないだろうか。

波留を信じるということは、自分を信じることに他ならなかった。波留を救うのは、自分を救うのと同義だった。ダメだとわかっていてもダメな男と恋してしまう自分を、なんとかして救いたいのだ。

自分を信じられず、自分を欺き、狡猾に振る舞って幾ばくかの利益を得たところで、そんな人生にどんな意味があるのだろう。男でしくじって天を仰いでいる不器用な自分を、自分で抱きしめなくて誰が抱きしめてくれるのだ。

店に入った。

まだ時間が少し早いせいか、営業前の裏カジノは海底のように静まり返っていた。数時間後には破廉恥パーティが始まるベッドの並んだフロアは、照明が消えて黒々とした闇に沈んでいた。

更衣室の扉を開けた。

波留がいた。

バニーガールの衣装に身を包んでいたが、いつもとは別人がそこに立っているようだった。

左右の頰が腫れていた。持ち前の可愛らしさが損われるほどではなかったけれど、昨日休んだ理由がわかった。昨日はもっと腫れていたのだろう。

しかし、別人のように感じられた理由は他にある。眼つきが違った。黒い瞳が澄みきっていた。視線を合わせるのが怖いくらいに強い光を放ち、水樹は気圧《けお》されてしまった。

一歩、二歩、と波留はこちらに近づいてきて、耳元で低く声を絞った。

「例のフェイク動画、いつSNSにアップするの？」

「近日公開予定」

「その前にひと声かけて」

「どうして？」

「高蝶を殴る」

視線と視線がぶつかった。

「逃げる前にぶちのめさないと気がすまない」

そんなことができるの？ という言葉が喉元まで迫《せ》りあがってきた。高蝶にDVを受けて眼を覚ました——それは祝福してもいい展開だった。高蝶も馬鹿なことをしたものだ。余計なことをしなければ、波留はまだ盲目的な恋の中でふわふわと浮き足だっていたかもしれないのに。

だが、それにしても殴る？　ぶちのめす？　攻撃的な強い言葉と鈴を鳴らすような可愛い声が、ハレーションを起こしていた。殴ると言っても相手はやくざ、上背もあれば鎧《よろい》のような筋肉もまとっている。だが、波留に冗談を言っている様子はない。

水樹は深呼吸するように大きく息を吸い、吐きだすと、静かに言った。

「あの男にひと泡吹かせたいなら、もっといい方法があるわよ」

「なに？」

「ここの売上をいただく」

波留はさすがに眼を見開いた。

「裏カジノのいいところは、現金が飛びかっているところ。お客さんがたくさん集まる週末がいいわね。売上は間違いなく、千万単位」

賭博はいつだって胴元に有利なものだし、この店の客はドンペリをポンポン抜くような富裕層だ。おまけに女も買っているから、ゲームでのやりとり以外にも相当な金を落としているはずだった。

客からチップをもらっているという理由で、水樹たちには日当が支払われていなかった。このご時世にひと晩十万前後も稼げているのだから御の字ではないかと、高蝶はうそぶいた。さすが悪党はやることが徹底していると感心した。ならば、と檸檬や翡翠と相談した。被害届なんか出せるわけがない悪党から、ごっそり金を奪ってやろうと……。

「あの男のおかげで〈ヴィオラガールズ〉もパーになっちゃったしね。損失補塡してもらわなきゃ困るのよ。どうする？　この話、乗る？」

波留はしばらくの間、眼を泳がせて逡巡《しゅんじゅん》していたが、やがてしっかりとうなずいた。ハイヒールを力強く鳴らして、更衣室を出ていった。

ひとり残された水樹は、複雑な気分だった。波留を信じてよかった、という思いはもちろんあった。ようやく眼を覚ましてくれたか、と安堵《あんど》の胸を撫《な》で下ろしていた。だがその一方で、波留の口から飛びだした「殴る」という言葉が、胸に刺さったままいつまでも抜けない。

波留が男であったなら、それほど違和感は抱かなかったろう。実際に殴らなくても、男はよく「殴る」と口走る。

似たような感情は女にだってある。だが、こみあげてきた怒りの衝動が、拳を振りまわして相手を殴り倒すというイメージとは結びつきにくい。咄嗟《とっさ》に「殴る」と口走る女は例外的な少数派で、たとえば元ヤンだったりする。波留にはもちろん、元ヤンの匂いはしない。虫も殺せなさそうな、可愛い女の子だ。女らしさを売りにする仕事でナンバーワンなのだ。

しかも、「殴る」と口走った彼女の眼は冷めていなかった。

憎悪に燃え狂っていた。

愛と憎しみはコインの裏表、とよく言われる。女が激しく男を憎むのは、未練が残っている証拠だと……。

不安が胸にひろがっていく。

波留は本当に眼を覚ましてくれたのだろうか。

あるいは、開いているのは片眼だけか。

閉じているもう片方の眼で、高蝶の幻影を追っているということはないのだろうか。

2

翡翠はネカフェの個室にいた。

パソコンの置かれたテーブルと椅子だけがつめこまれた、一畳にも満たないこの窮屈な空間が翡翠は大好きだった。どこよりも落ちつく。新型ウイルスの影響でネカフェも休業を余儀なくされていたが、営業を再開してくれてホッとした。漫画を読むのもＤＶＤで映画を観《み》るのも、考え事をするときだってネカフェだったのだ。

パソコンでの作業となると、自宅の三倍は集中できる。デスクトップの画面に映っているのは、グーグルマップのストリートビュー。逃走ルートを確認している。錦糸町界隈《かいわい》の路地という路地を隈無《くまな》くチェックし、抜け道を探しだす。

もちろん、実際にも現場を歩いているが、目立ちたくなかった。不審者だと思われて得することはなにもない。その点、ストリートビューなら気がすむまで見ていられるし、意外な発見も少なくない。

水樹からついにゴーサインが出た。

裏カジノを潰す計画を、今夜決行する。

フェイク動画に「助けて」とハッシュタグをつけ、インフルエンサーに予約投稿。当然、拡散希望だ。SNSでひろがるのは一瞬だろうが、警察が動きだすタイミングはさすがに読めない。一時間後かもしれないし、一週間後かもしれないし、結局動きださないかもしれない。

予約投稿の時間は、協議のうえ午前一時にした。

売上を強奪して逃げるのは、おそらく午前四時から五時になるだろう。警察の動きだしが思ったより早く、フェイク動画を投稿してから三、四時間以内に踏みこまれてしまったら、強奪計画は決行できない。その場にいた自分たちも全員、警察に連行だ。

　それでいい、と水樹は言った。

「そのときは全部しゃべっちゃおう。知ってること全部。違法賭博も管理売春も現行犯だから、高蝶は確実に逮捕される。それでいいじゃない」

　翡翠はうなずいた。檸檬もだ。

　強奪計画実行前なら、こちらの罪は売春だけ。もちろん、高蝶に脅されて無理やりやらされたと、涙ながらにひと芝居打ってやる。

　その協議は昨日の営業後、女子更衣室で行なわれたのだが、波留もいた。元気はなかったが、眼は死んでいなかった。

「いままですみませんでした。迷惑ばかりかけて本当にごめんなさい。わたし、高蝶と切れる決心をしました」

　消え入りそうな声でそう言った。嘘の匂いはしなかった。翡翠は救われた気分だった。裏カジノの仕事はデリの何十倍もきつかったけれど、波留を助けだせるのなら体を張った甲斐《かい》があったというものだ。

　金など二の次三の次でいい。やくざを出し抜いて売上をがっぽりさらってやるのも痛快だろうが、とりあえず波留が戻ってきて、高蝶が逮捕されるのなら、おいしいお酒が飲めそうだ。

フェイク動画を、パソコン画面で再生してみた。

スマホよりはるかに大きな画面で見ると、粗が目立った。カメラの手ブレはわざとだが、編集がちょっと強引すぎる。短くするためだった。店の場所が特定できるようにしつつ、違法賭博や管理売春が行なわれていることを告発しつつ、女の子が監禁されていることを訴えなければならないわけだが、SNS上で長い動画なんて誰も見ない。できれば十秒、長くても十五秒。監禁シーンの撮影はメイクを含めて六時間以上かかったが、使ったのは二秒くらいだ。

画面に自分の裸が映ると、顔が熱くなった。傷メイクで元の顔がわからないようにしているとはいえ、裸は本物だ。水樹と檸檬はお尻をさらしているし、翡翠はバストトップまで見せている。

世界中にこれが拡散されると思うと、顔だけではなく全身が熱くなって、マウスを握っている手のひらが汗ばんでいった。にわかに喉が渇き、ドリンクバーから持ってきたばかりのペプシコーラを一気に飲んだ。

恥ずかしいことは、もちろん恥ずかしい。だが、それとは別の感情もある。

これはフェイク動画だが、嘘八百のつくりものではなかった。翡翠の怨念を込めた、魂のリアル動画だ。

翡翠は暗い納戸に監禁されていたことがある。

中学二年のときの話だ。どういう経緯でそういうことになったのかわからないが、それまでシングルマザーだった母が急に結婚することになり、街中にあったアパートから林の中の一軒家に引っ越した。あばら家なうえ異常に陽当《ひ》たりが悪いところだったので、居住スペースが広くなったことを喜ぶどころか、拒絶反応に頭やお腹《なか》が痛くなった。

あばら家の家主が継父だった。坊主頭で人相が悪く、いつも汚れたシャツを着ていた。母がどこに惹《ひ》かれて結婚したのかまったく理解できず、継父も中学生の機嫌をとるようなタイプではなかったので、一緒に暮らすようになってもほとんど口をきかなかった。

翡翠の部屋は二階で、真下が夫婦の寝室だった。毎晩のようにあのときの声が聞こえてきた。翡翠はすでにセックスについて知っていた。生命の誕生と関わっているので、頭ごなしにいやらしいものだとは思っていなかったが、母のあえぎ声をうんざりするほど聞かされているうちに、セックスは神聖なものでもなんでもないと悟った。

母にも後ろめたさがあったらしく、態度がどんどん卑屈になっていった。もともとそれほど仲がよかったわけではないけれど、それでも学校であったことを聞いてもらったり、テレビを観て一緒に笑ったりしていたのに、そういうことがいっさいなくなり、母は翡翠の視線さえ避けるようになった。

「なんなのっ！　その汚いものを見るような眼はっ！」

あるとき、悲鳴のような声で怒鳴られた。母は酒を飲んでいた。継父と結婚して以来、真っ昼間から飲むようになった。継父がそうだったからだ。どういうわけか、よく家にいる人だった。家にいるときは、かならず酒を飲んでいた。どうやって生活をしているのか、さっぱりわからなかった。

「パパとママは、大人なら誰だってすることをしているだけよ。そんな眼で見るのはやめなさいっ！」

大人なら誰だって羞恥心というものがあり、もう少し慎み深く愛しあうものではないかと翡翠は思ったが、黙っていた。それから母はどんどん卑屈になっていき、あのときの声は容赦がなくなっていった。獣の雄叫《おたけ》びのような声をあげていた。母が獣になっていくようで怖かった。

結婚してから三カ月後くらいだったろうか、その母が近所のスナックに働きに出ることになったので翡翠はホッとした。母が不在であれば、あのときの声は聞こえない。

しかし、母が働きに出ても家には継父がいた。ある夜、二階にやってきた。翡翠は買ってきたばかりの少年ジャンプを読んでいた。継父はニヤニヤ笑いながら身を寄せてきた。いつものように酔っていたが、いつもと様子が違った。眼が血走って呼吸が荒かった。ニヤニヤ笑いながら、野蛮な気配を撒《ま》き散らしていた。

抱きつかれ、胸をまさぐられた。逃げようとすると思いきり殴られた。継父は筋骨隆々な男だったので、衝撃に意識が飛びそうになった。怖くて抵抗などできなかった。服を脱がされた。好き放題に体をいじられた。やがて白い内腿《うちもも》が破瓜《はか》の鮮血で染まった。

一度では終わらなかった。毎日続いた。途中で母が帰ってきたことがあった。階段をのぼってくる足音がし、助けてもらえることを期待したが、扉を開けた母は、ぼんやりとそこに突っ立っていた。布団の上で裸になっている夫と娘を、ただ冷めた眼で見下してきただけだった。

休日の昼や、母の仕事がない夜は、母と一緒に犯された。並んで四つん這《ば》いにさせられ、交互に後ろから貫かれた。さすがに耐えられなくなり、家出した。一時間ほど電車に乗って、名古屋の栄《さかえ》に行った。東京や大阪は遠く、電車賃がもったいなくて行けなかった。

翡翠は発育が早く、中二でも身長一六〇センチ近かったので、年を誤魔化して働こうとした。小さいころから家事をさせられていたから、居酒屋ならなんとかなるのではないかと思った。美大に行ってデザインの仕事に就きたいという夢があったが、そんな呑気《のんき》なことはもう言っていられなかった。

しかし、居酒屋で働くことはできなかった。従業員募集の貼り紙を探して繁華街をうろうろしている段階で、警察に補導された。継父に虐待を受けていると訴えようとしたが、自分の身に起こったことを言葉にしようとすると失語症になったようにしゃべれなくなり、パニックに陥って泣いているうちに、脂ぎった笑みを浮かべた継父が迎えにきてしまった。

おまえの躾《しつけ》がなってないからだと、継父は母を殴った。翡翠には、もっと厳しい折檻《せっかん》が待っていた。その日から、全裸で生活をするように強いられた。寝るところは、暗くてじめじめした納戸になった。学校には行かなくていいと言われた。納戸から出されるのは、犯されるときだけだった。食事もろくに与えられず、水すら飲ませてもらえない日もあったので、喉が渇いて死にそうだと泣きながら訴えると、継父の小便を飲まされた。

そんなことが、ひと月以上続いた。秋から冬にかけてのことだった。あばら家の底冷えは日に日にひどくなっていくばかりで、風邪《かぜ》を引かなかったことが奇跡に思えた。いつだって震えていた。未来は暗い闇に沈んでいた。たぶんこのまま殺されると思っても、思考回路は働かなかった。日陰の岩をひっくり返すとたくさん出てくるダンゴ虫——ああいうものになってしまった感じだった。

だから、まさかあれほどの強い衝動が自分の中に眠っていたなんて、思っていなかった。あるとき、継父にイラマチオをされていた。イラマチオはフェラチオのすごくハードなやつで、頭をつかまれ喉の奥まで男根を入れられる。息はできないし、えずきそうになるし、苦しくて涙が出てくる。許してほしいと涙眼で訴えても、継父はニヤニヤ笑うばかりで、腰を動かしてきたりする。意識を失いそうになる。

翡翠はキレた。この理不尽さはいったいなんだと思った。気がつけば、口唇深くまで咥《くわ》えこまされていた男根に嚙みついていた。鮮血が飛び散り、継父は悲鳴をあげて布団の上でのたうちまわった。母は声も出せないほど驚いていた。その母に向かって、翡翠は金を出せと恫喝《どうかつ》した。財布を渡された。一万札が三枚と千円札が数枚しか入ってなかったが、全部抜いて家を飛びだした。

警察に補導されないよう、細心の注意を払って東京に向かった。人混みの中でも電車での移動中も、野生動物のように神経を研ぎすませていた。はらわたが煮えくりかえり、叫び声をあげてしまいそうだったが、そんな奇行に走るわけにはいかなかった。

悔やんでも悔やみきれなかった。翡翠は継父の男根に嚙みついたが、食いちぎることはできなかった。食いちぎってやるべきだった。嚙みつくと同時に、下顎を手のひらでガンと突きあげれば、できたのではないか。男根がなくなれば、さすがの継父も二度と悪いことはできない。

東京に出た翡翠は、偽名を使い、年を誤魔化して、新宿のピンサロで働きはじめた。水商売は会話の内容で年がバレるかもしれず、ハードルが高かった。寝泊まりはネカフェだったが、もともとオタク気質だったので快適だった。むさぼるように漫画を読み、寝るのを忘れて映画を観ているうちに、自分でも意外なほど広範な知識を得ることができ、大人と会話するのも平気になった。その後、趣味で始めたコスプレの仲間からは、「翡翠ちゃんって大学生かと思った」とよく言われたが、正真正銘、中学中退だ。

もう十年近く前の話になる。故郷とは完全に縁を切ったので、継父や母があれからどうなったのか知らないし、知りたくもない。なのに、最近ふと思いだすことがよくある。夢にまで出てくる。

継父の正体はやくざだった。

どの組に属し、どんな立場だったのかはわからない。というか、やくざという証拠を見たわけでもない。「組が……」とか、「カシラが……」などとよく口走っていた記憶があるから、あとから考えて、たぶんそうだったんだろうなと思ったにすぎない。

だが、翡翠は確信している。人を恫喝し、人に寄生し、人から奪うことくらいしか、あの男に生きていく術《すべ》なんてないだろう。

高蝶という男は、間違いなく継父と同じ種類の人間だった。

田舎《いなか》やくざの継父と違い、見た目は都会的に洗練され、金儲《かねもう》けの才覚もあるようだが、根っ子のところはそっくりだ。十四歳から夜の世界で生きていれば、やくざでなくとも彼らと同じようなメンタリティの男とすれ違うことは珍しくない。死ねばいいのに、といつも思う。

彼らには共通している特徴がある。

人後《じんご》に落ちない女好きのくせに、女を人と思わない。

死ねばいいのに……また胸底でつぶやいてしまった。

3

甲村はセルシオを運転し、西浅草に向かっていた。週末のせいか、いつになく道は混んでいた。夕暮れが近いせいもあるのだろう。

黄昏《たそがれ》時の浅草は淋《さび》しい。潮が引くように観光客が去っていこうとしているからかもしれないし、浅草という街自体が黄昏時だからかもしれない。

浅草寺や東京スカイツリーのおかげでいまだ観光地として成り立っているが、浅草の盛り場としての全盛期は、戦前から戦後にかけてだ。活動写真や軽演劇を観にきた人たちで、戦前の六区は黒山の人だかりだったらしい。人々は浅草寺をお参りし、映画や演劇を楽しんだあと、よその街にはないハイカラな料理屋で舌鼓を打って帰路に就いた。娯楽は他にもあった。十を超えるストリップ劇場、松竹《しょうちく》歌劇団、演芸ホール……。

そういう活気が浅草に戻ってくることは、もうないだろう。吉原にしてもそうだ。新型ウイルスのせいだけではない。かつて街にあふれていた欲望渦巻くエネルギーは、いまやインターネットが根こそぎ吸いあげてしまった。

欲望そのものはなくならなくても、それを発散させるためのプロセスが変わった。性風俗産業は、これからますますアンダーグラウンド化していくに違いない。吉原に店など構えなくても、セックスを買いたい男と売りたい女をマッチングすれば、それでいいのだから。

〈ヴィオラガールズ〉のようにマッチングを自力でやれば、金を中抜きされることもない。客からもらった金が、そのまま女の子のものになる。客にしても店に金を払うより、情を交わした相手に少しでも多く渡してやりたいはずだ。

だが、その一方で、女の子は店というクッションなしで欲望に対峙《たいじ》しなければならない。欲望の総体とだ。スマートに遊んでくれる客ばかりなら問題ないが、活気あるところに魑魅魍魎《ちみもうりょう》が跋扈《ばっこ》するのは世の習いである。

全盛期の浅草六区ではスリの被害が絶えなかったらしい。恐喝が生業《なりわい》の乱暴者もいれば、詐欺師も声をかけてくるだろうし、置き引きやひったくりだって獲物を探して眼を光らせている。時代の趨勢《すうせい》はもうどうしようもないけれど、街が黄昏れていくほどに、そういう連中がネットの中で活気づく。快楽と儲け話が交錯するカオスの中で、落とし穴をつくって待っている。

狙われるのは女の子だ。

食いものにされるのは女の子だ。

時代が変わっても、どういうわけかそれだけは変わらない。


甲村が目指しているのは、波留の自宅だった。このところ日参しているが、今日は時間が早かった。まだ夕方の五時過ぎ。水樹が午後八時ごろに出勤するので、いつもはそれ以降の時間に訪ねていく。

もちろん、水樹と顔を合わせるのを避けているからだ。波留が高蝶に囲われるきっかけをつくってしまったのだから嫌われてもしかたがないけれど、それ以前から壁を感じた。彼女はおそらく、〈ヴィオラガールズ〉をキャストだけの力で運営したかったのだろう。

だが、もうそんなことは言っていられなくなった。昨日、桃香に異変があった。ひどく思いつめた顔をしていた。なにか言いたげな様子で声をかけてきても、「ごめんなさい、やっぱりいいです」と結局なにも言わなかった。あきらかに問題を抱えているようだった。

桃香は子供じみているぶんだけ純粋だ。そして、彼女に異変があったとすれば、水樹に動きがあったと見て間違いない。桃香にとっても、目下最大の関心事は、錦糸町の裏カジノで働いている四人のことに違いないから……。

水樹に会ってみようと思った。話しづらい相手ではあるが、こちらが波留のことを心配していることはわかってもらえているはずだった。水樹たちが裏カジノに乗りこんでからは、彼女たちのことだって心配している。

セルシオをマンション隣の駐車場に停《と》め、エレベーターで三階にあがった。呼び鈴を押した。反応がなかった。

もう一度、押してみる。扉越しに呼び鈴が鳴っている音は聞こえるのに、やはり反応がない。

まさか飛んだのか――不安がこみあげてきた。そういう展開も充分に考えられる。実際、ヴェルファイアをレンタルしたときは、軽井沢《かるいざわ》の貸別荘まで手配していたのだ。あのときは波留に拒まれたらしいが、今度は強引に力ずくで……。

電話をするためにスマホを取りだそうとしたとき、鍵を開ける音がし、扉が開いた。隙間から桃香が顔を出した。泣いていた。大きな眼からこぼれ落ちる涙を、指で拭っている。

「どうしたんだ？」

甲村が訊《たず》ねると、

「ごめんなさい」

桃香ではなく、後ろから水樹が言った。

「いま取込中だから、帰ってもらっていい？」

いつになく険しい表情で腕組みしながら立っていた。話しあいに参加させてほしいと言いだせる雰囲気ではなかった。甲村はうなずき、踵《きびす》を返した。一階までおりたが、もちろんこのまま帰るわけにはいかなかった。

駐車場のセルシオからでは、位置の関係でマンションの出入り口が見張れそうもなかった。同じマンションの一階にあるカフェに入った。いまどきのこじゃれたハーブティー専門店で、コーヒーがメニューになかった。若い女性店主に勧められるまま、ミントティーを頼んだ。

水樹を待ち伏せするつもりだが、彼女の出勤時間はまだ三時間も先である。ずっとこの店にはいられない。どうしたものかと考えていると、鮮やかな水色のワンピースを身にまとった水樹が、マンションから颯爽《さっそう》と出てきた。黒いナイロン製の大きなバッグを肩にかけている。

「すまない、急用だ」

甲村は財布から千円札を抜いてテーブルに置くと、あわてて店を飛びだし、水樹を追った。

「送りますよ」

後ろから声をかけた。水樹は振り返った。驚いた様子は見せなかった。

「クルマで来てるから、送ります」

話がしたいと言っているのと同じだった。それは水樹もわかっているだろう。少し考えてから、言葉を返してきた。

「桃香が泣いてたのは、また爪弾《つまはじ》きにしたからよ」

「私も爪弾きですか？　桃香さんよりは役に立つと思いますが」

水樹はふっと笑って首を横に振った。

「あの子のほうが、あなたよりよっぽど役に立つ。でも、あなたも責任感じてるんでしょう？」

「ええ」

「なら、運転手くらいはさせてあげようかしら。クルマあっち？」

駐車場に向かって歩く向きを変えた水樹のあとに、甲村は続いた。

水樹の目的地は錦糸町だった。

しかし、到着までに話が終わらなかったので、甲村の運転するセルシオは、ＪＲ錦糸町駅のガード下を通過しても四ツ目通りを南下しつづけた。

水樹はその件についてなにも言わなかった。まだ午後五時三十分だった。時間の余裕はあるだろう、と甲村は判断した。

「あなたのことは好きじゃない。でも敵じゃないこともわかってる。信じて話すけど、余計な口は挟まないでね……」

水樹は淡々と言葉を継いだ。彼女の美しい唇から開陳された計画は、恐るべきものだった。まさか裏カジノを潰すことまで考えているとは思っていなかった。売上強奪に至っては驚愕《きょうがく》のあまり返す言葉を失った。

しかも、決行は今夜。日付の変わった午前一時に、フェイク動画がＳＮＳに拡散されるらしい。そして、店が営業を終了する未明に、売上を強奪。

恐るべき計画を淡々と話している水樹からは、単なる覚悟以上のものが伝わってきた。波留を取り戻すためではあるのだろうが、高蝶にひと泡吹かせなくては気がすまない、という強いモチベーションがあるようだった。

水樹、あるいはその計画に賛同したという檸檬や翡翠も、裏カジノでひどい目に遭っているのかもしれなかった。それを問いただすことは、いや、勘繰ることさえはばかられた。彼女たちはそもそも、女としてもっとも不本意な仕事を生業にしているのだ。その彼女たちが「ひどい」と判断することなんて……。

「私にも協力させてください」

甲村に迷いはなかった。

「店には本職の不良がたむろしてるんでしょう？　女四人じゃ分が悪い」

分が悪いどころか、あまりにも無謀な気がしたが、

「それを余計な口っていうのよ」

水樹は鼻で笑った。

「営業終了したときに店に残ってるのは、ボーイ、ディーラー、高蝶も加えて十人前後。その他に、ボディガードというか見張りの男が出たり入ったり。それは全部、わたしたちだけで倒す」

「いや、しかし……」

「安心して」

水樹は横顔で笑った。

「それなりに手を尽くして、勝算がある計画を立てたから」

詳しい内容までは話すつもりはないらしい。

「それに、あなたのこともちょっとはあてにしてる。だから送ってもらったのよ」

「なにをすればいいですか?」

「運転手」

「逃走用の?」

「そう。レンタカー借りるつもりだったけど、運転免許をもってるのが檸檬さんしかいないのよ。ゴールドのペーパードライバー」

「それは……」

「不安よね。翡翠がナビ役を引き受けてくれて、ストリートビューと格闘してるけど、さすがに運転手がペーパーじゃ……あなたがこのクルマを運転してくれたほうがよっぽどマシ」

「引き受けましょう」

甲村は快諾した。現地にまで行ってしまえば、店の様子をうかがうことも可能だろう。彼女たちの邪魔をするつもりはない。ただ、取り返しのつかないことになってもらっては困る。腕っ節に自信はないが、盾くらいにはなれる。

「もうひとつ」

ルームミラーに映っている水樹が、不意に顔をそむけた。顎のラインが美しい横顔に、哀《かな》しげな影が浮かんだ。

「できれば、あとのこともお願いしたい。わたしになにかあった場合……桃香に頼んであるから……」

「ユキちゃん、ですか？」

「ええ。子守りに関して、あの子はあなたより役に立つ。でも、まだ二十歳の女の子だからね。大人として支えてあげてくれれば……助かります」

「……わかりました」

やはり、と甲村は胸底でつぶやいた。自分が盾になる必要があるようだった。なにかあった場合のことを考える前に、まずは計画を成功させるために全力を尽くしたほうがいい。

「じゃあ、錦糸町に戻って。店の場所とか、伝えられることはいまのうちに伝えておくから……」

甲村がUターンするためにハンドルを切ると、水樹は上を向いて大きく息を吐きだした。涙があふれるのをこらえているように、甲村には見えた。

午後六時──。

甲村は駅付近の目立たない裏道で、水樹をクルマから降ろした。まだ出勤には早い。最後のミーティングでもあるのだろう、水樹は店とは反対方向に歩いていった。高蝶に囲われている波留はともかく、檸檬や翡翠と店外で会うのは難しいことではない。

準備にかからなければならなかった。逃走の準備は、あとでガソリンを満タンにしておけばいいが、盾になる準備が必要だ。

現実感がなかった。クルマを運転していても、足元がふわふわして雲の上にいるようだった。ずいぶん長い間、世間の裏街道を歩いてきたが、まさかやくざから金を強奪するようなことになるなんて、夢にも思っていなかった。

やくざを含め、その舎弟や取り巻き十人を相手に、女四人で挑むというのに、水樹はやけに自信たっぷりだった。「わたしたちだけで倒す」と言いきっていた。ムキになって我を失っているようには見えなかったし、興奮に声が熱を帯びていることもなく、むしろ怖いくらいに落ち着き払っていた。

クスリでも用意しているのだろうか。デートレイプドラッグ——無味無臭で、飲み物に混入させれば相手に気づかれることなく意識を奪えるというクスリがある。それをいっせいに飲ませるシチュエーションをつくれるなら、屈強な男が十人いようが勝利は確実だ。

そうでなければ拳銃を入手したか。相手が喧嘩《けんか》慣れしていた場合、刃物では威嚇できない。むしろ興奮させてしまう。その点、拳銃の引き金なら女の細腕でも簡単に引ける。裏カジノなんて防音に気を遣っているはずだから、一発、二発、撃ったところで近隣が騒ぎだすこともないだろう。

相手は抵抗できなくなる。轟《とどろ》く銃声が、死をリアルにイメージさせるからだ。次の一発で頭や心臓を撃ち抜かれれば、命を落としてしまうと震えあがる、もっとも、相手も拳銃を持っていた場合、銃撃戦になってしまうが。

ドラッグにしろ拳銃にしろ、素人《しろうと》がそう簡単に手に入れることはできない――とは言いきれない。魑魅魍魎が跋扈しているネットの世界なら、どんなことだって不可能ではない。実際に闇サイトでマリファナやコカインを手に入れたという話を、複数の人間から聞いたことがある。

しかし、残念ながら甲村には、ネットの知識が足りていなかった。いまから闇サイトについて学習し、アクセスして情報の真贋《しんがん》を見極め、拳銃を手に入れるほどの時間はなかった。

できる範囲で武装するしかないと、防犯グッズを取り扱っている店舗をネットで探した。いちばん近い秋葉原《あきはばら》の店にクルマを走らせた。

こういう場合、真っ先に思い浮かぶ武器はスタンガンだ。高電圧が与える電気ショックで、相手を動かなくできる――らしい。しかし、店主は別のものを勧めてきた。

「うちで扱ってるスタンガンじゃ、服の上からあてても効果ないですよ。首筋に確実にあてないと相手をノックアウトできない。これがあんがい難しくてね。相手が頭に血が昇ってる暴漢だったりしたら、どうにもならないですな。格闘技でもやってれば別ですが、格闘技やってるならそもそもスタンガンなんて必要ないでしょう？」

もっともな話である。

「空中放電で威嚇することはできますけどね。バチバチッて嫌な音がするし。でも、相手を確実に動けなくしたいなら、催涙スプレーにしときなさい。スタンガンは手の届く距離まで行かないと使えないけど、催涙スプレーなら二メートルくらい離れたところから噴射しても効く。相手と距離をとれる。暴力に慣れてない向きには、これが大きなアドバンテージになる」

催涙スプレーを買うことにした。噴射する成分が唐辛子と聞いて苦笑いしてしまったが、効果は間違いないらしい。信じるしかないだろう。

いったん、西浅草に戻った。

途中で芋羊羹《いもようかん》を買った。桃香への土産《みやげ》だ。酒飲みのせいか、彼女はあまり甘いものを好まない。しかし、芋羊羹だけは別なのだ。

「これホント、いくらでも食べられますよ。いくらでも食べちゃ、まずいことになりそうですけどね」

いつもそう言っては、腹をさすりながら笑っている。

部屋の呼び鈴を押すと、桃香が開けてくれた。もう泣いていなかった。ただ、雰囲気がいつもと違った。どう違うのかは、すぐにはわからなかった。

ユキと遊んでいたようだった。リビングの床に、ウォータースライダーのミニチュア版のようなものが置かれていた。カラフルなプラスチックのパーツを組みあわせて複雑に入り組んだスロープをつくり、そこに玉を転がすのだ。知育玩具の一種だろう。

「いくよ、いくよ。今度はどこから出てくるかなー」

スロープのてっぺんに玉を落とした桃香は、手を叩《たた》いてキャッキャとはしゃいだ。ユキも釣られてはしゃいでいるが、どう見ても桃香のほうがノリノリだった。

「ここじゃない？　ここから出てくるんじゃない？」

玉の到着地点を予想し、当たればガッツポーズをとり、はずれればがっくりと肩を落とす。

だが、いくらはしゃいでいても、子供じみて見えなかった。桃香は大人として、幼児の目線まで自分からおりていっていた。まるで保育士みたいだった。桃香とユキが遊んでいるところを見て、そんな印象を抱いたことはない。今日の彼女は、大人びていた。キャッキャとはしゃげばはしゃぐほど、そう見えた。

「水樹さんと話をした」

甲村は静かに言った。

「今夜の計画、私も運転手として手伝うことになったよ」

桃香は答えなかった。甲村に背を向けたまま、「今度はどこかなー」とおどけた声でユキに言う。スロープのてっぺんから玉を落とす。手を叩いてはしゃぐ。その背中が、不意に震えだした。

「……みんなすごいですよね」

背中を向けたまま、桃香は言った。

「いろんなことに真剣。わたしみたいに人生ナメてない。泣けてきますよ。自分が情けなくて……」

本当に涙を流しているらしく、ユキが心配そうに桃香の顔をのぞきこむ。

「おねえたん……おねえたん……」

「大丈夫よ。はーい、次はどこから出てくるかなー」

スロープのてっぺんから玉を落としても、桃香はもうはしゃげなかった。こみあげてくるものを、必死にこらえているようだった。

「わたしなんていつだって肝心なことから逃げて……騙《だま》されるのわかってて騙されるから、本当は全然傷ついてなくて……馬鹿で役立たずなのしっかり自覚してるのに直せなくて……女は馬鹿なほうが可愛いでしょーなんて言ったりして……でもみんなは……戦ってる」

嗚咽《おえつ》をこらえきれなくなり、号泣しはじめた桃香を見て、ユキは呆然《ぼうぜん》としている。まだ汚いものをなにひとつ見ていない澄んだ瞳に、もらい泣きの涙をためる。

「水樹さんは言ってましたよ……」

甲村も熱いものがこみあげてきそうになった。

「私なんかより、桃香さんのほうがずっと役に立つって」

少女が大人になる瞬間に立ちあっているのは、悪い気分ではなかった。ソープランドの仕事を十五年も続けてしまったのは、もしかするとその瞬間に立ちあえるからなのかもしれなかった。

セックスで金を稼ぐ仕事は過酷であり残酷だ。それでも稼ぐ必要があるなら、四の五の言わず働かなければならない。運命を呪い、自己嫌悪にまみれながら、なんとか現実と折り合いをつけるしかない。

現実と折り合いをつけることは、普通の若者にも必要な通過儀礼だ。ただ、ソープランドで働きはじめた女の子は、普通より何倍も速く大人への階段を駆けあがらなければならない。そうでなければ続けられない。

〈ヴィオラ〉では、やめていく女の子のほうがずっと多かった。やめなかった者には、例外なく迷いが消えた瞬間がある。花のつぼみが一夜にして花開くように、パッと明るくなる。何事にも動じないしたたかさを手に入れ、奪われる側から与える側へと立ち位置が変わる。

水樹も檸檬も翡翠もそうだった。いちばん劇的だったのは波留だった。面接を終え、蒔田の講習を受けたあとは、この世の終わりのような顔をしていた。それが、客をとるたびに明るくなっていった。ダイヤの原石が、お客さまによって磨かれたのだ。キャストを磨くのはなにも、黒服だけの特権ではない。

「約束します」

震えのとまらない桃香の背中に声をかけた。

「全員無事で戻ってきます。キミはなにも心配しないでいい……これ、芋羊羹。よかったら食べてください」

甲村は部屋を辞した。桃香は最後までこちらに顔を向けなかった。幸運を祈ってくれ、と胸底でつぶやいた。〈ヴィオラ〉が育てた、〈ヴィオラガールズ〉たちの幸運を……。

4

檸檬は両脚を大きくひろげて客のピストン運動を受けとめていた。

額にじわりと汗が浮かんだのは、欲情のせいではなかった。〈ヴィオラ〉ではセックスに気持ちを込めることに全力を傾けていた。結合しているときは、お尻の穴に力を込めた。そうすると前の穴も締まるという説を女性用エロサイトで読んだからだが、実際に締まるかどうかより、お客さまに少しでも気持ちよくなってもらいたいという、心のもちようが重要だと思っている。

だが、この裏カジノでは手を抜かなければ心身がもたなかった。感じているふりをして声をあげていても、内心では早く終わってくれないかなあと頭をポリポリ掻《か》いていた。

もちろん、今日に限ってはそうではない。手を抜くのはいつも通りでも、店内の様子に細心の注意を払っていなくてはならない。フェイク動画が拡散される午前一時が迫ってくると、客が射精しているのにまだ声をあげつづけるという失態を演じてしまうほど、気もそぞろになっていた。

あと十分、あと五分、と壁時計で時刻を確認するたびに、檸檬の心臓は縮みあがった。不安ばかりが、胸いっぱいにひろがっていった。店の営業前、カラオケボックスに集合して計画の最終確認をした。波留は来られず、参加者は水樹と翡翠。ふたりとも自信満々だった。絶対に成功させてやると、勝利に向かってまっしぐらな感じだった。

驚くほどポジティブなオーラを出していた。なにか事を成し遂げる人というのは、きっとこういうタイプなのだろうと思った。檸檬は根がネガティブだった。臆病な心配性でもあった。

逃走用のレンタカーを運転しなくていいという、思ってもみなかった朗報が届いたにもかかわらず、手放しで喜べなかった。なにかが引っかかっていた。充分に考え抜いた計画だが、大きなミステイクをしているような気がしてならなかった。とはいえ、口にはできなかった。具体的なことはなにも指摘できないから、ということは単なる直感だ。それに、水樹や翡翠にしても不安がないわけではなく、不安があるからこそ強気な態度を崩さないのだろう。

不安要素のいちばん大きなものは、波留だった。

こういう状況なのだからしかたがないのかもしれないが、笑顔をまったく見せなくなったし、口数も異様に少なくなった。それでいて、「高蝶はわたしにまかせて」と頑《かたく》なに言いつづけている。どうやって倒すつもりなのか訊ねても、なにも答えてくれない。不安になるなというほうが難しい。

だが違った。

自分が引っかかっていたのは波留とは別のことだったのだといまになってようやく気づき、雷に打たれたような衝撃を受けた。

午前一時三十分、ボーイたちの動きがおかしくなった。普段なら絶対に店内を走ったりしないのに、緊張の面持ちでダッシュしていた。ゲームテーブルのまわりに集っている客が、ブーイングをあげた。ゲームが中止になったのだ。程なくして、音楽が消え、照明が明るくなって、場内アナウンスが入った。

「大変申し訳ございません。本日はこれにて営業終了とさせていただきます。迅速にチェックして退店してください……繰り返します……」

ガサ入れの前兆に違いなかった。

檸檬はこの空気を知っていた。

五、六年前、西日本のストリップ小屋をまわっていたことがある。期間は三カ月くらいだろうか。踊り子として舞台に出ていたわけではなく、踊り子をやっている友達がいて、彼女のお供としてついていったのだ。

その直前、檸檬は愛人をしていた与党代議士に関係の清算を迫られ、放心状態に陥っていた。お手当は上々、体の相性も抜群だったが、なにより彼のことを本気で好きになってしまっていたので、結婚は無理でもずっと付き合っていたいと思っていたのに……。

結局別れることになり、センチメンタルジャーニー気分でついていった。ストリッパーはワンステージ二十分、日に四度の香盤《こうばん》をこなせばあとは自由時間なので、友達は暇をもてあましていた。近くに温泉があれば入りにいったし、観光地があれば一緒に足を運んだ。旅が仕事の彼女はご当地グルメにとても詳しく、どこに行ってもおいしいものが食べられた。

生まれて初めて見たストリップも、あんがい面白かった。ステージ上で虹色の光線を浴びて踊るおねえさんたちに圧倒された。しかし、「あんたも試しに出てみれば」と誘われても首を横に振ることしかできなかった。数十人の男の前でなにも穿《は》いていない股間を出張《でば》らせ、あそこを指でひろげるなんて、自分には絶対に無理だと思った。

「愛人やってたんやろ？　踊り子のほうがええやん。パーッと明るいライト浴びてな。愛人なんて暗い、暗い」

おねえさんに言われたが、暗くてけっこうだと思った。

ガサ入れを経験したのは、大阪の下町にある場末感漂う小屋だった。

檸檬はそのとき、舞台袖からステージを見ていた。踊っていたのは友達だった。

彼女はどこへ行ってもダンスがいちばんうまく、女の体を誰よりも美しく見せていた。何度見ても飽きなかった。客席から見学してもべつに小屋の人には怒られないのだが、彼女はそちらに向かって剝《む》きだしの股間を出張らせるわけで、さすがに恥ずかしかった。

「まずいで。かぶりつきにデコスケがおる」

支配人の顔が青ざめると、その緊張感は強い風が吹きつけてきたように舞台裏にひろがっていった。スタッフは大慌てで楽屋に飛んでいった。支配人は檸檬の肩をつかんで言った。

「あんた、はよ逃げえ。ここにおったら、難儀なことになる」

楽屋のほうに突き飛ばされた。楽屋では、おねえさんたちが涙眼で逃げる準備をしていた。裏口から一緒に逃げた。必死になって逃げまわったが、細い路地で刑事に挟み撃ちにされて捕まった。檸檬は踊り子ではなかったのでその日のうちに帰されたが、友達は二週間近く勾留されていたはずだ。

あのときと同じ空気が、いまこの裏カジノを支配していた。黒服たちの顔のこわばり方は尋常ではなかった。檸檬を抱いている男は、もうすぐ射精しそうだった。にもかかわらず、カーテンの中に入ってきて檸檬から乱暴に引きはがした。客が不満をもらしても、早く服を着るよう居丈高に命じた。

「おまえらも早く帰れ！」

黒服に怒鳴られ、檸檬たちはそそくさと更衣室に向かった。バニーガールの衣装を着直す暇さえ与えられなかった。どうせすぐに私服に着替えなければならないのだが、ほぼ全裸で店内を小走りに駆け抜けていくみじめさは、なかなかのものだった。

こういうときに人間性は出るものだ、と檸檬は自分を追いたてた黒服を蔑《さげす》んだ。ウエノという名前だった。彼とは一度、寝ている。一度でも情を交わした女を大事にできないなんて、男として下の下の下だ。

この裏カジノの黒服は、馬鹿ばっかりだった。高蝶の下に彼の右腕らしき三十代半ばの男がいて、その下にウエノをはじめとした三十歳前後の中堅が四、五人。その他、パシリのような若手がふたり。

あとはディーラーが三人と、高蝶の舎弟ふうの男が不規則に出入りしていたが、ボーイを務めている黒服に限って言えば、本当に質が悪かった。女の子にまったく気を遣えないし、口のきき方もなってない。〈ヴィオラ〉の黒服がどれだけ優秀だったのか、あらためて思い知らされたほどだ。

ただ、馬鹿とハサミは使いよう。檸檬たちが仕事をしているベッドは透けたカーテンがかかっているだけで、組んずほぐれつが丸見えになっている。順番待ちで並んでいる客からも、上のフロアの客からもあえいでいる姿を見られてしまう。ストリップより恥ずかしいと檸檬の心は千々に乱れたが、逆に言えば、こちらからもまわりが見えている。セックスライブショーに煽《あお》られて興奮しているのは、客だけではなかった。

ウエノが自分の裸身に熱い視線を注いでいることに、檸檬はすぐに気づいた。黒服でなければ行列に並びたい、と顔に書いてあった。女はいつだって、そういう視線にとても目敏《めざと》い。

入店二日目、仕事が終わってもすぐに帰宅せず、ウエノを待ち伏せした。幸いにも、ひとりで出てきて、ひとりで豚骨ラーメン屋に入っていった。

檸檬は続いた。ウエノを見つけると、「あっ」と眼を丸くして驚いたふりをし、恥ずかしそうにもじもじしたが、きっちり隣に腰をおろした。ウエノからは緊張が伝わってきた。店でブラックスーツを着ているときは居丈高に振る舞えても、元来小心者なのだろう。

視線で誘ってやると尻込みさえしそうになったが、三十分後にはラブホテルでセックスしていた。小心者ほど一度セックスすると偉そうになり、おしゃべりになるものだ。貴重な情報を、たくさん教えてくれた。檸檬はいちばん知りたかったことを、まず訊《たず》ねた。

「ああいう危ないお店の黒服って、やっぱり拳銃とか持ってるんですか？」

「おとろしいこと言わんといて」

ウエノは笑った。関西弁で話す人だった。

「あっこの店は客選んどるから、トラブルとかほとんど起きへんのや。ようわからん外国人とか、最初から入れへんしね」

でも、とウエノは少しだけ険しい表情になった。

「店長はチャカくらい持っとるかもな。わいらは堅気《かたぎ》やけど、あの人、本職の不良やし。ごっつやばい人やから……」

どこがどうやばいのか、いろいろと教えてくれた。翌日、水樹と翡翠に報告したが、ふたりは驚かず、ただ不快そうに顔をしかめた。

「前にここでバニーやってた子たち、北陸の温泉宿に売られたんでしょ」

「人里離れた山の中らしいわよ。地獄ね」

ふたりがどこでその情報を仕入れたのか、檸檬は訊ねなかった。こちらもあまり言いたくなかったからだ。ただ、情報は日に日に集まりつづけた。売上の実態、金のありか、そして、高蝶と警察との関係……。

警察の内部に高蝶と通じている者がいるという水樹の推理は、間違っていなかったようだ。それについては、檸檬も情報を得ていた。

しかし、見落としていたことがある。フェイク動画がアップされてから、まだ三十分しか経《た》っていない。いくらなんでも、警察が動くには早すぎる。

たとえ警察が動かなくても、警察内部にいる高蝶の犬がまだなにも知らなくても、フェイク動画拡散の情報はここに流れてくるのだ。高蝶の友人知人、悪事の関係者。スタッフにだってそれがいる。誰かがSNSで眼にすれば、連絡を入れるに決まっているではないか。

「どうして気づかなかったんだろう……」

女子更衣室に入ると、水樹は顔面蒼白《そうはく》で唇を嚙みしめていた。心底悔しげな表情をしつつ、あわてた様子でブラジャーを着け、ショーツを穿き、ストッキングを脚に通していく。

「わたしのミスよ。大チョンボ。まさかあの計画に、こんなに大きな穴が空いていたなんて……」

計画を継ぎ足したからだ、と檸檬は思った。最初はフェイク動画をSNSで拡散するだけのつもりだった。それが怒りのあまり売上まで強奪することになり、いつの間にかそちらがメインになっていた。強奪がメインになった段階で、潔くフェイク動画は捨てるべきだったのだ。動画の完成度が高すぎて、誰の頭にも捨てるというアイデアが浮かばなかったらしい。

「予定が三時間繰りあがっただけじゃない」

波留が薄く笑いながら言った。

「予定通りにいきましょうよ。どうせ警察はまだ来ない。摘発があるかもしれないと思われてるなら、組関係の人だってここには近づいてこないでしょう。むしろチャンスよ」

檸檬と水樹と翡翠は、息をつめて眼を見合わせた。波留の度胸に感心しつつ、うなずきあった。こんなに早くクローズしてしまったら、たいして売上はないんじゃないかと檸檬は思ったが、士気に関わるので黙っていた。

全員、着替えがすんだ。示し合わせたわけでもないのに、みんなワンピースだった。着替えを時短するためだろう。でも、なんか嬉しかった。波留が赤、水樹が水色、翡翠が緑、檸檬は黄色だ。

「戦隊ヒーローかよ」

翡翠が苦笑し、

「桃レンジャーはお留守番ね」

檸檬も笑った。

なんだかわくわくしてきた。臆病でネガティブなくせに、心の底ではスリルを求めているのが檸檬だった。ストリップ小屋にガサ入れがあったときもそうだった。

キャーキャー言いながら路地裏を逃げまわり、捕まったらどうなるんだろうと泣きそうになりながらも、キャーキャー言うことを楽しんでいるもうひとりの自分がいた。

「それじゃあ、戦隊ヒーロー〈ヴィオラガールズ〉、悪の軍団をやっつけにいきましょう」

水樹が先陣を切って、女子更衣室から飛びだしていった。

5

時間が進むのがやけに遅く、甲村はじりじりしていた。

いまや東京は、監視カメラでいっぱいだ。愛車でうろうろしているのはあまり得策とは思えなかったが、じっとしていられなかった。浅草を振りだしに、両国《りょうごく》、木《き》場《ば》、砂町《すなまち》、大島《おおじま》、平井《ひらい》、押上《おしあげ》と下町を走りつづけた。錦糸町を中心に、そのまわりを旋回している格好だった。

午前一時を過ぎると、クルマを路肩に停めた。スマホを取りだし、ツイッターを開く。フェイク動画が拡散される時間だった。甲村はまだ、それを見ていなかった。水樹は自信満々だった。「超リアルだからみんな絶対騙される」。ハッシュタグは

「#助けて」「#監禁」「#裏カジノ」。

　ヒットした。再生ボタンを押した。

　粗くブレブレの動画は、それでも裏カジノの場所を特定できるように、計算されているようだった。十数秒の動画に音声はついていなかった。白抜きのままの袖看板や分厚い扉の入口、バカラに熱狂する人々、透けたカーテンだけに仕切られた複数のベッドなどが、テンポよく映しだされた。

　まさかこんなところで客をとらされているのか——慄然としたのも束《つか》の間《ま》、トドメを刺すようにラストの監禁場面が闇に浮かびあがってくる。

　暗く狭い空間に、裸の女が三人、しゃがみこんでいた。水樹と檸檬と翡翠らしいが、暴行を受けた直後のように顔が傷だらけなので、教えられていなければわからなかっただろう。なんだこれは？　と思った瞬間に終わってしまうから、もう一度再生せずにはいられない。ほんの二、三秒のシーンながら、すさまじいインパクトだった。

　裸の女のひとりが、最後にカメラを見る。光の加減なのか加工したのか、白眼が一瞬真っ赤に染まって、血の涙を流しているように見える。怒り、哀しみ、憎しみ、恨み……それらの感情が渾然《こんぜん》一体となり、世界を呪っているような迫力がある。

　たぶん翡翠だが、こんな女だったろうか。甲村の知る彼女は、知的な美人だが薄幸そうで、暗い色気の持ち主だった。暗いといっても世界を呪うような感じではなく、昭和歌謡でよく歌われていた愛人タイプというか、美人薄命めいた儚《はかな》さで男を虜《とりこ》にする……。

演技だとしたら、たいしたものだった。しかし、演技にしては凄《すご》みがありすぎる。本当に、裏カジノでひどい目に遭わされているのかもしれない。透けたカーテンだけに仕切られたベッドが気になった。相当な辛酸を舐《な》めさせられなくては、こんな眼つきはできない。

いても立ってもいられなくなり、甲村はクルマを出した。彼女たちが売上を強奪するのは、営業終了後の午前四時から五時にかけて、という段取りになっている。まだ時間があるが、錦糸町に向かわずにいられなかった。

闇深い裏道を進んでいくと、目の前に人だかりが見えた。裏カジノの入ったビルの前だった。二、三十人いる。ここは比較的静かな通りなので、異常な感じがした。飲み屋はある。裏カジノの入ったビルの一階もラウンジだし、階上はスナックだ。しかし、キャバクラやピンサロが派手な看板をチカチカ点滅させているわけではない。そういう通りは別にあり、そちらであれば終電が終わったこの時間に人だかりができていても違和感はないのだが……。

ゆっくりと前を通過した。

人だかりは、なにかに引き寄せられて集まっている雰囲気ではなかった。ストリートファイトを取り囲んでいる野次馬たち、のようなものではなく、ビルから吐きだされてきている。表情にうっすらと失望感がうかがえる。目当ての店が臨時休業だったときのような……。

裏カジノが休みだったのだろうか。そうであれば、さすがに水樹から連絡が入るだろう。となると、営業途中に臨時休業になった――もちろん、別の店の可能性もある。身なりのいい男が目立つが、だからといって裏カジノの客とは断定できない。ビルから出てきた客のひとりが、血相を変えてその場から離れた。逃げだした、という雰囲気だった。太った中年男だったので小走りだったが、できることなら全力疾走したいと顔に書いてあった。

まるでそれが合図だったように、人々は次々にその場から離れだした。異常な感じに拍車がかかった。まるで沈没船からいっせいに逃げだす小動物だった。

甲村はいったん通りすぎてから、区画をひとまわりしてビルに戻った。地下駐車場にセルシオを入れた。水樹たちとの待ち合わせ場所だった。午前四時にここでスタンバイしておくことになっている。万が一のため、待ち合わせ場所は他に三箇所ほど決めておいたが、ここが第一候補だ。

いつも空いているからと水樹が言っていたとおり、地下駐車場はガランとしていた。十台ほど停めるスペースがあるのに、ワンボックスカーが一台しか停まっていない。送迎車の基地なのかもしれない。キャバクラなら女の子たちの送り、デリヘルなら絶賛営業中の時間帯だ。

そんなことより、階上のことが気になった。裏カジノが突然営業をやめたとすれば、トラブルが発生した可能性が高い。たとえば、SNSに拡散されたあのまがまがしいフェイク動画に気づいたとか……ハッとした。

動画の拡散が午前一時で、売上の強奪が午前四時から五時という設定に、どうして疑問を抱かなかったのだろう。他にもいろいろ考えることがあったので、水樹の説明をそのまま呑《の》みこんでしまっていた。

売上を強奪したあとに警察が踏みこんでくるのがベストの展開——水樹はそう考えているはずだった。そのために三、四時間のタイムラグをとった。SNSが炎上しても、警察はすぐには動かないだろうと……。

実際そうかもしれないが、フェイク動画のせいでよけいな騒ぎを起こしてしまったのではないか。そんな手の込んだことをしなくても、強奪したあとに一一〇番したほうが、よほど話は簡単だったはずだ。

だが、もうすでにフェイク動画は拡散されている。スマホを取りだしてツイッターを確認すると、早くも一万回以上再生されていた。水樹たちの目論見《もくろみ》通り、「マジか」「通報、通報」「俺このビル知ってる」と、ネットの住人たちは騒ぎだしている。

階上も騒ぎになっているような気がしてしようがなかった。そうであるなら、駆けつけて盾になる役割を果たさなければならない。震える手で、シートベルトをはずした。

だがしかし、騒ぎになっていない可能性もある。臨時休業になったのが、別の店という肩すかしだって充分に考えられる。

その場合、紹介者もなく現れた人間を、裏カジノはあっさり入れてくれるのだろうか。荷物をあらためられ、催涙スプレーが見つかったら、どうなってしまうのか……。

コンコンとサイドウインドウを叩かれ、甲村はビクッとした。

男が立っていた。窓を開けろとジェスチャーで伝えてくる。

甲村はウインドウをおろした。

「なにやってんの、こんなところで？」

男は凄んできた。こちらの正体に気づいていないようだった。伊達《だて》メガネ、つけ髭《ひげ》、ハンチング帽――変装してきた甲斐があった。

甲村は男に笑いかけた。満面の笑みを浮かべつつ気づかれないようにドアロックを解除し、ドアハンドルを引くと同時にドアを蹴った。渾身の力をこめて蹴ったので、ドアの前に立っていた男は吹っ飛んだ。

引き抜き屋だった。

金髪に眼帯。ホストのような甘いマスクをしている――顔を見た瞬間、耐えがたい衝動がこみあげてきて、体が勝手に動きだした。エンジンをかけてバックすると、キキーッとタイヤが悲鳴をあげた。逃げるつもりではなかった。すぐにシフトをDに入れ直し、アクセルを踏みこむ。

引き抜き屋はふらふらと起きあがるところだった。泡を食っていて突進してくるクルマを避けられなかった。ドンという強い衝撃があり、ボンネットの上に跳ねあがってきて地面に転がり落ちた。

死ぬほどではなかった。手加減したわけではない。助走が足りなかった。殺してやる、ともう一度バックして突っこむ。手か足か、体のどこかを轢《ひ》いた手応えがあった。叫び声が地下駐車場の低い天井にわんわん響いた。しかし、まだ死んでいない。甲村は唇を歪《ゆが》めて舌打ちした。

殺意で全身が熱く燃えていた。燃え狂っていた。

この男に飲まされた煮え湯の味を忘れてはいなかった。忘れたくても、忘れられるわけがない。

蒼野まゆ――甲村が生涯でただひとり、結婚の約束を交わした女だった。〈ヴィオラ〉のキャストの中で、一緒に食事をしたことがあるのは桃香だけだが、体を重ねたことがあるのはまゆだけだ。

その日、甲村は観音裏のバーで飲んでいた。かつて大規模な花街だった観音裏には、地元の人間しか知らない名店が数多い。たいていが個人経営か家族経営の小さな店で、隠れ家的と言えば隠れ家的であり、どことなく旧花街の情緒を感じさせる。

まゆが店に入ってきたのは、偶然だろう。道を歩いていたら酒が飲みたくなってふらりと入ってきました、という顔をしていた。とはいえ、深夜一時過ぎだった。甲村は仕事を終えたあとだったが、まゆは非番だった。

ベッドに入っても眠れなくて飲みに出た、とあとから聞いた。店の近くのウィークリーマンションに仮住まいしていた。新人には珍しくないことだが、近所のバーにひとりで飲みにくる女は、たぶん珍しい。

六席あるカウンター席に座っていたのは甲村だけで、まゆは疲れた笑みを浮かべて会釈すると、隣に腰をおろした。困ったな、と思った。偶然にしろキャストと酒を飲むのはまずいと思った。しかし、甲村はラフロイグのオン・ザ・ロックを頼んだばかりだった。これを飲んだら帰ろう、とグラスを口に運んだ。

まゆはギムレットを注文した。ガムは抜いてくださいと言った。若いくせにやたらと無口なマスターが小気味よい音をたててシェイカーを振り、冷えたショートグラスをまゆの前に滑らせた。

まゆは黙って飲んだ。甲村も話しかけなかった。にもかかわらず、不思議な居心地《いごこち》のよさを感じていた。「ワルツ・フォー・デビイ」が静かに流れていた。ビル・エヴァンスのピアノも耳に心地よかったけれど、まゆが隣にいるという状況はそれ以上の陶酔を運んできて、癖の強いラフロイグの味を甘美にした。

おかげで、おかわりを頼んでしまった。クラッシュアイスが溶けないうちにギムレットを飲み干したまゆは、次にマティーニを頼んだ。オリーブはいりませんと言った。

強いんだな、とぼんやり思った。いや、そうではないか、と思い直した。深夜にハードリカーを呷《あお》らなければやりきれないような仕事を、彼女は始めたばかりだった。

女らしさを競いあっているような〈ヴィオラ〉のキャストの中で、まゆは異色の存在だった。ショートカットでボーイッシュだった。なのにひどく繊細そうで、つかんだら壊れてしまう飴《あめ》細工の菓子を彷彿《ほうふつ》とさせた。売れっ子のソープ嬢になるためには、ひと皮もふた皮も剝ける必要があった。

いつも声が震えていた。黙っていても、心の震えが伝わってくるようだった。その震えがシンクロしたから、まゆの隣にいるのが心地よかったのだろう。彼女が世界に対して震えているように、甲村も震えていた。こんな仕事をいつまで続けているのだろうと、当時は思い悩むことが多かった。いつの間にか、黒服の中でいちばんのベテランになっていた。

会話もないままバーを出た。やはりなにも言わずにラブホテルに入り、ベッドで愛しあった。

彼女もまた、甲村の心の震えを感じとってくれたからだと思った。一度の射精が、あれほど劇的に目の前の風景を変えてしまった経験はない。ルールを破ってしまった以上、〈ヴィオラ〉はやめなければならないと思った。そして、まゆはソープ嬢に向いていなかった。売れっ子なんてとんでもない、三カ月ももたずにやめていくことは眼に見えていると、当時は思っていた。

ならば一緒にこの業界から足を洗い、新しい世界を目指したらいい。

「結婚しよう」

甲村の言葉に、まゆは熱いキスで応えてくれた。その体は、驚くほど抱き心地がよかった。ボーイッシュな見た目からはまるで想像がつかなかったが、彼女の体は敏感だった。どこに触れても身をよじり、男を挑発してきた。気がつけば二回戦が始まっていた。この先ずっと一緒にいることになったのだからそんなにがっつかなくてもいいのに、挑みかからずにいられなかった。

ところが一週間後、青天の霹靂《へきれき》が訪れる。

呼びだされて深夜営業の喫茶店に行くと、まゆは気まずげに眼を泳がせていた。もごもごと口ごもりながら、ＡＶの仕事をすることになったから店をやめたいと言った。訳がわからなかった。

「裸の仕事は、いつまでもできるものじゃないし……だったらなるべく高く売ったほうがいいと思って……それにいまは、ＡＶから芸能界って道もあるじゃないですか？　わたし、昔からずっと憧れてたんです。歌とかお芝居とか、やってみたいなあって……」

たった一週間で、彼女からは心の震えが伝わってこなくなっていた。そのかわりに眼が異様なほど輝いていて、甲村は寒気を覚えた。

まゆは契約金として差しだされた大金に眼がくらみ、ＡＶは芸能界の入口という虚構を信じるために、現実を見るのをやめたようだった。ＡＶ女優が芸能人になった例がないわけではないが、宝くじに当たるような確率だろう。

だが、宝くじの人気がいっこうに衰えないのもまた事実であり、まゆは夢を見つづけるためにカメラの前でセックスすることを受け入れた。騙されている、と誰もが思うシチュエーションだった。どうして急にそんなことを言いだしたのかしつこく問いつめると、彼女は渋々白状した。

「誘われたんですよ。お客さんが、たまたまそっちの業界の人で……」

もちろん、たまたまなわけがない。相手は仕事として店に来たのだ。容姿が整い、裸の仕事に抵抗がなく、夢見がちな女を一本釣りするために、〈ヴィオラ〉の客になったのである。

ＡＶ女優として、まゆは売れた。芸能人にはなれそうもないが、インタビューなどを読む限り、充実した日々を送っているようだ。ＳＮＳでファンと交流するのが生き甲斐だと言っていた。ちやほやされれば承認欲求が満たされ、繊細だった心も震えずにすんでいるのかもしれない。彼女はまだ、現実と向きあうことなく夢の中にいる。

ならばそれでいいではないか、という意見もあるだろう。引き抜き屋を恨むのは、逆恨みではないかと……。

そうかもしれないが、許せないものは許せなかった。桃香の客として現れたとき、もっときっちりツメておくべきだった。両眼を潰すくらいのことをしておけばよかったのに、中途半端に殴っただけで解放したから、こんなことになってしまった。なんの罪もない〈ヴィオラ〉の子たちが、絶体絶命の窮地に立たされている。

「まっ、待てっ……待ってくれっ……」

金髪を乱れさせ、甘いマスクを悲痛に歪めて、引き抜き屋が首を振っている。甲村の運転するセルシオは、掟《おきて》破りのクソ野郎を壁際に追いつめていた。足をひきずっているから、横に飛んで逃げることはできないだろう。

「地獄に堕ちろ……」

このまま突っこんでいけば、殺せると思った。引き抜き屋の命は、いまこの手の中にあった。そう思うと、口許《くちもと》から自然と笑みがこぼれた。

中途半端は二度と許されない。フロントグリルをひしゃげさせる勢いで突っこんで、息の根をとめてやる。ドン、とアクセルを踏みこむと、引き抜き屋の顔は恐怖に凍りつき、ホイールスピンの音が断末魔の悲鳴のように地下駐車場にこだました。

6

魂のゴングが鳴った、と波留は思った。

いま店に残っている男は、全部で九人。その中に高蝶も含まれるので、波留たちはとりあえず、ひとりがふたりずつ倒せばいい。相手に拳銃はない。それを持っている可能性があるとすれば、高蝶だけ。

女子更衣室を出たのは、水樹、翡翠、檸檬、波留の順番だった。更衣室からフロアまでは、五メートルほどの廊下になっている。前の三人はやたらとニコニコしていた。美人の笑顔はその場を華やがせる。警察に踏みこまれることを恐れてあわてている黒服たちも、思わず眼を惹かれる。

「プレゼントあげましょうか？」

水樹がすれ違った黒服に声をかけた。差しだした左手に持っているのは、催涙スプレーだった。ただし、スワロフスキーのクリスタルビーズで、缶をデコレートしてある。黒字に銀でシャネルのロゴマークに……。

「えっ？　なに？」

ニヤニヤしながら近づいてきた黒服の首筋に、水樹は右手に持っていたスタンガンをあてた。バチンと音がして、黒服は倒れた。翡翠と檸檬はそれには眼もくれず、水樹を追い抜いて進んでいく。波留も続く。

〈ヴィオラガールズ〉は、全員両手に催涙スプレーとスタンガンを持っていた。催涙スプレーの缶をデコったのは水樹だった。缶のデザインのダサさに耐えられず、気がつけば四個ともデコっていたと言っていた。ネイルで鍛えているから楽勝だったらしい。

「おまえら、早く帰れよ」

向こうからやってきた黒服がぞんざいに言い、男子トイレのほうに曲がった。翡翠はニコニコ笑っていったんやりすごしてから追いかけていき、トイレの前で黒服の首筋にスタンガンをあてた。

フロアにはあちこちに黒服の姿が散見した。檸檬は無視して店の出入り口に向かった。波留も檸檬に付き合うことにした。フロアと出入り口の間は、黒い遮光カーテンで仕切られている。

出入り口の前にはキャッシャーがあり、黒服が三人いた。客もふたり——残っていなければいいなと思っていたが、こうなった以上、しかたがない。檸檬と波留は、五人の男たちに向かって催涙スプレーを噴射した。思った以上の威力だった。男たちはうめき声をあげて、その場にうずくまった。あとは、一人ひとりの首筋にスタンガンでトドメを刺して終了だ。

フロアに戻ると、あちこちで黒服がのたうちまわっていた。

「なにやっとんじゃ、こらっ！　ボケ、カス……」

ウエノという黒服が、関西弁でいきりながら迫ってきた。鬼の形相だったが、怖くもなんともなかった。催涙スプレーをかければ、笑ってしまうほど簡単におとなしくなった。

ボケカスと言われたことにカチンときたのか、檸檬は倒れているウエノの顔を思いきり蹴りあげた。素人がそういうことをしてはいけない。「いたーいっ！」とケンケンしながら悲鳴をあげた檸檬をよそに、波留は冷静にスタンガンでトドメを刺した。

　立っている黒服は、もうひとりもいなかった。

　事務所から高蝶が出てきた。銀色のアタッシュケースを持っていた。ラスボスが、お宝を持って登場だ。〈ヴィオラガールズ〉の四人は、すかさず囲んだ。催涙スプレーを構え、二メートルの距離をとって四方から……それでも油断はできない。この男は、拳銃を持っている可能性がある。

「……なんなんだ？」

　高蝶は啞然《あぜん》とした顔でアタッシュケースを床に置いた。

「なにやってるんだ、おまえら……」

「わたしにまかせて」

　波留はスタンガンと催涙スプレーを放りだすと、高蝶に向かって一歩、二歩と近づいていった。

「波留ちゃん……」

　檸檬が心配そうに声を震わせた。水樹や翡翠も息をつめてこちらを見ている。

　波留は三人を眼で制した。四人がかりで催涙スプレーをかければ、いかに高蝶と言えども一瞬で倒すことができるだろう。だが、それではおさまらない。第二ラウンドはひとりで戦う。魂のゴングが、もう一度高らかに鳴り響く。

「わたし、あなたの女をやめることにしました。誰かの女になるなんてとっくにやめたはずだったのに、どうかしてました」

「ああん？　なに言ってるんだ、おまえ……」

「もうあなたのところから出ていきますが、その前にこの前殴られたお返しをさせてもらいます」

波留は背中のホックをはずし、真っ赤なワンピースを床に落とした。カルバンクラインのブラとボーイショーツ。今日、店に来る前に買ってきた。インナーだが、スポーティなデザインだ。色は黒、アンダーバストとウエストに白いラインとロゴが入っていてカッコいい。高蝶に買い与えられた裾の長いワンピースでは、ボクシングダンスも踊れない。

髪をひとつにまとめ、ハイヒールを脱いで、高蝶に近づいていく。拳を構えた。背中を丸めたクラウチングスタイルでフットワークをすると、高蝶の顔色が変わった。

「女のくせにボクシングか？」

高蝶は鼻で笑い、ギラついた眼で睨《にら》んできた。

「俺がそういうの大っ嫌いだって、おまえ、よく知ってるだろう？」

右の平手が飛んできた。「波留っ！」と水樹が悲鳴のような声をあげたが、それはこの前、何度も見た。軌道を覚えていた。この前だって、避けようと思えば避けられた。いきなり右を合わせてやる。自分は人を殴ることを怖がっている。だから最初の一撃が肝心だ。右ストレートを振り抜いて、高蝶の顔面に拳をめりこませた。

「ぐっ……」

高蝶は腰を落としたが、倒れなかった。噴きだしたドス黒い鼻血を拭いながら、怒りの形相で睨んでくる。

「死にたいのか……」

タキシードの上着を脱いだ。ベルトに拳銃が差してあった。波留は天を仰ぎたくなった。これでは殴りあいにならない……。

残りの三人が催涙スプレーを噴射しようとしたが、

「あわてんなっ！」

高蝶は凄みのある一喝で制した。

「痴話喧嘩なんぞに道具使ったら、俺はこの稼業やっていけねえよ。笑いものにされちまう……」

拳銃に手をかけたので、女たちの顔に緊張が走った。高蝶は腰から拳銃を抜いたが、床に置いて滑らせた。誰かが拾えないようにするためだろう、下のフロアまで転がっていった。

「テメエの女、折檻するのによ……」

乱暴に蝶ネクタイを取って、第一ボタンをブチッと飛ばす。平手を見せつけ、容赦しないぞと威嚇してくる。

「ピストル使うほどボンクラじゃねえや……」

最後まで言わせなかった。波留は前に出て、パンパンッ、とジャブを二発放りこんだ。唸りをあげて飛んできた平手をダッキングで避け、もう一度ジャブ、ジャブ、それからワンツー。ワンツースリーフォー。面白いようにあたる。この男は、リサの足元にも及ばない。

「テメエ……」

顔を歪めた高蝶のボディに、右アッパーを叩きこんだ。拳が痛かった。バンテージさえしていないので、骨がどうにかなってしまったのかもしれない。それでも殴る。右ボディ、右ボディ、返しの左フック。手応えはあるのに、なかなか倒れない。

「やるじゃねえか。ベッドの上ではあんなにひいひい言ってたのにな」

「死にたくなかったら、殴り返してきなさいよ。わたしはあなたを、殴り殺すつもりよ」

ジャブからの右フックで、高蝶の顔を横に向かせた。テンプルにクリーンヒットした。高蝶はふらつきながらも足を踏ん張り、ファイティングポーズをとった。平手ではなく、拳を飛ばしてきた。

望むところだった。ダッキングとウィービングできれいに避けたつもりが、スイッチの入った高蝶の拳は、リサよりも迫力があった。風圧に気圧《けお》されて、一発被弾した。左眼にもらってしまい、眼球の裏で火花が散った。衝撃はあったが、痛みはそれほど感じなかった。恐怖もだ。リサと対峙したときは、寸止めルールにもかかわらずあれほど怖かったのに……。

波留は落ちついていた。疼《うず》く左眼を手で押さえながら、冷静にまずいと思った。波留と高蝶ではウエイトが違う。パンチの重さが全然違う。もらいすぎると、やばい。

それでも怯《ひる》まずジャブを飛ばした。辰吉丈一郎をこよなく愛する波留だが、身長差が一五センチもある相手にアウトボクシングは難しい。懐に入ってとにかく殴るしかない。インファイトのコツは、たぶんフットワークだ。殴ってさがってもう一度前に出る。殴ってさがってもう一度前に出る……。

高蝶の顔を、すでに三十発くらい殴っていた。怖くなかった。スパーを決してやらなかったのは、顔を守る意味ももちろんある。だが、殴られる以上に、人を殴ることが怖かったからだ。この手に暴力を握ることが怖かった。日本刀や拳銃を手にするのが怖いのと一緒だ。

なのに、いまは全然怖くない。それどころか、殴り合っていることが、こんなにも楽しい。高蝶のボディアッパーが波留の腹に入り、体がくの字に曲がった。息がとまり、胃液が逆流してきた。アッパーのダブルが顔面に飛んでくる。もらってしまい、体を起こされた。

顔面に杭《くい》を打たれたようだった。マウスピースをしてないので、口の中が血でヌルヌルした。鼻血も出ている。それでも、歯を食いしばって痛みに耐えた。打ってこいと思った。辰吉の真似《まね》をして、来い来い、と手招きした。もっと殴り合いたかった。殺すつもりで挑んでいたが、殺されたってべつによかった。

高蝶を愛しているからだ。

彼に対する恋心はまぼろしかもしれない。だがそれでは、まぼろしではない恋なんてあるのだろうか。嘘であろうがなんであろうが、高蝶に愛しているとささやかれると、蛹《さなぎ》から孵《かえ》ったばかりの蝶のように舞いあがった。セックスだって最高だった。身も心も蕩《とろ》けそうだった。高蝶が全世界を敵にまわしても、高蝶の味方をする用意があった。命なんて、とっくの昔に捨てていた。

いまはただ、殴られたから殴り返しているだけだ。そういう女だとわかったうえで、それでもなお愛してくれるというのなら、仲間を振りきってもう一度その胸に飛びこんだっていい。わたしをわたしのまま愛してくれるなら……。

「不良はダメだな。毎日遊んでばかりでスタミナが足りねえ……」

高蝶は二、三歩さがって壁にもたれた。完全に息があがっていた。顔色は青ざめている。チアノーゼかもしれない。

いい男だな、と涙が出そうになった。水樹も檸檬も翡翠も、彼のことを誤解している。波留だって、いままでいままで彼の本性をわかっていなかった。

拳銃を捨てたところでもちょっと感動させられたが、勝負は拮抗《きっこう》している。これだけ体格差があるのだからつかんでくればいいのに、つかんでこない。拳には拳でねじ伏せようとする。ある意味、フェアだ。ふらふらになっているのに、卑怯《ひきょう》なことをする素振りもしない。

人を支配するのが、彼の暴力の本質だからかもしれない。同じ条件で力の違いを見せつけて、女の上に君臨したいだけなのかもしれない。

波留は呼吸を整えながら、高蝶を睨んだ。睨み返された。ドキドキしてしまった。セックスでオルガスムスに達するとき、高蝶は眼を閉じることを許してくれなかった。いつだって、見つめあいながら果てた。誰にイカされているか理解しながらイケ、というわけだ。

あんなに興奮したことはなかった。思いだすだけで濡《ぬ》れてきそうだった。しかし、それが支配のためならば、抵抗するしかない。全身全霊で戦うしかない。痛む拳でトドメを刺してやる。

フットワークで呼吸を整えつつ、肩をまわした。

自分の暴力の本質はなんだろう？ と波留は思った。リサの暴力は競技化された純粋な暴力だ。高蝶は人を支配するための暴力だ。

ならば自分は……。

愛しているから、としか言い様がなかった。

愛しているから、こんなにも殴れるのだ。

愛しているから、殴り合っていてこんなにも楽しいのだ。

一方的に殴られたときはそんなことは微塵《みじん》も思わなかったが、殴り殴られているいま、痛みすら愛《いと》おしい。

フットワークをしながら拳を揺らした。いくぞ、いくぞ、とフェイントをかけながら、じりっ、じりっ、と高蝶に近づいていく。フィニッシュブローはもう決まっている。

「元気だな、おまえ……」

ふうふう、ぜいぜい言いながら、高蝶が前に出てきた。

「こっちはもう、体力の限界だ。せーの、で最後の一発を打ちあおうや」

波留はうなずいた。高蝶は青ざめた顔で振りかぶり、当たりっこしない雑な右フックを飛ばしてきた。波留は拳を握りこんだ。ノックアウトをイメージしながら、渾身の右のオーバーハンド――ライトクロスで迎え撃った。

7

自分はなにを見ているのだろう、と水樹は思った。

カルバンクラインの黒い下着姿でファイティングポーズをとり、巨軀《きょく》の極道と殴りあっている女を、水樹は知らなかった。これは自分の知る波留ではなかった。実はボクシングの経験があった、というだけでは、とても腑《ふ》に落ちなかった。まったくの別人だ。

この裏カジノで働きはじめた初日、透けたカーテン越しに波留のセックスを見た。これがナンバーワンのセックスか、と衝撃を受けた。オルガスムスに顔を歪め、五体の肉という肉を痙攣《けいれん》させている姿はたとえようもなくいやらしいのに、可愛かった。もともと可愛い顔立ちをしているのだが、そういうことではなく、存在そのものが可愛らしさに満ちていた。所有したいとか、延々と眺めていたいとか、柔らかい布で磨いてやりたいとか、不思議な感覚を呼び起こした。波留を抱いている高蝶に、嫉妬してしまったくらいだ。

それはある意味、水樹の理想のセックスと言ってよかった。波留は高蝶の腕の中で、金魚のように泳いでいた。喉から手が出そうな勢いで、波留のようにセックスがしたいと思った。と同時に、波留のようにセックスできない自分に歯嚙みした。

その彼女がいま、同じ男を相手に、殴りあいを演じている。最初の顔面パンチで高蝶の顔からは鼻血が噴きだした。水樹は眼をそむけたが、波留は平然と高蝶の懐に飛びこみ、自分よりはるかに大きく、分厚いガタイをしている男の顔に、パンチの連打を浴びせた。

強かったんだ、と思った。強かったことを隠されていて、少し淋しかった。波留が遠い存在に思えたが、やがて誤解に気づいた。

波留は強かったし、美しかった。軽快なフットワークからしなやかにパンチを繰りだす姿は官能的ですらあり、見とれずにはいられなかった。殴られた左眼を真っ赤に充血させ、鼻からも口からも血を流している姿は眼をそむけたくなるほど痛々しかった。にもかかわらず歯を食いしばって殴り返す表情には、ゾッとするような凄みがあった。

しかし、それらはすべて表面的なことで、波留はやはり可愛いのだった。命を燃やして全身を躍動させている姿が可愛らしくて、たまらない気持ちになってくる。

まぎれもない暴力の渦中にいて、殺意を込めているとしか思えないパンチを振りまわしているのに、時間が経つほど可愛さだけが際立っていく。セックスしているときと同じように……。

「頑張って、波留ちゃん！」

「やっちゃえ、やっちゃえ」

檸檬と翡翠が声援を送る。ふたりとも拳を繰りだす波留に夢中だった。もちろん水樹もだ。これほど可愛い女に、夢中にならないわけがない。

とはいえ、のんびりしてはいられなかった。スタンガンや催涙スプレーは、何時間も意識を奪っておけるものではない。せいぜい数分だ。最初のほうに倒した黒服が起きあがりはじめたので、再び倒しにいかなくてならなかった。檸檬と翡翠も加勢してくれたが、これではまるでモグラ叩きだ。

ソニック・ユースの「テュニック」が聞こえてきた。水樹が電話の着メロに使っている曲だ。あわててバッグを置いたところに行き、スマホを取りだした。甲村からだった。

「パトカーのサイレンが聞こえます」

「えっ？」

水樹は壁時計を見た。午前二時を十分ほど過ぎたところだった。もう警察が動きだしたのか。日本の警察はそんなに優秀なのか。

「音はまだ遠いですが、クルマを裏にまわします。急いでください」

「わかった」

水樹は電話を切った。水樹が電話をしているのを見て、檸檬と翡翠もこちらに駆け寄ってきた。

「あれ持って先に下に行ってて」

高蝶が事務所から持ちだしてきた銀色のアタッシュケースを指差した。

「パトカーのサイレンが聞こえてるんですって。甲村さんのクルマは地下駐車場じゃなくて、裏の広い通り」

「水樹は？　ってゆーか、波留ちゃんも……」

「勝負を見届けたらすぐ連れていく」

檸檬と翡翠は一瞬眼を見合わせたが、覚悟を決めたようにうなずいた。波留の勝負に水を差すような不粋《ぶすい》な真似はしたくないし、波留の勝利を確信していたからだろう。

肩で息をしている高蝶を、波留は壁際に追いつめていた。勝負を決める一発を狙っているように見えた。決着がつくまで、もうそれほど時間はかからないはずだった。

檸檬と翡翠がアタッシュケースを持って店を出ていく。

水樹は波留と高蝶を見た。

睨みあっていた。視線と視線がぶつかりあい、からみあっていた。どちらの顔も血まみれで、息があがっている。嫌な予感がした。パンチを当てている数は、圧倒的に波留のほうが多い。波留が顔面に受けたパンチは、せいぜい二、三発だ。

にもかかわらず、波留の顔もずいぶんとひどいことになっている。血まみれなだけではなく、左の瞼《まぶた》が腫れてきて、お岩さんみたいになっている。

男と女だった。体格差もあれば、体力差もある。波留が優勢と高を括《くく》るのはやめたほうがいいのかもしれなかった。波留が倒されたときにはすぐに加勢できるよう、催涙スプレーの缶を握り直す。

高蝶が動いた。前に出て、波留に殴りかかった。波留は後ろにさがらなかった。逆に前に出た。拳を振りあげながら……。

水樹は眼をそむけそうになった。もちろん、そむけるわけにいかなかった。唸るパンチが交錯した。水樹には相打ちに見えた。波留に分が悪いと戦慄が走った。しかし次の瞬間、膝から崩れ堕《お》ちたのは高蝶だった。

安堵の溜息《ためいき》もつけないほど、水樹の鼓動はいつまでも鳴りやまなかった。

なんだか……。

ふたりは愛しあっているようだった。

殴りあいながら、愛を確認しあっているように見えた。深く愛しあい、求めあっていた恋人同士である証を、見せつけられた気がした。

透けたカーテン越しにふたりのセックスを見たときより、ずっとそうだった。


「大丈夫？」

水樹は床に落ちていた真っ赤なワンピースを拾ってから、波留に駆け寄っていった。異常な興奮状態で、激しく息をはずませていた。ヒューヒューと喉から変な音を出し、過呼吸になるのではないかと心配になるほどだった。アドレナリンが大量に分泌されているのだろう、瞳孔が開いて眼の焦点が合っていない。

「逃げよう、早く！」

ワンピースを着るようにうながしても、波留は棒立ちになったまま動かない。しかたなく、転がっていたハイヒールと一緒にワンピースをバッグに入れた。下着姿の波留の手を取り、走りだした。

エレベーターを使うつもりはなかった。向かった先は非常階段だ。コンクリート製の階段で、隣のビルの駐車場に隣接している。一階は鍵がかかっているが、二階から隣の塀に乗りうつるのは簡単そうだった。

扉を開けて、外に出た。秋の乾いた夜風に乗って、パトカーのサイレンが聞こえてきた。ビルとビルの隙間から、赤色灯《せきしょくとう》が光っているのが見える。ずいぶん近い。もうすぐこのビルは囲まれる。

波留の手を引いて、階段を降りた。水樹の心臓は激しく高鳴ったままだったが、頭の中は自分でも驚くほど冷静だった。ぎりぎりのタイミングではあるが、逃げられるだろうと確信していた。

二階の塀から駐車場に飛びおり、私道のような細い道を抜ければ広い通りに突きあたる。そこに甲村のセルシオが停まっている。地下駐車場に留《とど》まっていたら危なかったが、少し離れた道路で職務質問もないだろう。

ところが……。

三階まで降りたところで、水樹は呆然と立ちすくまなければならなかった。どこかのスナックが内装工事でもしているのか、テーブルや椅子やソファ、キッチンシンクや冷蔵庫、その他よくわからない資材で階段が塞がれていた。こんなもの、昨日まではなかった。おまけに照明も消えていて暗いから、それがどこまで積まれているかわからない。強引によじのぼっていっても、荷物が崩れたり足を踏みはずしたら、ケガをしてしまいそうだ。

天を仰ぎかけたところで、また「テュニック」が聞こえてきた。スマホを出した。甲村からだった。

「大丈夫ですか？　非常階段、荷物が積んでありますね」

「大丈夫じゃないわよ」

水樹はコンクリートの壁から身を乗りだし、下の駐車場をのぞいた。甲村の姿が見えた。

「檸檬と翡翠は？」

「クルマで待ってます」

ということは、あとは自分たちさえ下に降りればいいわけだが……。

「ビルの正面にはもう、パトカーが着いてますよ。そこにいるのも危ない。すぐに警官が行きます」

「どうしろっていうのよ？」

「飛びおりるしかないでしょう」

あっさり言われ、スマホを投げつけたくなった。水樹は高所恐怖症なのだ。身を乗りだして下をのぞきこむだけで眩暈《めまい》がし、脚が震えた。一秒以上続けて見ることができないのに、飛びおりるなんて……。

「どうしよう……」

「ここ！　ここに！」

甲村は駐車中のクルマの屋根を指差していた。わりと大きめのセダンだ。

「ここに飛びおりれば、少しは落ちる距離が短くなります」

「そんなこと言ったって……」

水樹は唇を震わせた。三階から一階までの距離は、ゆうに一〇メートル以上ありそうだった。クルマの屋根なんて、地上からせいぜい一メートルちょっと。たいして違わないではないか。

とはいえ、他に方法がないのも事実だった。一か八かで階段に積まれた荷物によじのぼったとしても、途中で動けなくなったらそれで終わりだ。警察が来てしまう。たとえ足を骨折したとしても、助けてもらえる手のあるところに飛んだほうがマシか。

波留を見た。まだ興奮状態でふーふー言っていた。ちょっと心配だったが、彼女の運動神経のよさは、たったいま見せつけられたばかりだった。

「ちょっとしっかりして」

水樹は波留の双肩をつかんだ。

「ここから飛ぶしかないみたいだから、あんた先に飛びなさい」

表情の変化がなく、イラッとする。

　手を引き、コンクリートの壁のほうに押しやって、下を眺めさせる。甲村が手を振っている。

「飛ぶのよ、下に」

「むっ、無理ですっ！」

　波留は悲鳴のような声をあげて振り返った。

「わたし、高いところダメなんです。こんなところから飛べるわけが……」

「わたしも高所恐怖症よ。でも、飛ぶしかないの」

「やだっ！　やだっ！」

　幼児返りしてしまったかのようにいやいやをしはじめたので、水樹は波留の頬を思いきり張った。スパーンといい音がした。波留の顔は血まみれで、しかも左側はもっともダメージの深いところだった。しかし、他に方法が思いつかなかった。張られた頬を押さえている波留は涙眼になっていたが、少しは正気を取り戻してくれたらしい。眼の焦点が合ってきた。

「飛ぶしかないんですね？」

「そう」

「笑わないでくださいね」

「なにを？」

「わたしたぶん、おしっこ漏らします」

水樹は吹きだし、

「いいよ、わたしも漏らすから。一緒に漏らそう」

波留の肩を抱き、コンクリートの壁にうながした。波留は眼をつぶってそこに足をかけた。水樹は波留の尻を押して、壁の外側に移動させた。しかし、眼をつぶったままでは飛べない。そっちのほうが、むしろ怖い。

「あのクルマ狙って飛んで。クルマの屋根に落ちたら、ちょっとは距離が短くなるから」

波留は聞いているのかいないのかわからない顔をしていたが、度胸だけはたいしたものだった。チラッと下を見ただけで、壁から手を離して飛んだ。ドンッ、とセダンの屋根が音をたてた。そこに足をついた波留は、次の瞬間、バランスを崩した。屋根でバウンドした体がクルマの横側に放りだされ、水樹は悲鳴をあげそうになった。

しかし、幸いにも甲村がいたところだったので、波留の体はしっかりと受けとめられた。まるで映画のワンシーンのようだった。下着姿なのに、お姫さま感がすごかった。下着姿どころか、顔は血まみれのお岩さんなのに……。

きっとそういう星の下に生まれてきたのだろう。彼女は押しも押されもしない、

〈ヴィオラガールズ〉のナンバーワンだ。

次は水樹の番だった。まずバッグとハイヒールを下に投げた。波留が成功してくれたおかげで、少しは気が楽になった。波留の真似をして眼をつぶって壁を乗り越え、チラッと下を見てから、飛んだ。

真似をしていても、水樹と波留には大きな違いがあった。運動神経の良《よ》し悪《あ》しではなく、服を着ているかいないかでもなく、ストッキングを穿いているかいないかだ。

脱いで裸足《はだし》になっておくべきだった。極薄のナイロンに包まれた水樹の足はクルマの屋根ですべり、したたかに尻を打った。ボンネットの上を転がって、コンクリートに地面に放りだされた。そこに甲村はいなかった。

「大丈夫ですか？」

駆け寄ってきた甲村を、水樹は般若《はんにゃ》の形相で睨みつけた。痛む尻をさすり、埃《ほこり》まみれになった長い黒髪をかきあげながら、ナンバーツーはつらいなと思った。

8

波留はようやく我に返った。

走るクルマの後部座席に座っていた。波留が右端、水樹が真ん中、翡翠が左端。助手席には檸檬がいる。運転しているのは甲村だ。

我に返ったことで、急に拳が痛みだした。左眼の奥も、ボディアッパーをもらった腹筋も、三階から飛びおりたときに着地した足も……。

いや、痛みなんかより、自分だけ汗にまみれた下着姿でいることがひどく恥ずかしかったが、後部座席に三人乗っていては、ワンピースを着ることもできない。体を小さく丸めて、我慢するしかない。

なんだか、すべてが夢のようだった。

スタンガンと催涙スプレーで黒服を次々と倒していき、高蝶と殴りあった。最後のライトクロスは、紙一重だった。雑に見えた高蝶の右フックは、けれども的確に波留の顎に向かってきた。すごい迫力だった。喧嘩慣れしている、ということなのかもしれない。息も絶えだえだったのに、最後の最後にあんな危ないパンチを放ってくるなんて……。

ビルから飛びおりる直前、水樹にやられた平手打ちはびっくりするほど痛かった。左の頬が、高蝶に殴られた場所だったからではない。平手に愛が込められていたせいだろう。痛みで眼を覚まさなければ、いまごろ留置場に入れられていたかもしれない。あのビンタのおかげで、ビルの三階からジャンプできた。自分でも信じられない。

アハハ、と翡翠が笑い声をあげた。

「けっこうあるね。途中でクローズしたのに、二千万は軽くありそう」

翡翠は膝の上で高蝶から奪ってきたアタッシュケースを開けていた。

「ホント？　わたし、全然期待してなかったのに」

助手席から檸檬が振り返って、アタッシュケースの中をのぞきこむ。

「しかも、お宝はお金だけじゃないんだなー」

翡翠が札束の下からなにかをつまみだした。白い粉の入ったビニール袋だった。やくざが持ってる白い粉といえば、覚醒剤だろうか。波留の前で、高蝶はそんなものを使ったことはなかったが……。

「でもスカッとしたよねー」

檸檬が夢見るような眼つきで言う。

「黒服をバッタバッタと倒してさ、現金を強奪して脱出成功。波留ちゃんも高蝶をボコボコにしたし。こんなにうまくいくと思わなかったなー」

「わたし、失敗したときのことばっかり、リアルにイメージしてた」

翡翠が低く声を絞った。

「やくざにリンチされて、東南アジアとかに売られちゃうの。向こうではクスリ漬けにされて、最下層の娼婦《しょうふ》。ガリガリに痩せて、頭もおかしくなって、客をとれなくなったら、生ゴミみたいに川に流されちゃう……」

「暗いなあ、翡翠は」

水樹が苦笑する。

「わたしなんて、成功することしか考えてなかったわよ」

「勝負師ってそうなんだってね」

檸檬がはしゃいだ声で言った。

「ギャンブラーでもレーサーでも軍隊の作戦参謀でも、勝負の前に負けたときのことなんて絶対考えないってよ」

「考えたほうがいいと思うけどなあ」

翡翠が声を尖《とが》らせる。

「わたし、必死だったもん。失敗したら外国に売られて最下層の娼婦って思うと、スタンガンしつこく押しつけたり」

「必死にならなくたって、あんな連中簡単に倒せたじゃない。わたし、捕まるところもシミュレーションしてたのに。たーすーけーてー、って叫ぶと、翡翠ちゃんが身を挺《てい》して助けてくれるの。で、わたしのかわりに死んだりして」

「わたしもう、檸檬さんと絶対に組まない」

「まあまあ。ちょっと静かに」

水樹が制した。

「電話したいから、ちょっとだけごめんね」

唇の前に人差し指を立ててから、スマホで電話をかけた。ビデオ通話にしていた。

画面に映ったのは、桃香だった。

「大丈夫ですかぁ？」

いまにも泣きだしそうな顔で、桃香が言った。

「うん、大成功。予定通りよ」

水樹はスマホをみんなにまわした。波留のところにもまわってきた。画面越しとはいえ、久しぶりに桃香と顔を合わせて照れてしまった。

「よかったぁ。波留さん、憑《つ》きものが落ちた顔をしてる」

そう言う桃香も、少し会わない間に大人びた雰囲気をまとっていた。なにかあったのだろうか。妹分のくせに、そんなにあわてて大人にならないでほしい。

「ユキは……寝てるよね？」

水樹のところにスマホが戻ると、少しかしこまった声で言った。

「はい」

桃香がうなずく。

時刻はもう、午前三時を過ぎていた。寝ていなかったら大問題だ。

「寝顔、見せてもらっていい？」

波留は内心で首をかしげた。錦糸町から西浅草までなんて、クルマで十分くらいだ。画面越しに見るより、直接寝顔を見ればいいのに。

そういえば、このクルマはどこを目指して走っているのだろうか。クルマに乗りこんでから、すでに三十分くらい走っているような気がする。西浅草に向かっているのなら、もうとっくに到着しているはずだ。

まさか、このままみんなで逃亡するつもりなのだろうか……。

詳しく聞いていないのでわからないが、桃香とユキはすでに逃亡先に移動してるとか……。

「ありがとう、もういい」

水樹がふっと微笑《ほほえ》んだ。少し淋しげな横顔がセクシーで、波留はドキッとした。

ビデオ通話の画面が、ユキの寝顔から桃香に変わる。

「じゃあね」

水樹が手を振ると、

「じゃあねって……」

桃香は不安げに眉根を寄せた。

「本当に……この前言ってたみたいに……」

「うん、全部予定通りだから」

桃香はまだなにか言いたそうだったが、水樹は電話を切った。

水樹が黙っているので、なんとも言えない緊張した空気が車内に漂い、波留は戸惑った。先ほどまでテンションが高かった檸檬と翡翠も、唇を引き結んでいる。なんだか、三人は同じことを考えているようだった。運転席の甲村の表情は、真後ろに座っている波留からはうかがえない。

「甲村さん、ここどのあたり?」

水樹が訊ねた。

「千葉の……けっこう奥まで来ちゃいましたね」

「コンビニもないなんて、淋しいところね……」

道幅は広く、県道のようだったが、時間が時間なので他に走っているクルマもない。

「あっ、そこの自動販売機の前で停めて」

セルシオが停車した。甲村がエンジンを切ると、車内は静寂に満たされた。

「波留、気分はどう?」

水樹が言った。急に彼女の顔がこちらを向いたので、「えっ?」と波留は驚いてしまった。

「もう……大丈夫です……たぶん……」

「じゃあ、これからの話をしてもいい？」

「はい」

水樹は息をゆっくりと吐きだしてから、言った。

「自首しようと思う」

波留は自分の耳を疑った。

「やくざを敵にまわして、警察からも追いかけられて、逃亡生活も大変そうじゃない？」

「だったら、いっそ自首しようって話しあったの……」

檸檬が歌うように言った。

「犯した罪は罪で、きちんと償おうって。奪ったお金も警察に渡して……」

「お金のためにやったわけじゃないしね」

翡翠が続ける。

「やくざにひと泡吹かせられたんだから、わたし的には大満足よ」

「どう思う？」

水樹が訊ねてきた。一瞬、時がとまったような気がした。檸檬と翡翠は、こちらを見ていなかった。どんな決断をしてもそれはあなたの自由、と言われているような気がした。

「わたしは……」

声を出した瞬間、波留の両眼には涙があふれた。

「わたしも、それでいいです……一緒に自首します……泣いてるけど、気にしないでください……嬉し涙ですから……」

嘘でも虚勢でもなかった。本当に嬉しかった。お金目当てではなくこんなことをした三人の仲間が、誇らしいと思った。お金目当てではなく売上を強奪した彼女たちの目的は、それではいったいなんだったのだろう？

考えるまでもなかった。

殴られたから殴り返した——ただそれだけのことだ。

波留が声をあげて泣きだしたので、水樹が抱きしめてくれた。ミルクセーキの匂いがした。クールビューティのくせに抱擁の感触はとっても柔らかいんだな、と変なことを思った。誰かの胸で泣きじゃくるなんて、大人になってから初めてかもしれなかった。

「高蝶のこと、忘れられそう？」

泣きじゃくりながらうなずいた。自分でも驚くほど、すっきりしていた。

波留はたしかに、あの男のことを愛していた。そして先ほど、恋は終わった。ライトクロスが決まった瞬間、桜の枝に残っていた最後の花が散っていくように、気持ちが切れた。

哀しいけれど、しかたがない。相手が高蝶でなくても、「俺の女」になんてなりたくなかった。それは自分が自分でいられなくなることだと、はっきりわかった。

「わたし、なんか飲み物買ってくる」

翡翠がドアを開けてクルマを降り、

「わたしも、ちょっと外の空気を吸おうかな」

檸檬も助手席から出ていった。

波留は顔をあげた。傷だらけのうえに泣きじゃくり、ひどい顔をしているはずだった。なのに水樹は笑いかけてくる。とても柔らかい笑顔で……。

「いったいなんの罪に問われるんでしょうね」

甲村が言った。

「高蝶が被害届なんて出すわけがない。となると、売春？　管理売春をしてたのは高蝶のほうですよ」

「甲村さん、自分も一緒に自首するなんて言いださないでよ」

水樹が釘《くぎ》を刺すように言った。

「このクルマは檸檬さんが運転していたことにする。あなたはクルマを貸しただけ。いいわね」

甲村はすぐには言葉を返さなかった。一分以上、黙りこんでいた。波留と水樹は眼を見合わせた。

「残念ながら……」

甲村がようやく口を開いた。力なく首を振っていた。

「そういうわけにはいかなくなりました」

「どういうこと？」

水樹が眉をひそめる。

「桃香とユキのこと、頼んだはずだけど」

「地下駐車場で……ばったり会ってしまったんです。因縁の男に」

「誰よ？」

「引き抜き屋です。高蝶の舎弟だったから、裏カジノの仕事も手伝っていたんでしょう」

「ばったり会ってどうしたのよ？」

そのとき、クルマのドアが開き、檸檬と翡翠が戻ってきた。

「ねえねえ、甲村さん。このクルマ、バンパーすごくへこんでるよ」

檸檬が心配そうな顔で言った。

「ナンバープレートがぐにゃって曲がってるし、他もあちこち傷だらけ。カーチェイスでもしたんですか？」

「ばったり会ってどうしたのよ！」

水樹が叫び声をあげた。

「轢き殺しました。どうしても許せない事情がありましてね。死体はトランクの中です」

水樹が驚愕に眼を剝いた。波留も啞然とするしかなかった。檸檬と翡翠は、訳がわからないという顔をしている。

「みんな降りてください」

甲村が振り返った。その右手には催涙スプレーが握られていた。シャネルのロゴはデコられていなかった。

檸檬に向けられると、「ひっ！」と悲鳴をあげた。後部座席に向けられれば、水樹も翡翠も波留も顔をひきつらせて身を寄せあった。催涙スプレーの恐るべき威力は、先ほど目の当たりにしたばかりだった。

「お金を置いて、クルマから降りてください」

甲村が眼を細めて言った。元からいかつい顔なので、凄むと迫力があった。それでも、水樹は睨み返した。ふたりの睨みあいになった。

「あなたが地の果てまで逃げるっていうなら、降りてもいい」

　水樹が言うと、

「まさか」

　甲村は鼻で笑った。

「裏カジノでなにがあったのか、さっき檸檬さんと翡翠さんに聞きました。黒服を全員、催涙スプレーとスタンガンで倒して、最後に高蝶を殴り倒した。波留さんがやったというのはいまだに信じられませんが、私の手柄にさせてもらいます。引き抜き屋に恨みがあったので、ぶち殺したついでに裏カジノにタタキに入った。全部私ひとりの仕事ってことで……」

「それじゃあ降りられない」

　水樹は首を横に振った。

「なら、力ずくで降りてもらうことになりますが」

「あなたひとりで、あそこの黒服全員倒したって主張するの、無理があると思うけど」

「そうですかね？　連中はとっくに、血相変えて逃げだしてますよ。二、三人しかいなかったって言えば、警察は信じるでしょう」

「高蝶もあなたがやったことにするの？」

「波留さんがやったっていうより、私がやったっていったほうが、よほどリアリティのある話だ」

甲村は催涙スプレーを左手に持ち替えると、シフトレバーのところの木目の板を、右手でガンと殴った。ガン、ガン、ガン、と拳から血が出るまで殴りつづけた。痛々しい姿と耳障りな音に、全員が顔をそむけた。

甲村はすべての罪をひとりで背負って、自首するつもりのようだった。波留はなにも言えなかった。そうしてほしかったからではない。そうなれば自分の罪が消えてなくなるという思いがあったからではない。

甲村の覚悟を決めた眼つきに圧倒されていたからだ。

「降りてください」

甲村は血まみれの右手に催涙スプレーを握り直した。

「降りなきゃ本当に噴射しますよ」

檸檬が助手席のドアを開けた。翡翠も後部座席のドアを開ける。ふたりとも、深い溜息をついてから、静かに降りていった。

「噴射してみなさいよっ！」

水樹は叫んだが、翡翠に腕を引っぱられて、強引にクルマから引きずりおろされた。降りる間際まで、噛みつきそうな顔で甲村を睨みつけていた。

残ったのは、波留だけになった。

「……責任、感じてます」

かすれた声で言った。

「甲村さんに言われた通り、あのとき錦糸町にさえ行かなければ、こんなことにはならなかったって……人を……殺《あや》めて……しまうなんて……」

「それは違う」

甲村は首を横に振った。

「私と引き抜き屋の因縁は、はるか以前からのものなんです。それこそ、波留さんが〈ヴィオラ〉に入る前から……だから、なにも気にしないでください」

「どうしてそんなにやさしいんですか？」

甲村は答えなかった。顔をそむけ、「早く降りて」とだけ小声で言った。

波留は力なく首を振り、ドアを開けてクルマを降りようとした。その背中に、甲村は声をかけてきた。

「強くなりましたね、波留さん……」

波留は動きをとめた。

「入店してきたときより、何倍も、何十倍も強くなった……もっと強くなってください……あなたは日本一のソープランドだった〈ヴィオラ〉の、最後のナンバーワンなんだ……私たち黒服の、誇りだったんだ……」

波留は振り返らずにクルマを降りた。後ろ手でドアを閉めた。振り返ることができなかったのは、甲村が涙を流しているような気がしたからだった。いや、波留自身も、涙があふれるのをどうすることもできなかった。

「甲村さんってさあ……」

走り去っていくセルシオを眺めながら、檸檬が言った。

「顔が怖いだけじゃなくて、ちょっと馬鹿よね。クルマの中で催涙スプレーなんか噴射したらさ、自分にもかかるに決まってるじゃない？　そうなったら、四対一よ。こっちには、やくざをぶっ飛ばしちゃった波留ちゃんがいるのよ。ちょっとじゃなくて、大馬鹿ね……うん、大馬鹿よ……」

咎《とが》めるように言いながら、檸檬は涙を流していた。水樹も翡翠も、うつむいて目頭を押さえている。

波留はセルシオが見えなくなるまで見送った。静まり返った午前三時の夜闇の中、赤いテールランプが熱い涙に濡れていた。

本書は書き下ろしです。

本作品はフィクションです。実在の個人、団体、とは一切関係ありません。（編集部）

実業之日本社文庫　好評既刊

草凪優
堕落男《だらくもの》
不幸のどん底で男は、惚れた女たちに会いに行く――。堕落男が追い求める本物の恋。超人気官能作家が描くセンチメンタル・エロス！（解説・池上冬樹）
く61

草凪優
悪い女
「セックスは最高だが、性格は最低」。不倫、略奪愛、修羅場を愛する女は、やがてトラブルに巻き込まれて――。究極の愛、セックスとは!?（解説・池上冬樹）
く62

草凪優
愚妻
専業主夫とデザイン会社社長の妻。幸せな新婚生活のはずが…。浮気現場の目撃、復讐、壮絶な過去、ひりひりする修羅場の連続。迎える衝撃の結末とは!?
く63

草凪優
欲望狂い咲きストリート
寂れたシャッター商店街が、やくざのたくらみによりピンサロ通りに変わった…。欲と色におぼれる不器用な男と女。センチメンタル人情官能！　著者新境地!!
く64

草凪優
地獄のセックスギャング
悪党どもは地獄へ堕とす！　金を奪って女と逃げろ!!ハイヒールで玉を潰す女性刑事、バスジャックを仕掛ける極道が暗躍。一気読みセックス・バイオレンス！
く65

実業之日本社文庫　好評既刊

草凪優
黒闇

最底辺でもがき、苦しみ、前へ進み、堕ちていく不器用な男と女。官能小説界のトップランナーが、人間の性と生を描く、暗黒の恋愛小説。草凪優の最高傑作！

く66

草凪優
知らない女が僕の部屋で死んでいた

眼が覚めると、知らない女が自宅のベッドで、死んでいた。女は誰なのか？ 記憶を失った男は、女の正体を探る。怒濤の恋愛サスペンス！（解説・東えりか）

く67

池井戸潤
空飛ぶタイヤ

正義は我にありだ——名門巨大企業に立ち向かう弱小会社社長の熱き闘い。『下町ロケット』の原点といえる感動巨編！（解説・村上貴史）

い111

池井戸潤
不祥事

痛快すぎる女子銀行員・花咲舞が様々なトラブルを解決に導き、腐った銀行を叩き直す！ テレビドラマ「花咲舞が黙ってない」原作。（解説・加藤正俊）

い112

池井戸潤
仇敵

不祥事を追及して職を追われた元エリート銀行員・恋窪商太郎。彼の前に退職のきっかけとなった仇敵が現れた時、人生のリベンジが始まる！（解説・霜月蒼）

い113

実業之日本社文庫　好評既刊

伊坂幸太郎
砂漠
この一冊で世界が変わる、かもしれない。一瞬で過ぎる学生時代の瑞々しさと切なさを描いた一生モノの傑作長編！　小社文庫限定の書き下ろしあとがき収録。
い12 1

植田文博
99の羊と20000の殺人
寝たきりで入院中の息子の病名を調べてほしい――。凸凹コンビの元に、依頼が舞い込んだ。奇病の謎を追う、どんでん返し医療ミステリー。衝撃の真実とは!?
う6 1

大山誠一郎
アリバイ崩し承ります
美谷時計店には「アリバイ崩し承ります」という貼り紙がある。店主の美谷時乃は、7つの事件や謎を解決できるのか!?（解説・乾くるみ）
お8 1

今野 敏
マル暴総監
史上〝最弱〟の刑事・甘糟が大ピンチ!?　殺人事件の捜査線上に浮かんだ男はまさかの……痛快〈マル暴〉シリーズ待望の第二弾！（解説・関口苑生）
こ2 13

知念実希人
仮面病棟
拳銃で撃たれた女を連れて、ピエロ男が病院に籠城。怒濤のドンデン返しの連続。一気読み必至の医療サスペンス、文庫書き下ろし！（解説・法月綸太郎）
ち1 1

実業之日本社文庫　好評既刊

実業之日本社文庫 く68

アンダーグラウンド・ガールズ

2021年2月15日　初版第1刷発行

著　者　草凪《くさなぎ》 優《ゆう》

発行者　岩野裕一
発行所　株式会社実業之日本社
〒107-0062　東京都港区南青山5-4-30
CoSTUME NATIONAL Aoyama Complex 2F
電話［編集］03(6809)0473［販売］03(6809)0495
ホームページ　https://www.j-n.co.jp/
ＤＴＰ　ラッシュ
印刷所　大日本印刷株式会社
製本所　大日本印刷株式会社

フォーマットデザイン　鈴木正道（Suzuki Design）

ISBN978-4-408-55641-3（第二文芸）